語風 著

他們之間缺了一個圓滿結局，
在心裡留下一道名為遺憾的傷痕。

序章

休旅車緩緩駛進山路，背著海前進。

道路上能見到的車輛僅一輛，在這對旁人而言平凡至極的日子，也僅有她會特地空下這天來悼念友人。

往日記憶浮上心頭，何泉映低下頭望著腿上的潔白花束，有許多事她如今依然不明白，好比對方喜歡何種花。

高中同窗兩載，她曾自以爲對身旁的人很了解，說是推心置腹、無話不說的關係也行。然而那天之後，何泉映才恍然明白，她其實什麼都不懂。

如果當時多加留心、多注意細節，此後的結局也許會全然不同。

自那時算起已過去四餘年，一切變了很多，好比她舉家搬到台北，離開一年四季約有三百日都能看見晴朗天空的台中，也好比在大三時，家裡多了一位新成員，才來幾個月，就長得比七歲的柴犬，柴可夫斯基大了。

即便如此，許多事又好像什麼也沒改變。當她在夜深時翻開高中畢業紀念冊、點開手機雲端相簿，思念與悔恨卻依然如初。

「小映，我跟爸爸到附近走走，妳好了再打電話給我們喔。」

聽到母親的嗓音，何泉映才回過神。車輛已抵達入口處，她點了點頭，背上隨身小包下車。

今日陽光明媚，藍天白雲一如學生時期在操場上抬頭仰望時，總能看見的樣子。這讓她想起學測倒數那段時間，她與友人們總會一同到司令台上複習，偶爾來個考題battle，輸的人要跑操場一圈。

墓園位處北海岸的風水寶地，背山面海，有許多名人與達官權貴都下葬於此。何泉映倒不在意，這些都只是安慰生者的表面功夫罷了。

捧著百合花束，她循著每年總會經過的路線前往目標區域，不時低著頭確認手機內的園區地圖。

一路上，石碑排列整齊，上頭滿是逝者的姓名，有的還刻著一段話語，她對旁人的想念不感興趣，沒有駐足細看。

一陣微弱香氣竄進鼻腔，是來自方才擦身而過的男子。標準的木質調香味，像極了原木抽屜的氣味，也像於莊嚴佛寺靜坐時會聞到的，令人心神穩定的淡淡檀香。

她回頭看了一眼，對方身著黑灰色襯衫，步伐緩慢而穩重。何泉映想，看來他也是前來探望心中的重要之人。

僅僅一瞬，她腦中浮現了「或許是他」的念頭，卻旋即打消了這番猜想。

即便眞是那人又如何？他們早已是再無交集的兩個人。然而，如果能將深埋心底的疑惑問出口……

何泉映再度回首，對方早已消失在目光所及之處，再也找不著蹤影。

那人身上的味道，讓她有些在意，說白點，便是挺喜歡的。要是那閱香無數，家中有一整櫃香水的傢伙在這，肯定能迅速答出品牌與名稱。

何泉映莞爾，不再細想，繼續前進。

熟悉的高中畢業證件照映入眼簾，當時的情景歷歷在目——同學們討論著該擺出什麼搞怪的姿勢與表情，無奈都被攝影師駁回，最後，全班清一色掛上了不露齒笑容。

相片中的面容是一如往昔的恬靜笑顏，他的笑容永遠停在了這個瞬間，而被留下來的人，則漸漸隨著光陰流逝老去。

今天是他的生日，何泉映忍不住想，若他還活著，會許下什麼樣的心願。是當初來不及說出口的話？還是他其實從不打算宣之於口？

懷揣著千言萬語，何泉映放下手中的花束，回眸望了眼平靜的藍，最終只留下轉瞬間便被海風吹散的四個字——

「生日快樂。」

第一章 時光機的另一邊

週三午後，咖啡廳內座無虛席，有大學生面前攤著平板，點了一杯咖啡，從早坐到現在；也有身穿襯衫的男女熱絡地談話，或許在洽公，也可能只是閒聊。

店內的採光良好，午後不灼人的陽光，透過大片落地窗灑進室內，驅散了秋日的微寒，也為白色系裝潢添了幾分溫暖與生氣。

「您的千層蛋糕好了，如果沒有要馬上吃，冷藏可以保存三天，冷凍五天喔！謝謝光臨，請慢走！」何泉映將紙袋遞給一名捲髮女子，照著SOP不疾不徐地叮囑。

客人離開後，見同事正忙著裝咖啡，她便順勢接手點餐工作。餘光瞄到下一位客人，她掛起招牌的禮貌笑容開口：「您好，請問要點什……麼？」

抬眸與來人四目交會的瞬間，她怔了幾秒，而對方眼底也透出一絲驚詫。

她望著男子帶點棕色的眼瞳，一股熟悉感油然而生，他簡直就像長大後的……

「我要外帶兩杯中冰美，謝謝。」

沉穩的聲線與清晰的語句喚回她的思緒。

男子穿著略帶皺褶的白襯衫，脖子掛上了附近特約公司的員工證。何泉映心一頓，視線悄然滑向對方的證件，上頭印著姓名——徐靖澤。

她搖了搖頭，她在期待什麼呢？長得相似、姓氏一樣又如何？全台兩千多萬人，同名同姓的大有人在，樣貌神似的人自然也不少。

何況那人可不喝咖啡，嫌苦。

「一共是兩百三，統編載具需要嗎？」何泉映熟練地操作POS機，刷了對方的載具，「旁邊稍等喔，謝謝。」

此時咖啡廳的來客稍緩，後方沒有排隊人潮，她一時興起，從圍裙口袋中抽出麥克筆，在其中一個塑膠杯上畫下幾筆。不到一分鐘，她完成了那男人的臉部Q版速寫，還在底下寫了「Have a nice day」，並配上一個笑臉。

今日台北的天氣很好，她希望這個陌生人能度過美好的一天。

手握兩杯冰美式咖啡返回辦公室，徐靖澤走到了同事的辦公桌前，「你們的咖啡來囉，請用。」

在這疲乏無趣的平日午後，他其實挺想在那間初次造訪的咖啡廳多待一會，無奈簡報尚未修改完成，稍晚又有會議，實在無法爲了私心耽誤正事。

阿楷皺眉，方才猜拳輸了才跑腿的好兄弟，此刻竟滿面春風，還異常有禮，他狐疑地問：「路上遇到大奶妹？怎麼看起來這麼爽？」

「沒什麼呀。」徐靖澤像個傻子般笑了兩聲，心情愉悅到懶得跟這傢伙的用詞計較，「這兩杯就算我請你們的。」

騙鬼吧！同事們同時在心裡吐槽著，誰沒事會突然臉色大變，一改出門前不情願的模樣，甚至說要請客？徐靖澤可不是熱心公益的類型。

「懂了，有豔遇了。」阿楷彈了個響指，語氣篤定。

小雷半信半疑，仍感到不解，「靖澤不像這種人啊……」

徐靖澤手插口袋，懶得理會兩人的猜測，逕自回到座位繼續處理公事。

他沒說出口的是，剛剛短暫的外出，的確也算是某種程度上的豔遇。

「啊！」半晌，他想到了些什麼，拖著椅子滑到小雷身旁，指著他杯子上頭的可愛繪圖，「喝完杯子別丟，洗一洗給我。」

小雷與阿楷交換了一個眼神——莫名其妙，不對勁。

都說女人愛八卦，其實男生也不遑多讓，懷著滿肚子好奇，他們二人決定在下班前問出眞相。

☾

何泉映向來不太喜歡週五的班，這天的客流量比平日多，客人接連不斷，她和同事經常忙得不可開交。

她端著兩盤鬆餅，小心地送餐給坐在門口附近的客人，這時，玻璃門被推開，掛在門口的風鈴發出清脆聲響。客人進門並非稀奇事，她沒多加理會。

「泉映。」

一道出乎意料的呼喚聲，使她猛然一震，立刻轉身望向聲音來源。

一名男子站在門口朝她揮手，臉上掛著一抹溫暖卻令她不寒而慄的笑容。是兩天前那位長相神似舊識的男人。

「早安，昨天都沒看到妳。」

好可怕，這是何泉映的第一個念頭。

她的制服右胸口處別著名牌，通常是方便同事辨識用，正常客人並不會特別注意。是正常客人的話。

從對方所言聽來，他說了「昨天都」，難不成這人昨日早、中、晚各來一次？

「我只是打工的，昨天沒班。」她的聲音流露出一絲距離感。

奇怪了何泉映，別理這怪人不就好了？即使她這樣告訴自己，可仍忍不住被徐靖澤的笑靨拖進回憶。

她撇頭正要逃開，徐靖澤又道：「對了，妳的畫很可愛，我把它放在辦公桌上。」

不得不說，有點變態。她委婉地暗示沒有聊下去的欲望，「不好意思，我還要工作……」

話音剛落，對方眼神裡的失落顯而易見，像隻委屈小狗一樣，可憐地盯著她。

徐靖澤垂下頭，識相地退了幾步。眼看就要拉開門，下一刻卻再度折返。

有完沒完，何泉映在心底吐槽。

「妳什麼時候下班！」聽他的興奮口氣，何泉映彷彿能見他身後長出了小狗尾巴，朝她搖啊搖。

「三點。」她還是心軟了。沒骨氣這點一直沒變，她不懂得拒絕他人。

打卡鐘上顯示著三點零五分，何泉映將寫有自己姓名的打卡紙放入機器，走出休息室，對還在忙碌的同事們揮手喊道：「我下班囉！」

「再見！」與她同歲的伶雯朝她眨了單邊眼睛，「晚上的局眞的不去？」

伶雯熱愛社交、交友圈極廣，今天下班後打算去參加某知名網紅的生日派對，這幾日一直力邀何泉映參與。

升上大學後，何泉映的個性外向不少，可她依舊不擅長應付熱鬧狂歡的場面。何泉映尷尬地笑了兩聲，婉拒了邀約。

伶雯這樣的性格，總讓她想起從前某位朋友。

推開玻璃門，一陣帶有冷意的風迎面而來，何泉映輕顫了下，隨即把搭在手臂上的針織外套穿上。

她抬頭看了眼天空，今天的天空很美，不像夏日般彩度高、濃烈刺眼的湛藍，而是混了點潔白的柔和淺藍，是她更喜歡的色系。

她佇足欣賞了美景片刻，有道腳步聲從她背後傳來，悄悄靠近。

「泉映。」

她一回頭，那人已在咫尺之遙。

或許是與那熟悉的嗓音頗爲相似的緣故，她能輕易地認出說話的人是誰。懷著戒心，她往後退了兩步，「請問有什麼事嗎？」

自從見到徐靖澤，何泉映一連數日都睡不安穩，再加上她今日早上七點便開始上班，此刻她只想趕緊回家，靠在寵物犬薩里耶利蓬鬆柔軟的毛上補眠。

這般勞累的她，可沒有餘力再給對方好臉色。

「我叫徐……徐靖澤，在附近公司上班。」徐靖澤指向不遠處的金控大樓。

何泉映正想接話道「我知道」，開口前，腦中冒出一個猜想——一身正經打扮、過於熱情的態度、第二次見面就裝熟、在大規模的金控公司上班……

這人是賣保險的！心中警鈴大作，她沒給對方解釋的機會，一語不發邁開腳步，繞進一旁小巷打算甩開他。

「泉映，等等！」

途中經過一座公園，對方緊跟在後，她加快腳步，「我家裡還有事要趕快回去！」

「泉映——」

「我的各種保險，我媽咪都處理好了，你跟著我不會有業績！」這人還眞難纏，她摀著雙耳，腳下的步伐又快又急。

聽見這句話的瞬間，徐靖澤愣在原地，過了幾秒，他噗哧一聲笑了出來，小跑步追上對方。

「我不是賣保險的。」他撈出外套口袋內的識別證，指著職稱的欄位，「『儲備幹部』，不是賣保險的。」

何泉映瞄了一眼，確認他不是在騙人便停下腳步，有些狐疑地盯著他瞧，「那請問有什麼事情嗎？」

徐靖澤一頓，他找她的目的比賣保險更不單純，要是說出口，她搞不好又會逃跑。他斟酌用字，小心翼翼地說：「我……想跟妳交換聯絡方式。」

「那個……」何泉映面有難色，尷尬地抽抽嘴角，「我可以拒絕嗎？」

徐靖澤還眞沒想過會收到這樣的回覆，他還以爲何泉映不會拒絕。

「那……好吧。」他原先的神采奕奕頓時轉爲萎靡，像被遺棄的小狗。

見他垂頭喪氣，何泉映微微咬唇，反省剛剛的回應是否傷人。

思來想去，她還是覺得她的婉拒沒有問題，可她就是見不得對方委屈的樣子，因爲徐靖澤長得與那人如此相似……

「抱歉耽誤妳的時間。」徐靖澤垂眸，「剛剛妳說家裡有事，就不打擾了。」

他倏地轉身離去，即便看不見表情，何泉映也能從落寞的背影中讀出他的沮喪。幾片落葉還應景地飄下，替他增添幾分淒涼。

「你等一下！」趁徐靖澤還沒走遠，她趕緊叫住他。

這不是她第一次被搭訕，可這與她遇過的每一次都不大一樣。還是……只是因爲那張臉讓她亂了心神？何泉映搞不懂自己的心。

徐靖澤聞言便迅速回頭，眼裡燃起一絲希望。

「你爲什麼想認識我？」她走上前，鼓起勇氣提問。

「因爲……」他欲言又止，不知道該怎麼解釋，只好隨便選一個聽起來較正經的藉口，「妳在杯子上畫的我很可愛。」

「這個是誰？畫得好可愛。」澄月指著她英文課本的角落問。

何泉映連忙用手掌掩住，「我、我隨便畫畫而已……」

她不敢說出口的是，其實她畫的就是澄月。

「謝謝你。」往事浮上心頭，何泉映淺淺一笑，緊繃的心頓時放鬆。她掏出口袋裡的手機，「好吧，你想要換LINE，還是互追Instagram？」

徐靖澤沒料到她會突然改變態度，一時反應不過來，眨眨眼後遲了幾秒才回應：「都、都可以！」

「那就都換吧。」

何泉映莞爾，既然徐靖澤不是賣保險的，又真誠稱讚她的插圖，她想他大概沒有惡意，自然願意給個機會彼此認識。

「不過我的Instagram大多都用來偷窺別人，不太發文，也不在上面聊天。」她咕噥著：「如果要傳訊息，我都用LINE。」

兩人交換社群後，她第一件事就是點開對方的Instagram，瀏覽一遍裡頭的內容。他的頭貼是戴著墨鏡，與雙子星大樓的合照，個人簡介寫了一句「Be happy」，並透露了曾就讀文大企管系。

貼文不到十則，內容大多是記錄重要時刻——參加商業競賽獲獎、完成實習、大學畢業典禮等。

「對了，妳住附近嗎？」加完好友後，徐靖澤馬上收起手機，換了個話題。

「走路大概十分鐘，怎麼了嗎？」

「是租房子嗎？」

何泉映搖搖頭，「不是，我跟家人一起住。」

「妳——」

「換我問了，這個時間你不用上班嗎？」何泉映雙手抱胸，打斷他本要說出口的問句。

「偷跑出來的。」徐靖澤撓撓太陽穴，有些不好意思。

有點怪，但也有點可愛。何泉映一時之間也找不到話接，疲憊感再次湧現，滿腦只想快點回家，和兩隻毛小孩蹭在一塊。

「那我先回家囉，再見！」她揮揮手，嘴角微揚。

「再見。」徐靖澤點點頭，由衷希望她說的「再見」不是客套話。

回到房內後，何泉映坐上電腦椅，試圖讓自己冷靜下來。

徐靖澤不是澄月，他們不一樣。

徐靖澤會喝咖啡，而澄月討厭那氣味；徐靖澤讀的是企管系，而澄月從未將企管系視爲目標……

明知道他們兩人不同，爲什麼她還是會頻頻想起？

此時，手機跳出通知，她訂閱的某頻道更新了新影片——

「開箱新租屋處！台北一個月三萬能租到什麼等級的房？」

看見標題的瞬間，何泉映不禁笑了聲，房租一個月三萬也太誇張，不過這位坐擁五十多萬訂閱的YouTuber，確實負擔得起。

她拍拍臉頰，打算透過看影片來轉換心情。在等電腦開機時，她伸伸懶腰，椅子順勢轉了個角度。

視線瞥到牆上掛著的畫框，裡頭是一張8K大小的作品——夜晚山林間，柔和月光映照著清泉。這曾是她夢中嚮往之景，可隨著年歲流逝，已不再是她的心之所向。

「澄月……」她低聲輕喃，嘴角微揚的弧度裡藏著自嘲。

或許，那場悲劇本該可以挽回，或許，那段情感本該有所歸屬。是她先推開了他，在一切都尚未明朗時，是她先劃清界線。

何泉映明白自己幼稚得很，可那時他們都才十八歲，要如何不被情感給左右？

即使最後的分別難堪至極，連一聲再見也沒說，可這些日子過去，她還是忘不了過往種種，捨不得將那幅畫丟棄。

盯著畫中水面映出如雪的月光，恍然間，何泉映的思緒也跟著回到那段青蔥歲月。

☾

「六號是誰？」

國文老師看著木籤上的編號喊，她環顧了一圈，沒人應聲，同學們個個左顧右盼、竊竊私語。

「泉映。」徐澄月稍稍低下頭，伸手輕點隔壁女孩的手背，用氣音提醒，「從第三段『況吾與子』開始念到結束。」

「我看看，六號是……」老師正翻開桌上的點名簿，剛在課本上畫完人物髮絲的何泉映猛然抬首，迅速理解狀況後舉起了手。

「老師抱歉，我剛剛聽錯號碼了。」她滿臉歉意，「六號是我。」

一見是認眞聽話的乖寶寶何泉映，老師點了點頭，相信她只是太專心在做筆記才沒聽清楚。

手背仍殘留著澄月指尖的餘溫，何泉映故作鎭定，清了清喉嚨，捧起課本朗讀起蘇軾的〈前赤壁賦〉。

「……知不可乎驟得，托遺響於悲風。」

清澈的嗓音念畢一段落後，老師滿意地點點頭，「非常好！泉映剛剛念的部分，是我最喜歡的段落，讓我們來解讀……」

趁老師的注意力轉移，她從筆袋中抽出便條紙，寫上「謝謝」二字，還加了三個驚嘆號，悄悄黏在澄月的桌角。

她其實想湊到他耳邊親口道謝，可沒有勇氣，只敢透過紙條傳遞心意。

連簡單的兩個字，她都得做足心理準備才說得出口。

澄月撐著頰，瞥了一眼那張黃色小紙條，隨後在驚嘆號的後方，畫上小小的微笑。

國文老師邊念課文邊巡教室一圈，趁著老師走遠，澄月指向何泉映的塗鴉輕聲問道：

「在畫靜聖嗎？」

澄月靠得有些近，她微微倒抽了口氣，蓋住鉛筆痕跡，「像嗎？我覺得沒有畫得很好……」她的聲音越來越小。

「妳等等下課可以拿給她看。」他勾起唇角。

這笑容令何泉映一瞬間失了神，可她無法獨占這美好，那麼普通的她，光是能與澄月成爲鄰座、跟他處在同一個朋友圈，已是僥倖，她無法也沒有資格再奢求更多。

「靜聖會喜歡嗎？」她轉過頭，望向左後方、坐姿勢端正的長髮女孩。

在何泉映心中，裴靜聖跟澄月一樣，都是遙不可及的存在。

她出身於書香世家，聰明漂亮、多才多藝，舉止氣質皆溫和內斂，是許多人嚮往憧憬的對象。

何泉映找不出裴靜聖的一絲缺點，如果可以，她多麼想成爲與對方一樣的女孩。

裴靜聖將烏黑髮絲輕輕勾到耳後，模樣恬靜溫柔，見狀，何泉映覺得方才隨筆畫下的神韻，實在不及本人萬分之一。

「是我的話會很喜歡。」

澄月的話語讓她回過神，他口中的「喜歡」更是令她不知所措，明明曉得他只是在說畫，她依然忍不住胡思亂想。

何泉映想，她在十七歲的這份暗戀，多年後回憶起，肯定顯得笨拙。

「去廁所換衣服囉！」

杏文高中規定，學生一律穿著制服到校，運動服僅能在體育課時更換。

下節是體育課，鄭盈盈拿出置物櫃裡的體育服，來到何泉映座位旁，勾住她的脖子，順勢將她往後門帶，途中點了點裴靜聖的肩，示意她一起離開教室。

「等一下，我還沒拿好衣服！」何泉映自好友的臂彎中掙脫，趕緊回到座位上，從書包內取出乾淨衣物，再追上對方的腳步。

在班上，何泉映最要好的女生朋友，便屬這兩人了。

她性格內向，到了新環境總是被動地等人搭話，若無人走向她，她眞可能成爲班上的邊緣人。幸好，升高二的暑期輔導第一天，坐在前方的鄭盈盈熱情地找她聊天，開啟了兩人的友誼。

鄭盈盈與何泉映就像光譜的兩端，樂觀開朗、人脈廣闊的她，是太陽般的存在，恨不得跟全世界七十億人打好關係。若少了她，何泉映大概不可能與澄月和裴靜聖成爲朋友。

「好巧，我也要去換衣服，一起走吧！」三人正要走出教室後門，另一個男孩急忙追了過來。

鄭盈盈頭也不回，拉著兩位好友往前，「去死吧！康宥臣。」

「講話眞粗魯。」名爲康宥臣的男孩「嘖」了聲，臉上仍掛著笑容，後退幾步勾上澄月的手臂，用著撒嬌的語氣道：「澄月，我們去換衣服！」

「有點噁心，我可以拒絕嗎？」澄月推開他的手，毫不留情地回應。

女廁內，鄭盈盈邊更衣邊朝右邊喊：「泉映，我上次拜託妳的東西完成了嗎？」

何泉映其實在她左邊那間，即使如此，她的大嗓門也清楚地將問題傳到了當事人耳中。何泉映解開襯衫釦子，一面回覆：「草稿畫好了，中午拿給妳看，但……」她擔心畫出來的設計不是對方想要的樣子。

鄭盈盈沒注意到她最後漸弱的嗓音，歡呼了聲，「太棒啦！我的頻道終於要有個像樣的LOGO了。」

鄭盈盈經營著約三萬訂閱者的YouTube頻道，頻道的頭貼依然是剛創立時隨手放的自拍照。她一直想找個機會換張新圖片，剛好想起何泉映的美術能力，便將設計LOGO的重任交給好友。

何泉映擔心作品不夠好、粉絲看了不喜歡，一開始想婉拒，可鄭盈盈不斷鼓勵她，表現出一副沒她不行的模樣，才答應了下來。

「靜聖，妳覺得我之後拍的主題，如果是『開箱我們五個人的書包』，觀眾會有興趣嗎？」即便還沒換完裝，鄭盈盈的嘴巴仍閒不下來。

「不錯呀。」裴靜聖輕聲回應。要不是廁所沒有其他人在，否則她的回答肯定會被埋沒在雜音中。

何泉映補了一句，「大家應該很好奇，康宥臣的書包都裝了什麼貴貴的東西。」

昨日中午康宥臣叫了外送，掏錢出來時，鄭盈盈眼尖地注意到他皮夾上的標誌。上網搜尋後，那看似不起眼的黑色皮夾，竟要價兩萬元。震驚不已的她，自然不會私藏這樣的消息，短短不到一天，便傳得人盡皆知，「臣哥養我」還成了教室裡最常聽見的一句話。

「我之前看到有留言說，他是因爲康宥臣才訂閱我，眞不知道該不該開心。」鄭盈盈「呿」了聲。

她曾發布過以「開箱康宥臣家的別墅」爲主題的影片，靠著演算法的眷顧，獲得不少流量。

何泉映失笑，「只要粉絲增加就是好事呀。」

一打上課鐘，大家紛紛到操場集合。體育老師有事請假，臨時被指派的代課老師也不曉得要讓他們做什麼，便放同學們自由活動。

「體育老師是不是算一種薪水小偷？」趁著老師在榕樹下滑手機，康宥臣小聲地說，跟周遭兩、三個男生一起笑了出來。

體育股長在前方帶大家暖身，何泉映體力差，在某些較費力的動作稍稍偷懶，不料卻正巧與斜前方的澄月對上了眼，她趕緊糾正姿勢，恨不得成為全班動作最標準的同學。

暖身結束，她瞥見裴靜聖落下的髮絲，便點了點好友的肩提醒。

「謝謝。」裴靜聖淺笑，脫下腕上的黑色髮圈，俐落紮起一束馬尾。

鄭盈盈搖頭嘆氣，走到何泉映身旁，指著前方好幾個盯著裴靜聖潔白後頸的男同學，「妳看，一群色鬼。」

在那之中也包括康宥臣，他搧著風，嘴上喊著「好熱」，眼睛其實也盯著同樣的地方。

何泉映不動聲色地瞥了澄月一眼，他正專心地研究某人掉在地上的考卷，視線不同於其他男同學。

鄭盈盈不知是哪根筋不對，忽然提議比賽跑操場一圈，最輸的人在下課後要請贏家一瓶飲料。

「要參加的舉手！」她率先舉起手。

下一秒，康宥臣也自信地舉高手，「我！」

另外三人都沒有要參加的意思。

「好，靜聖當裁判，請選手各就各位——」

有無舉手毫無意義，鄭盈盈硬是拖著何泉映與澄月來到起跑線，完全無視前者嘴裡的「我沒舉手耶」。

何泉映微微鼓嘴，眼看裴靜聖也配合地走到一旁，便認命站到跑道上，擺了個不是很標準的預備姿勢。

「預備——」裴靜聖難得用比較大的音量說話，她站在前方不遠處，迅速放下手，「開始！」

四人起跑的時間相近，澄月一馬當先，領先其他三人一段距離。鄭盈盈與康宥臣則沒有要爭第一的意思，自邁開腳步起便不斷阻撓對方，做出各種犯規動作。

至於懷著一百個不願意的何泉映，還是只能往前衝。跑到一半，她便氣喘吁吁，速度慢了不少。

看著澄月跑得越來越遠，她不禁將這次的賽跑結果對應了兩人的距離——澄月那麼好，她如此普通，即使窮盡力氣也追不上。

率先抵達終點，澄月甩了甩被汗浸溼的髮絲，回頭關心目前戰況。如他所想，那兩人不意外地互相拉扯，秉持著「我可以不當第一，但你一定要最後」的精神。

他隨後注意到後方的何泉映，即便不情願仍努力想跑到終點，換作其他人，哪會這麼輕易配合鄭盈盈。

他莞爾，到樹下的台階取何泉映的水壺，再走回終點處，等待好友們凱旋歸來。

「靜聖，妳覺得我等等要喝什麼好？」他問著身旁一起等待的女孩。

「運動飲料？我不確定你愛喝什麼。」看著到最後一刻都不想讓彼此好過的鄭盈盈與康宥臣，裴靜聖也忍不住勾起了唇角。

剩下五十公尺，何泉映痛苦到想放棄用走的。注意到澄月望來的視線，她反而不敢這麼做。

想著「不能出糗」，她成功堅持到最後，順利避開最後一名的寶座。

停下腳步，她因呼吸不順彎腰咳了幾下。她捂著胸口、差點喘不過氣的模樣，看來十分難受。

「還好嗎？趕快喝點水。」澄月趕緊小跑步到她身畔，順手替她轉開水壺。

「謝謝……」她漲紅著臉，接過水壺的瞬間，不小心碰到了他的指尖。

「去樹蔭下休息吧。」裴靜聖也關心道。

不久，其餘兩人也抵達終點，無奈沒有人注意他們的戰況，兩人各執一詞說對方是最後一名，一番爭論後，最後妥協的是錢包厚度更勝一籌的康宥臣。

「下次不要拉我比賽了……」何泉映的呼吸逐漸平穩，她坐下後，無力地揮拳揍了一下迎面而來的鄭盈盈。

罪魁禍首毫無一絲悔意，拉起領口擦擦汗，燦笑回道：「偶爾也該動動身體嘛！」

這時，五名男同學從體育館走出來，朝他們的方向揮揮手。

「澄月，來打球！」正中間拿著籃球的平頭男生大喊，指向一旁的籃球場。

澄月放下寶特瓶，圈起嘴巴回應：「馬上來！」

九月的陽光依然炙熱，今日的天氣晴朗無風，悶熱而黏膩，籃球場旁的看台區毫無遮蔽，何泉映被曬得頻頻流汗，不到十分鐘，她便喝完了水壺內約五百毫升的水。

何泉映不懂籃球，只知道投進籃框就能得分。她表面上跟著鄭盈盈一起坐著偷懶，實則目光移不開澄月的身影，追隨著他在球場上來回奔波。

來當觀眾的不只她們，班上幾位女同學也湊過來幫男生們加油。坐在何泉映左方的三人組中，有名女同學正好與場上一位男孩是班對，她的賣力喝采聲時不時地傳來。

看著她滿眼是光的興奮表情，何泉映心想，眞好啊，能跟男朋友待在同一個班級，一起上下學、一起讀書考試……好羨慕。

她嘴角微微上揚，卻帶著些許苦澀。喜歡澄月的自己這麼普通，怎麼配得上優秀耀眼的他？

她知道很多女生都暗戀著澄月，關於他的種種事蹟，從她還不認識對方時，便時常能聽見同學們訴說。

這樣的風雲人物，沒有理由會喜歡她。何泉映是這麼認爲的。

「嗚呼，三分球！」

男同學激動的歡呼聲，將何泉映拉回現實，她看著表情有些懊惱的澄月，也好想好想大聲爲他加油，只是，她只能把衝動跟心中的期盼、鼓勵一起藏在心底。

澄月趁著對手不注意抄走了球，迅速往對向籃框衝。他輕巧閃過攔截，在籃下縱身一躍，將球穩穩投進。

何泉映情不自禁「哇」了聲，連帶拍了幾下手。

他隨著流暢步伐甩動的髮、自下巴滴落而閃著光的汗水，還有進球時神氣得意的表情，何泉映全都好喜歡。

這時，澄月回眸望向觀眾席，臉上露出燦爛的笑。

何泉映怔了幾秒，不曉得那笑容是對著誰。她搖了搖頭，反正……總不會是她，這裡這麼多人。說不定他也沒想太多，單純只是因爲開心而笑。

平時看起來溫文儒雅的澄月，不僅成績優異，在體育方面的表現也非常出色。運動時的他，有著平常不常展現的別樣魅力。

他的溫柔、他的耀眼、他的意氣風發，何泉映自始至終都看在眼裡。

☾

那些貫穿青春的美好，與各自分飛的現今相比，總讓何泉映無比惋惜。

她眞的好想知道，究竟是出了什麼差錯，才讓他們的關係分崩離析，造就今日的局面。

「大家好，我是拉娜！」

點開出現在首頁的最新影片，一頭俏麗旁分短髮的女生坐在米色沙發上，對著鏡頭打招呼，露出招牌的活力笑容。

將影片調整成全螢幕播放，並將音量調至適合的大小後，何泉映靠在電腦椅的頭枕上，認眞觀賞這部影片。

拉娜介紹著租屋處的陳設與家電，說到掃地機器人時，不忘順勢業配其他幾項品牌方提供的贈品，十五分鐘的影片毫無冷場。

還眞是一如往常的拉娜風格。何泉映訂閱了這個YouTuber好幾年，是初期就開始支持的粉絲。看著拉娜的人氣越來越高，甚至突破五十萬訂閱，她由衷地感到驕傲。

「小映——」

聽到母親的叫喚，她打開房門對著一樓大聲回應：「怎麼了？」

「媽咪帶了妳最喜歡的那家蛋塔回來，快點下來吃。」

「耶，謝謝媽咪！」她趕緊穿好室內拖，興高采烈地衝下樓。

何泉映是獨生女，更是何家得來不易的掌上明珠。

何母經歷無數次的失敗，終於在三十二歲透過試管成功懷上女兒。誕下何泉映後，夫妻二人非常珍視彌足珍貴的寶物，極爲疼愛她。

國中時，她看到鄰居家有隻可愛的柴犬，說自己也想養一隻，一週內，她父母就將養狗所需的物品都準備齊全，買了隻可愛的小柴犬回家，取名爲「柴可夫斯基」。大三時，她的生日禮物是多年來一直想養的薩摩耶。兩隻可愛的寵物犬，成了她生命中的寶貝。

「期間限定的流心巧克力口味！」看到紙盒內的蛋塔，何泉映興奮地抱著母親轉圈，「最愛妳了！」

「三八！」何母摸了摸寶貝女兒的頭，「再不吃就要冷掉囉。」

何泉映拿起熱騰騰的蛋塔送入嘴中，似乎是嗅到了氣味，原先待在一旁休息的兩隻狗也撲了上來，想一同享受美食。

「你們不能吃，坐下！」何泉映一聲令下，兩隻狗狗便聽話地坐下，朝她熱情地搖著尾巴。

「眞乖！」何泉映滿意地摸了牠們一把，用乾淨的那隻手繼續享用蛋塔。

解決完最後一口，桌上的手機螢幕亮起，她瞄了一眼通知，是徐靖澤傳來的訊息——

「已傳送貼圖」

「妳晚餐要吃什麼？」

這人是怎樣，對她有興趣？何泉映眉頭微蹙，不明白徐靖澤爲何只因插圖可愛，就想認識她。

洗過手後，她拿起手機，透過暗下的螢幕端詳了自己的面容。

她不禁嘆了口氣，「唉，素顏的樣子被長得像初戀的人看見了……」都怪今天的班太早，讓她不想提早爬起床化妝。

這樣一張普通的臉，有讓人一見鍾情的魔力嗎？不可能吧？跟漂亮又有氣質的裴靜聖差多了……

想起曾經的好友，何泉映的眼眸也跟著垂下。

第二章　相似卻不同的他

早上八點，房內的電動窗簾準時往兩邊拉開，晨光灑落，何泉映迷迷糊糊地睜開了眼。

她翻身，拿起床頭櫃上的手機，點開控制家電的程式將窗簾關上，打算重返夢鄉。

汪——

近距離的狗吠聲嚇得她抖了一下，她差點忘記昨日薩里耶利與她同床共枕。

白色薩摩耶伸出舌頭，興奮地舔著主人的頸部，癢得受不了的何泉映，趕緊抓起一旁的骨頭玩具往門口扔，薩里耶利馬上就追了上去。

她坐起身，伸伸懶腰，重新打開窗簾，準備好迎接全新的一天。

往外頭看去，藍天白雲、陽光明媚，是個適合帶狗出門散步的好天氣。她打算等吃完早餐後，帶兩隻寵物犬到公園，讓牠們跟其他狗狗互動玩耍。

手機發出清脆的鈴鐺聲，那是她設定的LINE提醒音。

「早安！」

「妳今天會在咖啡廳嗎？」

是徐靖澤。

摸了摸搖著尾巴的薩里耶利，何泉映點開程式，正要回應，對方卻傳了個貼圖，是一顆從床上爬起來的白色小雪球。

何泉映頓了下。

「早安，我今天沒有班。」她覺得很驚喜，勾起唇角敲下回覆後，拋出新的問題，「這個貼圖是你買的嗎？」

何泉映想，如果她是一隻狗，此刻肯定也會像薩里耶利一樣，開心地晃著尾巴。

「是啊，我覺得很可愛。」

何泉映忍不住發出「嘿嘿」的聲音。

徐靖澤傳的這組貼圖，是她大三時受朋友慫恿製作的，名爲「小雪球的日常」，幸運地在某段時間因官方宣傳，賣出不少數量，替她賺取零用錢。

她興致勃勃地與對方分享，這組貼圖是她畫的，徐靖澤也很捧場地說喜歡，並期待之後還有第二彈。

「不過，爲什麼會想畫小雪球？」他如此提問。

這番話，讓何泉映不禁想起了那承載著她暗戀心事的詩句。

「因爲我有個綽號叫『小雪』。」

她回道，並猜想對方會再追問。果不其然，他的訊息與她預料的一致。

「爲什麼叫小雪？」

「有機會再告訴你！」她想到徐靖澤曾提及上班時間是八點半，於是補了一句，「我先去吃早餐，上班加油！」

再傳送了另一張小雪球貼圖。

與徐靖澤相遇至今已過了一陣子，何泉映發現，他是個主動的人，早上總會傳訊息，睡前也會道晚安。他常常好奇她此刻在做的事、三餐吃了什麼，知道她養狗，還經常問她家的兩隻寶貝是否一切都好。

實在是……過於熱情了些。

不過，何泉映不排斥這樣的關心，她的朋友本就不多，大學畢業後，有聯絡的友人日漸疏遠，現在，幾乎已沒有人會每天與她訊息往來。

前幾日他們正好聊到期間限定的展覽，於是徐靖澤藉此提出邀約。何泉映身邊的人大多沒興趣，便答應了與他一同出門。

甫走到巷口，她便看見徐靖澤站在店門口朝她揮揮手，何泉映莞爾，也舉起手回應。

「你等很久了嗎？」她小跑步到對方面前，眼神卻沒有直視他，「今天有點涼耶，我們趕快進去。」

即使他們透過每日的訊息往來日漸熟悉，何泉映依然會感到緊張。

「我習慣提前到。」徐靖澤推開餐廳大門，示意何泉映先進門。

在服務生帶位後，他主動替何泉映拉開座椅，再自行入座。

察覺到服務生略微曖昧的眼神，何泉映有些不自在地咳了兩聲，「我可以自己來的……謝謝。」

她瞥了眼對座的男人，他正以面紙擦拭放置在桌上的兩副餐具。他動作熟練，不像在刻意表現，她在心底爲他加了點分。

高中時，她與朋友們經常在放學後到學校後門的餐館用餐，那時總是她跟澄月主動替大家拿餐具、送菜單。

「你跟我一個以前的朋友很像。」她以「朋友」淡淡帶過那段回憶。

徐靖澤喝了口檸檬水，「哦？他是個怎麼樣的人？」

「是個三言兩語講不完的人。」何泉映輕笑，翻開菜單，順勢換個話題，「你想點什麼？我不挑食，你決定就好。」

澄月是占據她青春年華的男孩，她曾對他如此眷戀，若眞要聊起他，花個一天一夜都不見得能說完。

即使兩人還只是剛認識，但她能從徐靖澤的表現感覺到他的好感，遲鈍如她，也知道聊起初戀是禁忌，點到爲止即可。

「這樣啊……」徐靖澤輕喃，隨後指著菜單向服務生點餐，「鐵板豆腐、茶葉炒飯、炒高麗菜、泡菜牛肉，先這些，謝謝。」

「泡菜牛肉會有點辣，兩位可以接受嗎？」

「改成鐵板牛柳好了，會辣嗎？」徐靖澤立刻換了道菜。

服務生說了「不會辣」，確認餐點無誤後，便離開了桌邊。

剛剛一直聽著的何泉映偷偷記下，原來徐靖澤飲食的偏好跟她挺相似，還跟她一樣不吃辣。

吃飽結帳時，沒等何泉映反應過來，徐靖澤率先拿起帳單走到櫃檯結帳，見狀，她趕緊上前，掏出錢包抽了兩張鈔票。

「一人一半，給你。」她伸手，對方卻沒有要拿的意思。

「今天是我約妳出來的，就讓我請客吧。」徐靖澤輕輕推回她的手。

「我不喜歡占人便宜，而且我也有在打工賺錢啊！雖然薪水沒你高，但不至於付不出餐錢。」何泉映態度堅決。

「泉映……」見她不願接受自己的好意，走出門口後，徐靖澤豎起食指與中指，「既然妳這麼堅持……一是我收下妳的錢，二是下次換妳請我吃飯，選一個吧。」

他不經意勾起的笑容，讓何泉映分神了幾秒，恢復鎮定後，她在腦中權衡了兩者的優劣。

「你比較希望我選哪個？」心中雖有答案，可她沒有直接回答，而是把問題拋回給對方選擇。

「第二個。」他不假思索地答，像是正大光明地宣告「我還想跟妳有下次見面的機會」。如此直白的態度，反倒讓何泉映變得有些不自在。

「那說好了，下次你可不能搶著結帳。」她將鈔票塞回皮夾。

兩人散步到附近的文創園區，週末的園區人潮不少，也不乏帶著寵物來走走的人。何泉映見有位伯伯遛著柴犬，忍不住想到自家還在呼呼大睡的寵物。

「泉映，是魯咪展的看板！」徐靖澤輕輕扯了扯她的袖子，指向不遠處擠在一團的一群人。

她望向對方話中的看板，眼睛瞬間睜大了些，趕緊拿出手機，放大鏡頭拍了好幾張，

「好可愛！」

「魯咪」是近年來很紅的某位圖文創作者繪製的藍色生物，可愛的外型擄獲不少人的心，一連出了好幾組貼圖皆暢銷。近期舉辦了五週年紀念展，吸引眾多粉絲朝聖，這也是他們兩人此行的主要目的。

何泉映沒想太多，興奮地拉著身旁男人往人群聚集處跑。盯著她隨步伐晃動的馬尾，徐靖澤也漾開了笑顏，跟著小跑步前進。

等待幾組人馬拍完照後，終於輪到了他們。

「泉映，快過去，我幫妳拍！」徐靖澤指著前方。

「謝謝！」她將手機交給他，趕緊跑到看板旁邊，比了個最普通的勝利手勢。

回到徐靖澤身旁，她才發現對方居然沒用她的手機拍。

「我上個月換新手機，想說這支拍起來可能比較好看……妳會介意嗎？」徐靖澤率先解釋。

「沒事！你再照片傳給我就好。」何泉映擺擺手，認爲他的說法非常合理。

可她不知道的是，眞正的意圖，徐靖澤有所保留——想在手機裡保存她的照片。要是讓何泉映知道，他肯定會被當作大變態。

「你好會拍喔！」看著對方拍出的照片，何泉映驚呼連連。

照片裡的她，雙腿看起來修長，背景板正好塡滿畫面，沒把後方路人拍進去。

不過，會拍照的男生肯定不簡單！一頓稱讚過後，她好奇問道：「這麼會拍照，是被前女友訓練的嗎？」

她大學認識的男性朋友都是如此，常常擔任另一半的攝影師，久了便越來越熟練。

「不是喔。」面對帶有套話意味的問句，徐靖澤否認，「以前系上滿多女生朋友，常常要我幫忙拍照。我一開始還會被她們念拍得很醜。」

何泉映偷偷「呿」了聲，原本還以為徐靖澤的交際圈單純，就這個回答聽來，他不只有許多異性朋友，甚至還經常相約出門。

雖然這男人只是剛認識不久的朋友，但她仍莫名覺得不是滋味。她總想著，若是有發展關係的機會，就必須提前審慎評估對方的交友狀況，以避免後續困擾。

扣分！她在心底默默記上一筆。

她腳步不自覺放慢了些，沒發現自己正微微噘著嘴。

「泉映，我沒有前女友。」徐靖澤注視著她的側顏，輕笑一聲。見她沒有應聲，他放慢語速再度強調，「一個都沒有。」

「誰、誰問你了……」何泉映「哼」了聲，撇過頭去。

就算他的感情經驗是零，可有很多女生朋友這點，還是讓她有所顧忌……

何泉映上了公車後，望著站牌邊朝她揮手道別的徐靖澤，嘴角不禁揚起笑意。

徐靖澤大可直接搭捷運回家，卻堅持要看她上車再離開，這樣的貼心令她心頭一暖，內心也有所動搖。

好吧，勉強加回一些分數。

第一次與對方約出門見面，感覺還不賴，除了他提到異性朋友的小插曲。

兩人自然的互動，任誰看來都會覺得，肯定有進一步發展的空間，就連她自己也這麼覺得。

不過，她很清楚，她對徐靖澤的在意，不單單只是處得來的新朋友，更是因爲對方長得像澄月。

四年了，過了這麼久沒有澄月參與的日子，她以爲自己早就放下過往的感情與回憶了，可她偏偏沒有再對誰動心。直到遇見徐靖澤，她才意識到那人始終占據了心上最柔軟脆弱的祕密與傷痛。

即使尚未對徐靖澤心動，也只是時間早晚的問題。目前看來，徐靖澤的各項條件，大致符合她喜歡的類型，更別提他那張跟未果的初戀極其相似的臉，要不動心才難。

若是真有跟對方發展下去的意願，那她是時候釋懷了，該讓那個少年留在回憶，成爲偶爾想起會覺得有些遺憾的存在就好。

手機震動聲打斷了思緒，何泉映看了眼來電對象，迅速接起。

「喂?泉映。」手機另一頭傳來叫喚：「妳昨天問我香水的事，我現在才看到，抱歉喔，我這兩個禮拜超忙的！」

「沒事，我只是隨便問問，不是很重要的事啦。」她笑，「你就算一個月後才回覆，我也完全不介意。」

前陣子她去墓園悼念友人時，不經意聞到了路人身上的淡淡檀香味，覺得好聞，便詢問懂香水的好友。

「檀香味的香水超多，有兩款比較大眾，不過，我講了也不一定是妳那天聞到的。」

對方繼續說道：「不然，我找一天帶妳去百貨公司櫃上聞一遍，怎麼樣？」

「好啊，我們有空再約。」何泉映聽到對方的提議，莞爾回應：「你繼續忙吧，不打擾你啦！」

☾

「來，請回答剛剛分別是哪五罐香水呢？」

鄭盈盈竊笑著看向一旁被遮住眼睛的康宥臣。

鏡頭外的何泉映撇頭望去，康宥臣家中客廳擺著一大櫃香水，少說也有幾十瓶，要在這之中精準分辨品牌與香水名稱，是否太難了些？

在錄影前，康宥臣拿了兩罐香水給她試聞，她實在不曉得兩款有何差別，然而他卻能在香氣滲入鼻腔的瞬間精準分辨。

這樣的他，要辨認五種味道落差頗大的香氣，肯定不成問題。

「我現在覺得整個空間都充滿好濃的香水味。」受到香氛的刺激，澄月打了個噴嚏。

鄭盈盈噴香水時，沒注意噴頭方向，不小心就朝著澄月壓，讓他非常難受。

何泉映正要開口關心，裴靜聖已率先抽了一張面紙遞過，「還好嗎？」

她硬生生吞回想說出口的話，某種酸澀感抵在喉頭，一路往下蔓延到心口。

「易如反掌。」被眼罩遮蔽視線的康宥臣哼笑了聲，雙手一拍，「第一罐是Maison Crivelli的異解莎草、第二罐是Diptyque的……」

他自信滿滿地回答：「最後一罐是Jo Malone的白樺木與薰衣草。」
「回答正確！」鄭盈盈用力拍拍手。
因為在拍片，除了當事人，其他四人事前都已知曉答案。見康宥臣的回答絲毫不差，澄月忍不住驚呼，「真的很強耶，你是狗嗎？」
何泉映也輕輕鼓掌，佩服他能記下每罐香水。
完成拍攝，五人在客廳沙發上吃著披薩，一邊聊著隔天的公民課報告。鄭盈盈則沒閒著，立刻將影片檔傳輸到筆電，打開剪片軟體工作。
「未來成為知名YouTuber時，記得磕頭跟我道謝。」康宥臣咬斷了牽絲的起司，口齒不清道：「我貢獻了妳三分之一以上的素材耶。」
此話倒也沒誇大，家境良好的康宥臣，提供了鄭盈盈許多靈感，不僅在他全家的同意下，開箱過他家的別墅，還公開他的球鞋收藏，讓觀眾們能透過影片窺得有錢人的生活，鄭盈盈也因此收穫不少流量。
「感謝施主。」鄭盈盈雙手合十，點了一下頭，「也很多粉絲喜歡澄月跟靜聖出現在影片裡，我就是專業的蹭朋友仔。」
唯一沒被提起的何泉映垂下頭，忽然就沒了胃口。
澄月接下好友的話，「也要多虧泉映幫妳畫了頻道的LOGO啊。」
「對啊，我超喜歡的！」鄭盈盈笑著攬住何泉映的肩，「最愛你們了！」
康宥臣彈了個響指，指著何泉映面前的筆電，「對了，妳這頁簡報——」
還沒說完，裴靜聖的手機忽然響起，四人全都停下動作，整個空間安靜得只剩手機的鈴聲。

他們都知曉，這通電話肯定是裴靜聖的母親打來的。

坐在裴靜聖身旁的何泉映，能聽到話筒傳來的對話——裴母說車已在附近，讓女兒趕緊離開朋友家。

「好的。」裴靜聖自始至終沒有一句反駁，也沒有表現得不情願。

「跟同學來討論報告也要管這麼多。」鄭盈盈「嘖」了聲，替她感到不滿，「妳家人真的有病！」

何泉映雖沒出聲附和，也還是默默點了點頭。

裴靜聖出自眾人稱羨的家庭：祖父是醫界具有重大影響力的教授、父親是海歸中研院院士、母親則曾是教授。因此家教甚嚴，尤其母親更對她有諸多約束管制，除了要補習的週三、週五，其他天的放學時間，她的母親總會親自到校門口接她回家，若無正當理由，在課後私約裴靜聖，都會遭到她母親的反對。

她家裡的網路到晚上八點便會關閉，她頓時和世界失去連結，即便他們五人有個群組，她也極少發言，只能在隔日一早讀取訊息。

這般條件優渥的家族，卻賦予孩子扭曲的生長環境，限制了裴靜聖的自由。然而，她卻從沒抱怨過，總像沒事般過日子，未曾違抗過家裡的命令。

即使今天出門的理由是「跟同學討論報告」，她母親也不允許她在外頭待太久，還讓她先交出康宥臣的住宅地址與聯絡電話。

相較於幸福溫暖的何家，何泉映無法想像身在裴家會是什麼樣子，她下意識地覺得，裴靜聖……有點可憐。

「沒事，妳別生氣。」裴靜聖掛上恬靜笑容，輕拍兩下鄭盈盈的肩，開始收拾包包，準備離開現場。

康宥臣蹙眉，嘆了一口氣後跟著起身，「我送妳到門口。」

看著好友離去的身影，何泉映實在不理解，裴靜聖爲什麼能忍受這麼多年……

☾

數學課上，導師正講解例題。

何泉映走著神，想起家中狗狗的可愛笑容，拿起自動筆，在題目下方空白處，一筆一畫地打起草稿。

十月的微風自半開的窗戶拂入室內，淺藍色的窗簾隨之輕舞。

看著窗外綠葉晃動，她停下作畫的手，思緒隨風逐漸飄遠，恍然間，腦海中已編織出綺麗幻夢——

在某個秋日的放學後，夕陽餘暉灑在地板，空蕩蕩的教室中只剩下她與澄月，他笑得那樣溫柔，從窗邊緩緩朝她走來……

粉筆掉到筆槽的聲響，將她自幻想拉回現實，何泉映一顫，正巧與身旁的澄月對上視線。澄月沒說話，只是微微一笑，便低頭繼續做題。

方才的白日夢，要是讓澄月知道還得了？何泉映的耳根瞬間染上緋紅，她拍拍發熱的臉頰，反覆深呼吸三次才冷靜下來。

她將注意力拉回到只畫了輪廓的草稿上，開始細描小狗的五官。

「這是柴犬嗎？真可愛。」解完一道題後，澄月投去好奇的目光。

何泉映嚇了一跳，有些結巴，「嗯、嗯！」

聽到澄月說「可愛」，即使是在說狗，她依然低下頭羞澀地笑了，「這是我家養的狗狗。」

「原來妳家有養狗。」他雙眸微瞠，眼神一亮，「叫什麼名字？是男生還是女生？」

沒想過澄月對狗狗有興趣，何泉映笑意更深，「公的！牠叫『柴可夫斯基』，是我爸爸取的名字，而且……」

話匣子打開的她，正要分享更多，導師卻在下一秒轉過頭，她趕緊打住，坐直身軀。見狀，澄月嘴角忍不住失守。

師長們都稱讚何泉映是個模範好學生，雖然成績不是頂尖，卻聽話乖巧、安分守己，能將交代的事項確實完成，從不需操心。

臨座的他都看在眼裡，何泉映的乖，其實只在表面。

身爲每節課都要寫教室日誌的學藝股長，她卻經常心不在焉；看似勤做筆記，其實多半是在偷偷塗鴉，作業交出去前，才趕緊用橡皮擦抹消痕跡。

有時她還會躲在高大的同學背後偷偷打瞌睡，他甚至還曾意外捕捉到，她嘴角流下一行口水的畫面。

起初他會認識何泉映，是因爲鄭盈盈將他們五人聚到了一塊。後來，兩人成爲鄰座，有了較多的互動機會。

在他眼中，何泉映是個善良體貼的女孩，然而，她卻有著在人前不會輕易顯露的一面——專注於自己擅長的事物時，眼神中藏不住喜悅與光芒，還有一絲自信。

那樣的反差，在澄月眼中很耀眼，也覺得她更眞實、更可愛。

每日的相處之下，他逐漸沉淪於其中，當意識到時，心意早已覆水難收。

老師一轉身面向黑板，何泉映就放低音量，繼續剛剛的話題，「柴可夫斯基今年三歲，是我國二那年的生日禮物，那時候……啊！」她急忙捂住嘴，發覺自己似乎說太多了，澄月根本沒問到這些事。

「那時候？」澄月語尾上揚。

何泉映擺擺手，說了句「沒事」，重新執筆要完成畫作。沒想到，澄月還想繼續聊，「怎麼不畫我？」

她常常想，澄月爲什麼要向她搭話？思來想去，最有可能的大概是，她總是被動的那方，所以只能由他人先開口。

澄月總能拿捏與每個人相處的節奏，面對不同的對象，能以合適的方式應對進退。對她自然也如此。

她沒有馬上回應，而是翻開放在一旁的數學課本，指著某處咕噥：「昨天畫過了……」

她有點慌張，澄月應該不會發現她的別有居心吧？畢竟她總在畫不同的人、事、物，不會因爲一個塗鴉，察覺到她的小心思吧？

不只這個畫，在澄月沒察覺到的許多時間裡，她畫下了不少他的身影：在球場揮汗的帥氣、台上解題的聰慧、彈奏吉他時的溫柔……這些畫面，全都收錄在她書包深處那本祕密的筆記本中。

「妳畫得眞好。」澄月撐頰笑得燦爛，「可惜畫在課本上，我不能好好收藏。」

看到他的笑靨，何泉映差點招架不住，一顆心跳得飛快，身體滾燙，彷彿只有跳進游泳池才能冷卻。

已不記得從何時起，她的眼神只會追逐著這個男孩，心跳的節奏總被他所牽動。

「我——」

「我能畫在水彩紙上，如果你想要的話」，她本想這樣說，老師卻在此刻喚値日生擦黑板。

値日生澄月在應聲後，走到台上拿起板擦，將黑板擦得乾乾淨淨。

雖然沒有成功告訴他，但何泉映已暗暗決定，既然澄月喜歡，覺得她畫得好、想要收藏，她一定要重新完成這幅畫。

澄月想要多少都行，只要開口，她能將整個宇宙都畫下來送他。

晚間，何泉映帶著柴可夫斯基到家裡附近的公園散步。路燈下，她手握牽繩，腦海裡想著與澄月來場夜晚的邂逅。

柴可夫斯基會喜歡他嗎？會撲上前又蹭又舔嗎？

下午聊到寵物的話題時，澄月說想要親眼看看她家的狗，她眞希望這不是客套話。

如果某天藉著一起遛狗的名義約他出門呢？不不不，她沒有開口邀約的勇氣……

何泉映討厭畏畏縮縮的自己，沮喪地嘆了一口氣，腳步也慢了下來。

手中握著的牽繩一緊，她猛然抬起垂下的頭，還沒看清前方的人影，便被忽然暴衝的柴可夫斯基拉著跑——

☾

「泉映，好巧喔！」

兩隻狗狗激動地前衝，往人身上蹭，見狀，徐靖澤笑彎了眼，蹲下身往牠們頭上一頓揉。

何泉映拉緊牽繩，沒料到會在住家附近的公園遇到他。她本想阻止自家寶貝失禮的舉動，不過看徐靖澤不反感，她便放心地讓他們接觸。

她笑了笑，看來柴可夫斯基跟薩里耶利的可愛，順利收服了徐靖澤，非常好。

「你住這附近嗎？」何泉映問。

「走路過來大概十五分鐘，平常不會特別來。」見兩隻狗興奮地搖著尾巴，徐靖澤趕緊抽出手機，在得到允許後拍了好幾張照，「不過幸好有來，才能正好遇見妳。」

油嘴滑舌，何泉映在心裡吐槽，偷偷翻了個白眼。她說：「那爲什麼現在會出現在這？」

「同事說，這邊有家開了二十年的炸物攤很好吃，就來買買看。」徐靖澤晃晃手中塑膠袋，向狗狗搖了搖食指，「不行喔，你們不可以吃。」

「老闆是捲捲頭髮的阿嬤，都叫人『帥哥美女』，在和安路那間？」

「妳怎麼知道！」

「我搬來這裡四年了，當然知道。」她答：「那家好吃又便宜，而且阿嬤很愛多送地瓜薯條。」

徐靖澤失笑，他確實也是因爲阿嬤的「看你長得帥」獲得加料。

怕在路中間停下會阻礙到行人，他們轉移陣地，坐到一旁的板凳。訓練過的兩隻狗狗，也安分地待在兩人身旁。

「你買了什麼呀？」

「鹹酥雞已經吃完了，剩下會辣的甜不辣。」徐靖澤刻意強調最後幾個字，說完後自顧自地笑出聲。

何泉映被他搞糊塗了，「你不是不吃辣嗎？」

她想起上次他們一起去吃飯，他聽到泡菜牛肉會辣時，立刻改點另一道菜。

「我不吃辣？」他指著自己反問。

「因爲你那時候不想吃泡菜牛肉啊。」她理所當然地說。

徐靖澤愣了幾秒，隨後尷尬地笑了笑，「喔……可能那時候剛好不想吃辣吧。」

「我還以爲找到了不吃辣的同好呢。」何泉映噘嘴，霎時間有點失落，「我——哈啾！」

她吸了吸鼻子，還來不及動作，徐靖澤便遞出面紙，並脫下身上的灰色牛仔外套，披上她的肩，「最近天氣越來越冷了，妳出門要記得穿多一點，免得著涼。」

一切的動作看起來如此自然，流暢到何泉映第一時間竟沒發覺不對勁。

聽到薩里耶利一聲「汪」後，她才後知後覺變得害臊，臉頰一熱，「你也是。」

肩上的外套還殘留著餘溫，微弱香氣沁入她的鼻腔，她眨眨眼，「我喜歡這個味道。」

清新溫柔，還帶著淡淡玫瑰香，這個味道與徐靖澤很配。

「是潘海利根的Luna，雖然偏女香，但我很喜歡這個味道。」他回答香水名稱的模樣，讓何泉映想起了康宥臣。

「Luna……」她輕喃。

這個詞是拉丁文裡的「月亮」，這讓她忍不住聯想起澄月。不只徐靖澤，她想，澄月其實也很適合這股香氣。

「泉映。」

徐靖澤的叫喚將她拉回現實，她忽然意識到，她總是在這位新認識的男子面前，念起過去的暗戀對象。

「怎麼了？」她應聲。

「妳交過男朋友嗎？」

這問題差點害她被口水嗆到，何泉映倒抽了一口氣，迅速搖搖頭，「沒有。」

徐靖澤問這做什麼？這種問題通常只會對有好感的對象試探吧？

「爲什麼？」

這話讓她摸不著頭緒，什麼爲什麼？沒有就是沒有，難道她應該要有前男友嗎？

其實原因她也心知肚明，並非沒有桃花，只是她心中還住著一個人罷了。

「我才該問你吧！」她有些無言，「你條件這麼好，卻沒有談過戀愛，這件事超奇怪。」

「那是因爲我都在忙學業……」徐靖澤胡亂找了個藉口搪塞。

「那、那我也是啊！」何泉映輕哼了聲。

很明顯就不是！但徐靖澤沒有當場拆穿她，而是眼帶笑意看著她的側顏。

☾

社團時間，桌遊社的成員，在教室內分組玩著各自挑選的遊戲。

何泉映這組玩的是「拉密」，最先將手中全部的牌與場上的牌湊成牌組，就能獲得勝利。此刻，她正專心檢視桌面上的每一個牌組，思索下一步的出牌策略。

何泉映之所以會加入桌遊社，是因爲桌遊社不需要占用社課以外的時間，在這兩節課內，專心享受桌遊就行。

順位輪到何泉映左前方的男同學時，對方正好肚子痛要去廁所，因此遊戲被迫暫停。

一旁綁丸子頭的女同學，趁著遊戲暫停的空檔點點她的肩，湊近她耳邊低聲問：「泉映，我能問妳一個小問題嗎？」

她應了聲，以爲是什麼無關緊要的小事，沒想到卻聽到讓人一時啞口無言的問題。

張媛媛笑了笑，「妳喜歡澄月嗎？」

何泉映倒抽一口氣，在腦中精心排演的出牌邏輯，瞬間被打得七零八落。

她對澄月的心思這麼明顯嗎？連跟他們不同班的女生都看得出來？

「爲、爲什麼問這個？」她強裝鎮定，避開正面回答，反將問題拋回。

張媛媛低下頭，放在桌面下的手指攥著制服衣角，「沒有啦……因爲我喜歡澄月，從高一就喜歡他了。我知道你們坐在一起，所以想請妳幫我試探一下！」

何泉映感到很無力，喜歡澄月的人已經夠多了，實在沒必要再多一個提高競爭難度。即使她本就覺得自己比不過其他女孩。

「所以妳沒有喜歡他……對吧？」見她不語，對方追問。

何泉映搖搖頭，「我……我沒有喜歡澄月。」

才怪，明明喜歡得要命。可是她不像張媛媛這麼有勇氣，敢冒著被傳出去、被當事人知曉的風險，輕易將自己的喜歡宣之於口。

她是個膽小鬼，連深切的情感都只能否認的膽小鬼。

「那我就放心了。」張媛媛展露笑顏，「因爲我想要跟澄月告白，想請妳幫我旁敲側擊，問問他的飲食喜好、想去的地方之類的！」

她雙手合十，誠懇地請求，「拜託啦！當然不會讓妳做白工，妳想吃什麼、喝什麼，只要是福利社買得到的，都可以開口，在我能力範圍內絕對滿足！」

何泉映想，她絕對是最沒骨氣的那種人。

明明張媛媛在某種意義上算是情敵，她還是沒能拒絕對方的請求，答應了她要幫忙打探澄月的喜好。

不只一人對她說過，「妳太容易心軟，該爲自己多想一點」，何泉映也明白，可改變實在太過困難。

「我能問你一些事嗎？」

隔日的早自習，她怎麼也靜不下心複習英文小考，於是輕輕拉了拉澄月的袖口詢問。

與其不斷被這些事煩擾，不如趁早問一問，交差了事。

長痛不如短痛，若張媛媛真的因此達成目的，她的這份暗戀也該及時止損，與澄月退回朋友的位置。

就只是這樣而已，沒什麼大不了的。她想。

「妳說。」澄月停下正在抄寫單字的手，專心地與她對話。

何泉映偷偷拿出外套口袋裡對摺的Ｂ５格子紙，上頭寫著張媛媛列出的問題，她不假思索地從第一點開始詢問。

「你喜歡吃什麼水果？」或許是因爲在幫別人問，她少了幾分羞澀，語氣難得直率。

澄月愣了幾秒，沒料到她問出口的會是這種事。

「最愛的應該是芒果，哈密瓜跟葡萄也不錯。大部分的水果我都吃，但我很討厭榴槤。」他失笑，眼睛彎成月牙形，「還想知道什麼？」

何泉映點點頭，在小筆記本上快速記下這些資訊。她接著問：「你喜歡吃什麼甜點？」

「蝴蝶酥、檸檬塔……」他列舉了幾項，「那妳呢？」

何泉映正專心寫下他說的甜點，遲了幾秒才意識到澄月反問她，抬起頭來困惑地看著他，「咦？」

「妳喜歡吃什麼甜點？」澄月撐著頰看她，「泉映，待會的問題，我也都要知道妳的答案。」

何泉映眨眨眼，胸口猛烈地鼓動，砰砰、砰砰……

澄月為什麼要知道她的喜好？難道他不想單方面回答問題？

「好。」她點點頭，有些開心讓喜歡的男孩知道喜好，「我……也喜歡檸檬塔。」

一來一往之間，她知道了澄月最喜歡春天、比起山更喜歡海；澄月知道了她不敢吃辣、最想去的國家是瑞士。

眼看就要敲鐘，何泉映打算再問一題。她將紙張翻至背面，沒看清問題便逐字念出。

「希望是在什麼樣的地點與情況下被告——」剩下一個字，她猛然收聲，趕緊住嘴。

「被告？」澄月滿頭問號，荒謬地笑了笑，「警察局？法院？我不希望被告就是了。」

「不是啦！」何泉映連忙擺擺手，她弱弱地回應：「告、告白……」

此時鐘聲響起，早自習沒在專心複習的他們，換來的結果是單字抽考都沒有答對。

第三章　依偎月光的資格

又做了同樣的夢。

又是那個所有青春美好都毀於一旦，且變得支離破碎的午後。

徐靖澤驚醒，自夢魘中抽身，渾身冷汗。他打開床頭暖燈，灰色床單的一角已經溼透，變成深暗的色塊。

他抽出面紙擦去額頭與汗溼的瀏海，撫著胸口試圖讓呼吸變得平穩，思緒卻越發混亂，怎麼樣也無法冷靜。

他坐到床邊，轉開保溫瓶喝了口溫水，接著拉開抽屜，取出打火機，點燃床頭櫃上的香氛蠟燭。

過了一陣，檀香裊裊，帶著暖意竄入鼻腔，他深吸幾口氣，調整胸口起伏的節奏。

距離上次做惡夢已過了兩個月，他原以爲遇見何泉映後，一切都沒事了。就連諮商師也提及，他的狀況漸入佳境，再過不久便能結案，微笑著跟這持續約莫四年的關係道別。

未料，夢魘又再次襲來。

打開手機，現在是凌晨三點二十分。徐靖澤瀏覽著相簿內的照片，是他與何泉映一起去看魯咪展那天拍的合照。

照片裡的女孩笑得燦爛，碰著魯咪短短的手，比了個手指愛心。而他的眼神則瞥向女孩，沒有看著鏡頭。

想起這陣子跟何泉映相處的點滴，他嘴角微揚，氣息也和緩許多。

冷靜過後，他打算再睡一下，養足精神面對明天的工作報告。他告訴自己，不能再深陷痛苦的回憶之中了。

因爲……他已經不是澄月了啊。

☾

「希望是在什麼樣的地點與情況下被告白，問題是這樣嗎？」

上課鐘響了，不過英文老師尚未進班，教室內仍是一片喧鬧。

澄月沒有忽略何泉映的嘟囔，再次詢問以確認理解是否正確，沒打算讓這段對話結束。

何泉映略爲羞澀地點點頭，即便這問題並非出自於她，替他人說出口也夠害羞了。

見澄月思索了回，正要開口，她才驚覺不對——澄月回答的問題，她也得回答一遍，那代表她也得說出理想的告白場景。

「泉映，我從剛剛很想問了。」澄月斂起笑容，微微蹙眉，「妳那麼刻意地問這些，是有什麼目的？」

他不是傻子，沒有笨到對她手上那張紙視而不見。雖然沒瞄到內容，可上頭不外乎就是剛剛的那些問題。何泉映平時不是這麼直接的女孩，今天忽然就變了一個樣，讓他感到很詭異。

何泉映一時語塞，尤其在看到澄月變得嚴肅的神情，緊張得雞皮疙瘩直冒，擔心對方會因透露過多隱私感到不舒服。

「我、我是幫別人問的……」她想了想，還是如實告知，有些愧疚地低下頭。

澄月會責備她嗎？會因此對她的印象變差嗎？會不想跟她當朋友了嗎？

即使這些問題她也同樣好奇，可若不是張媛媛，她也不敢問出口，只會在一旁偷偷觀察澄月。

「誰？」澄月追問。

「這個就不能透露了。」她雙腿併攏，手抓著裙襬。

澄月吐出一聲嘆息，用著身旁女孩聽不清的音量碎念道：「不該回答的……」

早知道這些問題不是何泉映發自內心的好奇，他就不要回答得那麼認眞了。不過，既然兩人約好了都要回答，他倒是想藉此機會知道，她期待的告白會是怎樣的。

「那……這一題的答案，妳自己收著就好，當作我們之間的小祕密。」澄月湊近她耳邊，右手彎出一個弧形放在唇邊，輕聲道：「我啊，想要主動跟喜歡的女孩子告白。」

後來，何泉映也記不清發生什麼事了，腦袋一片空白。多虧英文老師在適當的時機進門，她才得以偷偷保存自己的答案。

回想升高二的第一天，看見澄月的名字出現在班級名條上，何泉映心中並無太大的波動。她對他的認識，僅止於同儕間的口耳相傳。她知道他是風雲人物，偶爾也會在走廊和他擦身而過。

會注意到澄月，是因為一場園遊會上的表演。澄月作為吉他社代表，與夥伴一同表演了兩首曲子。她不得不承認，即便兩人那時一句話也沒交談過，她依然對舞台上光芒萬丈的男孩，產生了一絲悸動。

然而，兩人無所交集，幾天後她便逐漸淡忘這份心情，繼續過著尋常無奇的生活。她從未想過，平靜無波的校園時光，在未來的某一天，會因為澄月的出現，泛起陣陣漣漪。

高二一開學，兩人因為座位恰巧被排在一塊，而有了第一次互動。

在移動桌椅時，何泉映有些使不上力，已就定位的澄月，見鄰座還沒搬動完成，便自告奮勇替她搬，「我來幫妳，妳搬椅子就好，搬桌子本來就很吃力。」

他還貼心地替她找台階下，讓原本感到窘迫的她，心情頓時舒坦不少。

「眞是個溫柔的男生」，這是何泉映對澄月的第二印象。

再後來，澄月優秀帥氣、溫柔細心，總是主動找她說話、幫了她不少小忙，光這幾點，就足以令她傾心。她還發現，兩人某些小癖好相近：同樣喜歡去邊的白吐司、吃薯條都愛沾糖醋醬……

可她不禁會想，喜歡澄月的女孩那麼多，渺小卑微的她，要多麼幸運才能成為唯一？

也因此，她從來就不奢望澄月也對她抱持相似的情意。能當朋友就該知足了，她不想連可以理直氣壯與他互動的身分都被剝奪。

那如果澄月交了女朋友呢？何泉映想過他不會喜歡自己，卻未曾想像過他與別的女孩子站在一起、成為誰的唯一……

「泉映！有聽到嗎？哈囉？」

一雙手在眼前揮啊揮，何泉映這才回過神，對上眼前女同學的視線。

她在走廊上偶然遇見張嫒嫒，她也藉機追問進度，讓何泉映一時之間不知該做何回覆，在腦中糾結許久。

明明大可交出已經整理好的筆記，爲什麼卻遲遲沒有動作？

如果對方眞的因爲這些答案，順利與澄月修成正果怎麼辦？

腦海一浮現張嫒嫒跟澄月互動甜蜜的設想，何泉映的喉頭便一陣酸澀，難受得說不出話。

不是曾想著，大不了就退回朋友的位置嗎？怎麼還會感到心痛呢？

可只要想到，曾自他身上僥倖獲得的溫柔，此後都將留給某個女孩獨享，而澄月修成正果的背後功臣是她……她就無法眼睜睜看著這種情況發生。

說不介意絕對是騙人的，她介意極了，她才不想冒著連朋友都當不成的風險，親手爲他人作嫁衣。

所以……請原諒她的私心吧，就這一次，讓她自私地守住這場暗戀，獨占澄月的小祕密。

「對不起，我、我忘記了……下次再幫妳問！」何泉映滿臉歉意。

原來，喜歡一個人是會變壞的。

趁歷史老師尚未抵達教室，一群坐後排的同學，正吵吵鬧鬧地討論某項計畫。見康宥臣也在其中，鄭盈盈探頭過去，「你們想幹麼？」

康宥臣湊近她耳邊回應，隨後問：「如何？妳猜，下課前會不會被發現？」

「你們這群男生太幼稚了吧！」鄭盈盈指著他們嚷嚷，下一秒卻笑得賊兮兮，挑眉道：「加我一個。」

坐在康宥臣前方的裴靜聖，將方才的討論全數聽入耳裡，她勾起一抹若有似無的笑，搖了搖頭，繼續把握時間寫數學作業。

坐在前排的何泉映與澄月，並未注意到後方的動靜，兩人正聊著天。

澄月滿臉幸福又無奈地提起小他十歲、剛上小學的妹妹，讓身爲獨生女的何泉映有些羨慕，聽得投入。

「昨天她把餐盒帶回家，裡面還有將近一半的剩菜……老師也寫了聯絡簿，說詠妮很挑食，好多菜都不吃。」

一講到妹妹，澄月語氣裡的寵溺藏不住。他還翻出妹妹幼稚園時的照片，侃侃而談每一張照片的背後故事。

自開啟了這個話題，澄月的嘴就沒停下來過。講著講著，他忽然嘆了口氣，憂心忡忡道：「如果她喜歡上同學怎麼辦？」

澄月的妹控發言，讓何泉映忍俊不禁，「她不是才七歲嗎？還早啦。」

「泉映，妳太天眞了！」澄月語氣激動地反駁，「現在的小孩一個比一個還早熟，詠妮大班時，就說她看到兩個同學在親臉頰。」

何泉映霎時想起了過往的黑歷史——她曾在幼稚園時，跟某個男同學約好未來要在糖果屋裡面辦婚禮。她乾笑，「那是該多多注意一下……」

「她前天晚上——」

澄月還想繼續說，老師卻在此時進了教室，他只好乖乖閉上嘴，從抽屜抽出課本。

「同學午安，我剛剛開會耽擱了幾分鐘，我們待會就晚五分鐘下課。」歷史老師推了推眼鏡，伴隨著台下一片哀號開始講課。

上課才沒多久，一顆小小的紙球落到澄月桌上。他一轉頭，便看見康宥臣豎起大拇指，表情不懷好意。

趁老師背對黑板，澄月悄悄攤開紙條——

「杏文高中二年五班，第一屆衛生紙團大賽，誠摯邀請您的加入。」

右下角還附了句「請看後面天花板」，他一眼認出這俏皮的字跡出自鄭盈盈之手，忍不住翻了個白眼。

他順勢往後方天花板一看——五團變形的白色溼紙球緊緊黏著。見此荒謬景象，他瞬間笑出聲。

聽聞身旁動靜，何泉映疑惑地偏頭看，澄月正抓著揉皺的紙條，憋著笑，一臉玩味。她雖然好奇卻又不敢多問。

察覺到女孩的視線，澄月憋笑解釋，「後面的屁孩把沾溼的衛生紙團丟到天花板上，他們叫我加入。」

何泉映一頭霧水，這究竟是什麼奇怪的遊戲？

「那……」

「你應該不會跟著他們一起胡來」的話還沒出口，她便看到澄月拿起筆，在紙條上瀟灑地寫了個大大的「ＯＫ」。

男高中生的幼稚，何泉映是真的見識到了。不過，這一刻她突然覺得自己離澄月稍微近了一點。其實他也跟一般的男生一樣，會說些無厘頭的話、做出幼稚無比的行爲。

他也只是個十七歲的男孩子呀。

把紙球丟回康宥臣手中，澄月從椅子底下抽了張衛生紙，接著打開保溫瓶，倒點水在上頭。

「被老師發現怎麼辦？」她擔憂地問。

歷史老師個性古板嚴肅，禁不起玩笑，被抓到肯定重罰，她可不想看到澄月挨罵。

「泉映。」他柔和的語氣與即將做出的事極度違和，「相信我，不會有事的。」

要不是他抓著溼紙團，不然他說的這句話，足以讓何泉映心神不寧一整天。

自信地朝女孩一笑後，澄月將手中東西往上丟，啪——衛生紙成功黏上天花板。

後方傳來一陣稀稀落落的歡呼聲，而歷史老師沒有發現，仍專注地寫著板書。

「要不要玩？」

這時，澄月遞過一張衛生紙，唇角勾起的笑容有些使壞的意味。

何泉映用力搖搖頭，輕聲拒絕，「我不敢……你們玩就好。」

「試試看嘛。」

澄月慫恿的同時，身體靠近了些，眼神滿懷期待，這表情讓何泉映想起了柴可夫斯基看到罐頭時的殷盼目光。

喜歡的男孩子提出了要求，她實在無法狠下心拒絕，即便冒著被罵的風險，也決定爲澄月勇敢一次。

呼吸變得急促，她倒一些水出來，沾溼衛生紙，趁老師轉過頭，閉上眼心一橫地往頭上丟。

她率先睜開左眼，一旁的澄月笑容藏不住，雙手藏在桌底下悄悄替她拍手。見狀，她的嘴角也跟著微揚。

不過這種冒險的事，她不想再嘗試第二次了！

下一刻，一團白色溼紙團直直砸向黑板。

原來是下一位投手不小心砸到吊扇，溼紙團撞上扇葉後被甩出，正中黑板，發出「砰」的一聲，濺出水痕。

歷史老師迅速回頭，一掌拍上講桌，破口大罵：「誰！」

這一刻，她也終於注意到天花板上一團團白色痕跡，臉色鐵青，勃然大怒地吼：「有參與的人自己站起來！」

「完了……」何泉映緊咬下唇，忐忑地低下頭。

後排同學一個個不情願地起身，椅腳摩擦聲此起彼落，思索幾秒，她決定誠實以對。

正準備站起身，澄月無聲地壓下她的肩膀，站起身，過程中沒看她一眼。

下禮拜便要段考，教室裡的同學們個個抓緊時間複習。

何泉映靠著窗，將地理考卷的錯題與詳解瀏覽一遍後，忽然有些睏了。她打了個呵欠、伸伸懶腰，打算到走廊洗把臉，振作精神。

走到洗手台邊，這位置剛好能俯瞰中庭。一樓教官室前，站著一群學生，是被歷史老師處罰的那些同學。

「妳在恍神。」裴靜聖從後門走來，見她開著水龍頭卻遲遲沒動作，便順手關上。

雖是輕聲細語，何泉映還是被嚇了一大跳。鎮定後，她勾起唇角，靠在欄杆上，目光很快就找到了熟悉的身影。

雖是被處罰的對象，那人的表情卻沒有一絲怨懟。

她直勾勾盯著澄月，「靜聖，妳知道嗎？其實我原本也會跟他們一起罰站的。」

不僅如此，歷史老師本來還揚言要記他們每人一支警告，是導師居中緩頰，以兩小時的愛校服務，外加放學後留下來清理天花板取代。

令何泉映詫異的是，竟沒有任何一人供出她，看來平時對人和善、熱心助人，是有所回報的。

「原來妳有參與。」裴靜聖背靠欄杆，撇頭看下方——鄭盈盈與康宥臣正互踩對方的影子。搞怪的樣子讓她忍不住莞爾。

「是澄月讓我試試看的，或許是因爲這樣，他才不想讓我跟他們一起受罰。」

話音剛落，她便瞧見澄月抬頭望來，兩人猝不及防地對上視線。何泉映第一時間的反應是閃躲，從而忽略了澄月揚起的燦爛笑容。

發現裴靜聖看過來的眼神帶笑，何泉映清清喉嚨想裝沒事。這一刻，她覺得氣氛有些尷尬，急著想打破這份沉默。

兩人都不是多話的類型，何泉映試圖開啟話題。憶起兩人同爲獨生女，決定從這角度切入，也藉此解開從認識對方以來，一直好奇的家庭狀況。

「靜聖，我記得妳沒有兄弟姊妹，對嗎？」她裝作不經意地問，視線落在別處。

「是啊。」對方回答得乾脆。

「那妳會覺得一個人很孤單嗎？」

「曾這樣想過，但現在覺得……只有我一個也挺好。」裴靜聖的眼神飄遠，喃喃補了句，「大概吧。」

她想，在那樣的家庭長大的，只有她一個人就好。

「很多人都說，獨生子女可以享受父母全部的愛，不用擔心差別待遇。」何泉映偷偷覷了好友一眼，觀察她的反應，「可是妳不覺得，妳家人給的愛……怎麼說……讓人有點壓力？」

何泉映實在無法理解，爲何裴靜聖的家人會如此對待她？換做是她，絕對無法接受。正常人在這樣的環境中很難不悶出病，裴靜聖還能好好的生活，讓她無比佩服。

「妳這樣覺得嗎？」裴靜聖反問。

何泉映用力點點頭，「妳不會受不了他們嗎？」

「還好。」裴靜聖輕輕搖頭，神情淡然，「他們只是要求比較多，習慣就沒事。」

何泉映猜不透她的心思，可既然當事人都這樣說了，她也無法給出什麼有用的建議。

「妳難道不覺得，受限制的人生很痛苦嗎？」何泉映不解地問：「我們已經高二了，快要成年了。」

裴靜聖一頓，隨即不帶一絲破綻地露出微笑，「泉映，我沒事的。」

聽到好友說「沒事」，看起來也眞像如此，何泉映便寬心了些。她想，或許裴靜聖能處理好，沒把這些問題當一回事，也不需要他人操心。

「如果不開心要說喔！」她語氣眞摯，「不管是對我們四個，還是妳的家人。」

一陣風吹過，裴靜聖沒有紮起的髮絲輕揚。陽光斜灑在她肩上，襯出她精緻無瑕的側顏。

何泉映一時之間移不開眼，那澄月呢？他是不是也會喜歡這樣優秀的人？

她垂眸，方才的對視或許是錯覺，他說不定看的是身旁的裴靜聖……

是啊，她們兩人站在一塊，大家率先望向的，肯定是漂亮又完美的女孩子，而她只是微不足道的綠葉，負責襯托花朵的美麗。

更別說澄月跟裴靜聖還上同一家補習班，共享她無法參與的時光……

「怎麼了？」看著愁眉苦臉的好友，裴靜聖語帶關心地問。

「靜聖，妳眞的好漂亮。」何泉映癟嘴，語氣是沒有妒意的欣羨。

裴靜聖怔了幾秒，望向何泉映的眸，語氣輕柔，「別羨慕我，妳已經很好了。」思索幾秒後，她再度開口：「我只把澄月當朋友而已，妳別太緊張。」

何泉映與澄月的互動，坐在左後方的裴靜聖時不時會關注。何泉映的情意，以及澄月獨家的溫柔，她都看在眼裡。

「幹麼忽然提澄月！」何泉映瞪大雙眼，激動地擺手，「妳想太多了！」

裴靜聖笑了笑，沒再多說，轉身走進教室，獨留何泉映在原地。

她拍拍臉頰，暗罵自己太窩囊。即便裴靜聖只當澄月是好友，也不代表澄月對她就沒有那方面的心思呀……如果她是澄月，她也會喜歡裴靜聖。

唉，要是能讀出澄月的心，想必就不會有這麼多煩惱了……

她打起精神，跟著對方的腳步回到教室。

鐘聲響起，方才在毒辣太陽下罰站的同學，陸續回到教室。

一回座，康宥臣便猛灌水，拉起制服擦了擦臉上的汗，「熱死了！」

鄭盈盈往那名出包的男同學屁股上踢了一腳，「遜咖！害我們站了一整個午休！」

「Sorry啦，下次改進。」

「看來第二屆不能在歷史課舉辦。」澄月不正經地開口。

見他不斷搧著風，何泉映趕緊遞出面紙，「辛苦了，對不起，沒能陪你們……」

「是我煽動的，否則妳才不敢做這種事。」接過面紙的瞬間，兩人的指尖微微相觸，也很有默契地同時抽回手，「幸好妳沒被罰，今天眞的好熱！」

他在書包裡翻找一陣，拿出一根亮黃色包裝的棒棒糖，「泉映，這給妳！」

何泉映不明白他的意思，眨眨眼，接過糖果。

「最近詠妮很愛吃棒棒糖，我也被影響了，這是我最喜歡的檸檬口味。」澄月露出了如陽光般耀眼的笑容，「我把它送給妳，表揚妳剛剛的勇氣。」

多年後回憶起這段往事，她想，她的青春年華就宛若澄月遞來的那根棒棒糖，是甜中帶酸、混著苦澀的檸檬味。

☾

「泉映，這給妳！」

見女孩從巷口走出，徐靖澤手捧一頂安全帽，興奮地向前幾步，掏出口袋裡的可樂口味棒棒糖。

受妹妹多年影響，他也變得愛吃棒棒糖了。即使每個時期喜歡的口味與品牌略有不同，不變的是，每次到超市，兄妹倆總會抱回一大盒糖果。

這回，他特地請朋友從日本代購，想著沒有人會抗拒甜甜的糖果，便分享給何泉映。從前送她糖，還要藉著別的理由順勢而爲，好讓一切看似不經意。如今的他不再是過去那個心思彎彎繞繞的少年，想對一個人好，不需要任何藉口。

「謝謝你！」她接過這份小禮物，收進包包，喜悅之情溢於言表，「我暑假去日本，也有買這個牌子的棒棒糖，比國內便宜一半耶！」

徐靖澤點點頭附和，遞出白色安全帽，「這是我昨天買的，不用擔心衛生問題。」

連日晴朗，他趁著週末空檔，邀何泉映到大稻埕看夕陽。大眾運輸雖然方便，可他有機車，便賭一個她願意給自己載的機會。

何泉映莞爾，「那你晚餐儘量點，把上次跟安全帽的錢一起吃回來。」

她今天身著白色雪紡上衣與淺藍吊帶洋裝，背著米色小包，綁了個向右肩垂落的魚骨辮，看起來格外氣質，與過去青澀的模樣有些不同。

髮絲在斜陽映照下呈現金棕色，瞳孔也是，望著她的眼眸，徐靖澤心裡突然湧起許多感慨。

四年過去，何泉映早已不是當年那個扭捏羞澀的女孩了，如今她的個性大方不少，能夠從容自在地與他相處。

他說不上來這算不算一件好事，不過，無論她是哪種模樣，都是他喜歡的何泉映。

「妳淡妝也很好看。」他微微傾身，盯著她豆沙粉的唇，目光掃過她的面容。

「哪有……」面對他毫不害臊的稱讚，何泉映別開眼，將安全帽戴上。

嘴上否認，笑意卻掩不住，她輕咬下唇，試圖壓住心中漣漪。殊不知這些小動作，都被徐靖澤看在眼裡。

這一瞬間，他不由自主地將她的身影，與記憶中穿著制服的少女重疊。

徐靖澤發動機車，騎向河岸邊的橙色夕陽，身後的何泉映則輕輕捏著他隨風飄揚的卡其色襯衫。

家裡沒有機車，大學又在台北市區就讀，何泉映實在鮮少被人以機車接送。她忘了後方有手把可以握著，也不敢堂而皇之地擁著對方的腰，只得維持這略顯尷尬的姿勢。

在紅燈前停下，徐靖澤微調後照鏡，自鏡面瞥見女孩探出頭，原本就已揚起的嘴角更壓不下來了。

「我是第一個載妳的男生嗎？」他偏頭詢問。

「嗯……不是耶。」

聽到這回覆，徐靖澤差點坐不住。號誌燈已轉綠，他遲了幾秒才反應過來，急忙跟上前方車流。

他忍不住咕噥：「誰啊……」

引擎跟風的聲響將他的低語蓋過，何泉映還是敏銳地捕捉到模糊的嗓音，拉高音量問：「你說什麼？」

「我說，是誰這麼幸運可以騎車載妳！」

何泉映失笑，眞想親眼看看徐靖澤此刻的表情，可惜安全帽的鏡片遮住了他的面容。她俏皮地往前靠了一些，語調微揚，「你猜？」

「大學同學？」

「錯！」她伸出食指在他背上畫了個叉，「是從小就認識的男生喔。」

聞言，徐靖澤倒抽一口氣，立刻往路邊騎，沒幾秒便停了下來。

「怎麼了？」何泉映不解他爲何臨時停車。

「泉映。」徐靖澤掀開鏡片，眉頭緊蹙，「妳不是在開玩笑吧？」

難得見他如此嚴肅，何泉映萌生了想逗逗他的念頭，愉快地答：「是眞的，我跟對方小時候都玩在一起，高中後就比較少見面了。」

她刻意不說白那人的身分，想知道徐靖澤會做何反應。

「那……妳喜歡他嗎？」

她下意識地想回答「滿喜歡的」，因爲那人是她的堂弟。然而男人垂眸的喪氣模樣，讓她泛起一絲愧意，決定就此打住。

徐靖澤絲毫沒有掩飾落寞情緒，反而讓她感到不自在。她解釋，「除了家人，你是第一個載我的男生。這個回答滿意了嗎？」她打趣，指著即將落下的夕陽，「再不過去碼頭，夕陽都要下沉囉！」

「遵命。」徐靖澤終於笑了出來，重新發動機車，載著喜歡的女孩子朝夕暉前去。

這個週末天氣好，來觀夕的人不少。何泉映環顧四周，遊客大多是兩兩成對的情侶。眼前餘霞成綺，夕陽周遭的雲彩，被染上了如畫的漸層色，她舉起手機，想將這夢幻景象收進相簿。

絕佳的拍照位置正好空下，徐靖澤趕緊輕拉女孩的袖子，「泉映，我幫妳拍，妳快站過去！」

領教過他的拍照技術，何泉映欣然答應，站定在他指的地方，比了個勝利手勢。

周遭女生彷彿是拍照姿勢教科書，每幾秒變換一種動作，相比之下，何泉映顯得單純無趣。

「要不要換別的動作？」徐靖澤問。

女孩托著下巴思索了幾秒，還是找不到靈感，徐靖澤便走上前提出建議，「這個姿勢怎麼樣？」

徐靖澤示範一遍，將手肘抵在欄杆上，微微回過頭。何泉映見狀噗哧一笑，沒想過他竟然如此專業。

依照指示，她做出了一模一樣的動作。回眸時，她望見了對方的笑。

而何泉映不知道的是，在拍下這張照片後，徐靖澤偷偷地將手機桌布換成了她逆著光的身影。

夕陽西下，天色漸暗，人潮逐漸消散，可他倆仍依依不捨地在岸邊漫步，打算晚點至一旁的貨櫃市集逛逛。

「我們回飯店的時候，在路上看到一隻好——大隻的秋田犬，超級可愛！」何泉映說起與朋友去日本玩的趣事，「他長得有點像放大版的柴可夫斯基，我給你看照片。」

徐靖澤也分享著去小琉球玩的事，兩人輪番說著，沒有一刻冷場。

後來，何泉映談到前幾日遇到的奧客，「結果那個客人就把紙巾——」

講到一半，突如其來的下腹絞痛，讓她暗叫不妙，趕緊翻看包包。

完了，忘記帶衛生棉。她掩面，不知該如何是好，只能祈禱還來得及去附近的超商買，攔截還未流出的血。

許是莫非定律應驗，下一刻，她便感覺一陣熱流湧出。

「怎麼了？」察覺她神色不對，徐靖澤出聲關心。

「我……」又一陣劇痛襲來，她站不太穩，只能出手抓住他的手臂。

她額頭冒汗，摀著腹部，喘了好幾口氣，徐靖澤結合這些動作與反應，有了推測。

「是生理期嗎？」他攙扶何泉映至一旁的石階坐下，拿出面紙輕按她臉上的汗。

她咬唇點點頭，嗓音虛弱，「我忘記帶衛生棉了……」

徐靖澤脫下襯衫披在她肩上，自包包內取出保溫瓶與止痛藥，「妳需要什麼牌子跟尺寸？我現在去買。」

還眞懂，哪像有些男生甚至連衛生棉是黏在哪的都不曉得。何泉映這麼想的同時，一邊吐槽自己，這種時候還有餘力思考這些。

她喝口水，吞下止痛藥，告訴對方慣用的牌子跟尺寸，「抱歉，這麼麻煩你……」

「才不會麻煩，妳先在這休息，我很快回來。」徐靖澤的眼裡盡是心疼。

望著他快步遠去的背影，何泉映心頭一暖，緊抓他遞來的襯衫，原先因疼痛蜷著的身子放鬆不少。在這種時刻，有如此溫柔貼心的徐靖澤眞好。

高三那年，大考將近的壓力使她經期大亂，伴隨而來的，是劇烈的生理痛。還記得，某次她痛得險些昏倒、意識不清，是澄月背她到保健室，還幫她抄了兩節課的重點。

「怎麼又想到澄月了？」何泉映苦笑，往額頭敲了下。

今天跟她來欣賞夕陽美景的是徐靖澤，特地去買衛生棉、給她襯衫跟止痛藥的也是徐靖澤，不是澄月。

那抹月光屬於過去，是只能在夜裡追憶的念想。

「泉映——」

過了一會，尚未看到徐靖澤的身影，他的嗓音便率先傳進她的耳裡，將她的思緒自往事抽離。轉頭回望，對方正拿著紙袋，氣喘吁吁地跑來。

「讓妳久等了，便利商店離這裡有一段距離。」徐靖澤將紙袋交給她，蹲下身與她平視，「還會很痛嗎？」

「有比較好一些了。」何泉映看著他的眼眸，淺淺一笑。心裡暖洋洋的，像被太陽烘過的被子，「謝謝你。」

待她到廁所清理完畢，徐靖澤便載她返家。不同於午後約定的巷口，這次的目的地是何泉映的家門前。

回家洗了個熱水澡後，何泉映久違地打開書房的門，從木櫃抽屜取出畫具，也抽了張水彩紙放在桌面。

腦海中浮現傍晚的落日餘暉，她打開顏料，準備以畫作為今日留念。

提筆前，她先拆開徐靖澤送的棒棒糖，含進嘴裡，可樂的甜味瞬間透過味蕾刺激她的腦神經。

「好甜。」她輕喃。

但她喜歡。

☾

「我們吃麵麵香去！」

老師一宣布下課，鄭盈盈便興高采烈地湊到裴靜聖身旁，對著坐在斜前方的何泉映大喊。

禮拜五放學，是五人難得的聚會時光。澄月與裴靜聖晚上六點要到附近大樓補習，因此他們總會趁著這段時間聚會，在學校附近解決晚餐，再各自離開。

「昨天不是說要吃福記？」何泉映提起後門那間號稱「沒吃過枉讀杏文三年」的牛肉麵名店。

鄭盈盈伸出食指左右晃了晃，「小傻瓜，那是因為我沒想到今天那麼熱，妳要吃牛肉麵，自己去！」

何泉映「喔」了聲，被說服了。

「你們先過去吧，我先去星巴克買個喝的。」澄月背起書包，「要喝什麼就傳訊息給我，我順便買。」

何泉映一陣猶豫，想開口卻遲遲沒說出話，眼睜睜看著男孩走出教室。

跟著好友一同走出後門，眼看就要抵達餐館，她才趕緊傳了訊息給澄月。

「等等要幫你點什麼？」

「跟之前一樣！謝謝妳。」

她回了一個「OK」貼圖，本以為話題到此為止，在手機螢幕暗掉前，又跳出一則新通知。

「妳記得呀？」

「紅油拌麵不要蔥、加一匙辣椒，再拿一盤涼拌豆干海帶絲。我有記錯嗎？」以為澄月是擔心她記錯，何泉映特意打上了他這陣子最愛的餐點與口味做確認。

每週一起吃飯時，她總會觀察澄月的選擇，了解他對食物的特殊偏好。他嗜辣，在這間「麵麵香去」愛吃的組合尤爲特別。

「妳記得眞清楚。」

澄月的訊息還加了一個表示得意的顏文字。

「靜聖要陽春麵、鄭盈盈要餛飩麵、泉映要炸醬麵……」康宥臣拿菜單入座後，核對了一遍點餐內容，「啊，剛剛忘記問澄月要啥，我現在傳——」

「我知道，但他的要求有一點多，我直接去跟老闆娘講。」何泉映小聲插話。

「哎，不愧是我們的貼心小寶。」鄭盈盈送去一個wink，抽去康宥臣手上的菜單遞給她。

最先上桌的是康宥臣點的蝦肉水餃，店員前腳剛離開，鄭盈盈就翻了個大大的白眼，「拜託，這間店叫『麵麵香去』耶，怎麼有人點水餃？」

「妳不懂啦，這才內行。」康宥臣吐舌，接過何泉映遞來的黑筷。

看著他們一如既往地鬥嘴，裴靜聖也淺淺勾起嘴角。

此時，澄月從門口走進，手上拿著兩杯巧克力星冰樂。

他放輕腳步，靜悄悄地湊向背對著他、毫不知情的何泉映，接著將其中一杯貼上她的臉頰。

女孩猛然一顫，幾乎要叫出聲。她捂著胸口，驚魂未定地回頭。

「哎呦……很冰……」她不帶任何埋怨的咕噥，聽在澄月耳中，反倒有股撒嬌的意味。

「買給妳的。」他輕笑，「今天星巴克買一送一，妳整天都在喊熱，應該會想喝點什麼。」

考慮到何泉映不喜歡抹茶，澄月放棄了自己最愛的抹茶口味，選了她肯定會喜歡，自己也不排斥的巧克力口味。

「謝謝！」何泉映受寵若驚，小心翼翼地接過塑膠杯，拆開吸管套後吸了一小口。

「我呢？」鄭盈盈與康宥臣異口同聲。

「你要不要先看看你面前那杯手搖？」澄月指著他們二人，「還有妳，昨天吃了兩枝冰棒後，今天生理期來一直大叫『我好後悔』，現在是失憶了嗎？」

「那爲什麼不買給靜聖？」康宥臣挑眉，眼神在澄月與何泉映之間來回，嘴角揚起一抹壞笑。

「因、因爲……」方才說得頭頭是道的澄月竟無法反駁。

說到底，他就是不敢承認，他本來就只想送何泉映，只好找出其他人不能接受他好意的理由。

「我本來就很少喝甜的。」裴靜聖替他緩頰。

而何泉映的心思，還停留在澄月惦記著她的事上，全然沒注意到好友間的來回攻防。

餐點陸續上桌，他們談論的話題也一個換過一個，從即將來臨的段考，到鄭盈盈的影片題材，對話從未間斷。

雖然性格內向，但何泉映與他們相處時，總能放下拘謹，這個五人小團體就是她的舒適圈。

她好喜歡這樣的關係，也曾天真地以爲這段羈絆永遠不會變質，他們能一直要好下去。

飯後，看著往不同方向離去的澄月與裴靜聖，何泉映心底湧現一股衝動，想追上去，甚至想報名那家補習班。

他們站在一起的模樣眞是般配，兩人都是那麼美好的存在，她無法企及。

何泉映想，若是她再更優秀一點，能成爲裴靜聖那樣讓人憧憬的存在，是否就有資格抬頭挺胸地與澄月並肩？

「如果我再更出眾一些就好了」，這樣的期盼，好一段時間都猶如她心中盤踞的烏雲般，揮之不去。

☾

「我看那個帥哥常來光顧，還常常找妳聊天，難不成……」

趁櫃檯前沒客人，原本在烤鬆餅的佮雯，湊到何泉映身旁，露出八卦的表情。

最近只要何泉映有排下午的班，徐靖澤就會趁著休息的空檔，溜出來找她買杯咖啡。

這次，他前腳才踏出店門，佮雯便迅速湊上前打探消息。

「專心工作。」何泉映沒正面回應，敲了下對方的頭。

若換作從前，她肯定會反駁道「怎麼可能」、「妳想多了」。即使面對徐靖澤顯而易見的好感，也會找出千百個理由，來否定對方喜歡自己的可能性。

不過，在一起看夕陽的那日之後，她的想法有了些許變化——她願意繼續跟對方發展下去，即便還無法肯定對他的感覺，是否能被稱作「喜歡」。

這份心情，與當初傾慕於澄月的感受很是不同，很少感到害臊，在兩人相處時，也沒有自卑感浮現，並不會覺得「配不上」。

「哎呦，我就說，妳一定有很多人追！」伶雯呵呵笑，「這麼帥的男生眞的很難得，妳不要的話，趕快介紹給我！」

「才不要呢。」何泉映下意識回道。

「不過說眞的，如果妳對他有意思，可要好好把握機會喔！」伶雯戳了下她的眉間，「否則哪天好感淡了，或是人家身邊有新對象出現，就欲哭無淚啦！」

如果有天，徐靖澤身旁出現了別的女生……何泉映這才意識到，她好像從來沒有思考過類似問題。

光是想像這樣的畫面，她的心中便浮現一股無以名狀的異樣情緒。

第四章　微不足道的勇氣

天氣已然入冬，光顧咖啡廳的客人，幾乎都身著長袖衣褲，不過偶爾能看見穿著制服裙的少女經過。

年輕眞好，何泉映笑了笑。每當附近的高中放學，學生們身上的衣物，總會令她憶起青春年華。

她的高中歲月也曾經燦爛，未料最後卻戛然而止，猶如被譽爲神作，最終卻遭批爛尾的漫畫一樣，缺了一個完滿結局，在心裡永遠留下一道名爲遺憾的傷痕。

她不只一次想過，如果當初與澄月好聚好散，或許這個少年於她而言，會是甜蜜中帶著酸澀的初戀回憶。

十七歲的何泉映肯定不會想到，她對澄月的感情，在未來的某一天竟成了愛恨交織，緬懷那份溫柔的同時，也憎恨他的隱瞞。矛盾感纏了她多年，她不曉得如何忘懷、如何放下。

澄月爲何不訴說眞相，獨自帶著眾人求而不得的答案離開？如果能與他再次相見，即使換來他的憎惡，她也絕對要親口問清楚來龍去脈。

噹啷——

察覺門口動靜，何泉映朝玻璃門望去，一眼就望見走在前方，紳士地爲後方女子推開門的男人。

那男生的身影怎麼如此熟悉呢？她微微咬唇，看著身穿黑色高領毛衣的徐靖澤，心中百感交集——

這人偷偷跟其他女生約會也就罷了，還直接帶對方來她打工的咖啡廳？沒禮貌！不尊重！

女子挑起眉毛，嘴巴動了動，不知說了什麼，隨後兩人都露出了笑容。這和諧模樣，在不知情的人眼中，肯定是郎才女貌的一對眷侶……

不對，還是她其實才是搞不清楚狀況的人？難道她被徐靖澤騙了，他早已有了另一半，還玩弄她的感情，把她騙得團團轉？

那徐靖澤帶女朋友來咖啡廳的用意是什麼？暗示她，他們的關係就到此爲止？可、可是他早上還傳訊息說「上班加油」啊！昨晚睡前，兩人甚至還講了一小時的電話……

直到被同事點點肩膀，心亂如麻的何泉映，才猛地拉回飄遠的思緒。此時她面前甚至還有兩杯外帶咖啡要交給客人。

解決完手邊工作，她的視線再度飄向徐靖澤與神祕女子。

女方的長相與打扮，猶如社群上有萬千粉絲追蹤的網紅，精緻卻不落俗套。灰棕色波浪捲髮，襯托出她的瓜子臉，唇上的爛番茄紅，也讓皮膚看起來更爲白皙。此外，她手中提著要價不菲的白色Lady Dior，經濟實力肯定不差。對方身著緊身牛仔褲，讓一雙大長腿顯得更加修長，散發出明豔大方的氣質。

何泉映的眼神暗了下來，自嘲地笑了笑，上大學後慢慢建立起的自信，此刻蕩然無存，取而代之的是深埋心底的自卑。

她頓時想起了昔日故友，她有著同樣出色的外貌條件，氣質卻清新脫俗。

「別羨慕我，妳已經很好了。」

怎麼可能不羨慕？若她站在這般優秀的女生旁邊，任誰看來肯定都覺得她遜色許多。

何泉映深呼吸一口氣，在心底替自己打氣，她已不像過去那般，看到比自己完美的對象總獨自神傷。

調整好心情後，何泉映瞧見男人迎面而來，還衝著她微笑，忍不住「嘖」了聲。

她本想迴避對方，礙於走不開的工作，只能硬著頭皮開口：「歡迎光臨，請問先生要點什麼？」

她左顧右盼，就是不願與他對上視線，語氣也冷了許多。見狀，徐靖澤出言關心，「泉映，妳心情不好嗎？」

「你想多了。」

徐靖澤大學四年認識了不少異性，對女生心思也算了解幾分，他低下頭，盯著菜單默不作聲，幾秒後，他回眸看了眼坐在牆邊的好友，恍然大悟似地「啊」了聲。

「泉映，妳是不是誤會了什麼？」他用大拇指指向後方，「我跟她只是朋友。」

好自戀，怎麼會覺得她不開心的原因與他有關？何泉映在心裡吐槽。

可偏偏他又說對了，還真是這樣沒錯。思及此，她忽然一陣煩躁，「不關我的事。」她「哼」了聲，又賭氣地補上一句，「我們也只是朋友。」

那句話像是無意間甩出的石子，卻結結實實地砸進了徐靖澤心口，他眼裡顯而易見的錯愕藏不住。

低聲報上飲品後，他便結帳回座。

何泉映並沒有注意到他的表情變化，視線不時往那名女子飄去。

只是朋友……嗎？何泉映咬唇，勉強說服自己相信他的解釋，卻怎麼樣也無法平息心中的無名火。看見兩人有說有笑，她覺得刺眼，實在開心不起來。

她端起飲品，踏著不情不願的步伐走向他們的座位，先將卡布奇諾放到徐靖澤面前，再將熱水果茶遞給那名女子，「有需要加點再到櫃檯喔，謝謝。」

「謝謝妳。」女子禮貌點頭，在何泉映轉身後，伸手將兩杯飲品對調，「你真的不喝喝看咖啡嗎？」

徐靖澤不喝咖啡？何泉映腳步一頓，稍稍回過身，想知道徐靖澤的回覆。

「不要，咖啡好苦。」徐靖澤皺眉。

一樣的這句話，何泉映又在他身上找到了澄月的影子。

由於同事得了流感臨時請假，何泉映被店長請來代班。打卡後不久，她便感到後悔，今日不知怎地，來客數特別多，狀況也一個接一個。

飲品都已做好，才說要換其他品項、點了芒果冰茶卻說對芒果過敏、在櫃檯前猶豫了五分鐘，讓其他客人先點，還被罵縱容插隊……何泉映打這份工前，還以為咖啡廳奧客較少，看來是誤會。

離下班只剩一小時，她的心情跟著輕鬆不少，等不及趕緊回家摸摸狗，療癒身心。

「帥哥來找妳了。」伶雯湊近她，用手肘頂了下她的腰，朝門口努努嘴。

「咦？」何泉映一時反應不過來。她沒告訴徐靖澤代班的事，想著他肯定不是特意來找自己，而且他也很少在傍晚時間光顧。

她看向門邊，注意到他手中提的公事包，率先出聲打招呼，「徐靖澤！」

一聽到再熟悉不過的嗓音，男人立刻抬頭走向櫃檯，原先面容中的陰鬱也一掃而空。他驚喜道：「妳今天有班？」

何泉映莞爾，向他解釋今日是臨危受命，「那你怎麼這時間過來？」

「今天被主管念了一頓，叫我重做一份專案。」徐靖澤的聲音帶著疲憊，「想說換個地方做事，待在公司只覺得窒息。」

徐靖澤的工作壓力不小，看他可憐的模樣，何泉映想著待會肯定要招待他一份甜點。

「不過幸好有來，才會見到妳。」徐靖澤彎起嘴角。

「油嘴滑舌。」何泉映笑罵：「快找個位置坐吧，想點什麼算我的，慰勞你辛苦工作。」

兩人的互動在旁人眼中曖昧得不加掩飾，連伶雯都忍不住「唉呦」了聲，識相地退到一邊。

徐靖澤特意選了個靠近櫃檯的座位，一抬眸便能望見何泉映認眞工作的身影。看著她拿起麥克筆在外帶塑膠杯上畫圖，他的笑意就藏不住。

她以前也總愛於課本講義空白處寫寫畫畫，太過投入時，甚至會忘了隨老師翻到下一頁，實在冒失得可愛。

這時，鄰座的動靜吸引了徐靖澤的注意。

何泉映端著托盤送餐，對方卻明顯不悅地嘀咕著「好慢」，但她依然掛著禮貌的笑容，叮嚀對方小心燙。

「小姐！」中年男子拿起叉子，對碗內的食物胡亂攪了一通，大聲嚷嚷：「為什麼有蒜頭？」

「先生不好意思，您點的是『焗烤蒜味蛤蜊筆管麵』，所以醬料裡面會加蒜末喔。」她好聲好氣回應。

「我不吃蒜頭，妳也沒說裡面有啊！」男子單手端起餐點，「叫廚房幫我重做一份。」

徐靖澤查覺狀況不對，趕緊停下手邊工作，蓋上筆電關注目前情勢。

「真的很抱歉，因為品名就有提到『蒜味』，菜單下方也有說明，可能不方便幫您更換……」她面有難色，彎腰鞠躬。

「行，那妳幫我把蒜頭都挑出來。」男子將手中的叉子丟到桌面上，發出的巨大聲響，引起周圍顧客側目。

「我……」何泉映一時語塞，不知該如何應對這種存心找碴、態度囂張的客人。

「唉，妳這種蠢貨就是不知變通，才只能當服務生。」男人不屑地「嘖」了聲，「你們店長沒教過『顧客至上』嗎？趕快動手啊！」

早知道就不來代班了。她緊緊咬唇，既難堪又委屈，低下頭看著地面，鼻頭一陣酸澀。她想直接脫下圍裙走人，可偏偏還剩下半小時才能打卡下班。

「還發呆啊？」

聽見對方的怒吼，她反射性縮了下，抬眸時，男子的右手正往裝著水的玻璃杯移去，高高舉起。

「你想做什麼？」徐靖澤冷著臉按住對方的手，杯中的水濺了出來，打溼了桌面的餐巾紙。

「先生，如果你再不尊重我們家店員，我就要報警了！」匆匆趕來的伶雯怒瞪著男子，「我們可以對你提告！」

聽到關鍵字，男子的氣焰消了不少，他瞄了一眼周遭交頭接耳的顧客，嘴裡罵罵咧咧，「這次不跟你們計較，但我要留一星負評！」

「請便！」伶雯雙手插腰，絲毫不懼。

「還好嗎？」徐靖澤看著身旁一語不發的女孩，心裡有些擔心。幸好及時阻止，不然那杯水早已潑到了她的身上。若是何泉映真被這樣對待，他可能會忍不住動手。

「嗯，我沒事。」何泉映捏著圍裙，還走不出方才的情緒。

「我等等陪妳一起下班。」

「你不是要加班？」何泉映歪頭，心跳一不小心漏了拍。

「不加班了，妳比較重要。」他擔心剛剛那位男子，會在她下班後跟上去叫囂威脅，他不想再看到視若珍寶的女孩受傷了。

這一刻，何泉映忽然覺得有他在眞好。

沉寂已久的戀心，似乎在這一刻復甦，因徐靖澤的言行舉止產生悸動。

換下圍裙後，她一眼便看到站在門口等她的徐靖澤。

「護花使者耶，好羨慕！」無視伶雯的調侃，她小跑步湊上前。

沿著街道慢慢走回家，何泉映將今天積累的怨言，全都一吐爲快，「今天妖魔鬼怪特別多！好討厭！」

徐靖澤見不得她受委屈，有些無奈地說：「眞想叫妳別再打工了。」

何泉映笑了笑，隨口開了個玩笑，「沒錢生活，難道你要養我呀？」

其實她根本不需要依靠別的男人，她爸爸早就說過，「只要寶貝女兒開心，一輩子待在家當小公主也可以」。

「可以啊……」徐靖澤別開眼，小聲地應。

像被迴力鏢打到般，何泉映扶額，後悔著剛才的口不擇言。

她想起媽媽說，很多男生都只會出一張嘴，畫大餅取悅女生，不知道他是否也是如此。

「都跟其他女生約會了，還這樣講。」她提起幾天前的事，不滿的情緒迅速回歸，她加快腳步，不想跟徐靖澤並肩。

「就說我們只是朋友而已，眞的啦！」徐靖澤追上她的步伐，「妳放心。」

什麼啊？他們又不是那種需要報備的關係！她賭氣回應：「我們也只是朋友而已啊。」

「泉映，妳吃醋了嗎？」徐靖澤似笑非笑。

「想太多，才沒有。」她嘴硬，卻紅了耳根。

「明明就有。」

「我說沒有就是沒有！」

明明兩個人都大學畢業了，卻像國中生似地在鬥嘴。

☾

依依不捨地與家裡兩隻寶貝道別，何泉映拿起黏毛滾輪，清理著黑色洋裝上沾黏的毛髮。轉開門，她回頭向狗狗們揮手，「我很快就回來，在家裡要乖乖喔！」

天氣漸涼，甫走出家門，她便被寒風襲得打了個哆嗦，趕緊穿上掛在手臂上的米色外套。

何泉映按下社區大門的開門鍵，一推開門，就撞見一輛銀色跑車停在門口，她沒想太多，側過身就往右走。

「何泉映小姐，請問妳要去哪？」

後方傳來聲響，何泉映回頭望，男子正從駕駛座探出頭，笑得得意洋洋，「我明明有跟妳說我買了新車！保時捷的taycan，帥吧！」

「我又不懂車。」何泉映聳聳肩，走到駕駛座那側，「你換髮型了耶！」

「換一陣子了，妳就知道，我們真的已經很久沒見了。」頂著韓系中分頭的男子敲了下她的額，指著副駕駛座，「上來吧，能成爲第一個搭我新車的人，妳該感到榮幸。」

「遵命，大少爺。」她打趣回應，快步繞到另一側上車。

最近有場個人畫展開展，何泉映受好友邀請一同觀賞，便有了此次的相聚。

男子手握方向盤，動作流暢地將車駛出巷口。他身上的香味隨著他的動作飄散，何泉映吸了口氣，聞到一股有些渾厚的木質調香氣。

「喜歡這個味道嗎？潘海利根的The Tragedy Of Lord George。」康宥臣揚起一抹笑，介紹起愛香。

何泉映忽然憶起徐靖澤曾說過，他噴的是同品牌的另一款香水Luna。

「還挺好聞的，而且……」

話才說到一半，就被康宥臣打斷。他挑起眉，「從來不需要質疑我對香水的品味。好，妳繼續講。」

何泉映無奈嘆氣，沒想到會因爲香水想起徐靖澤。

今天與康宥臣相約，她也想趁機與他討論近期困擾，畢竟他曾是澄月與她的共同好友。

從前她與康宥臣最不熟悉，單獨相處也最尷尬，卻在上大學後，因偶然的重逢再度聯繫起。

他們擁有類似的傷痕，多年相處下來，比起朋友，兩人更近似於家人。

「就是——」

何泉映做好心理準備，正要開口，康宥臣又搶先攔截，「我突然想到！不是說好要去聞檀香味的香水嗎？」

「算了，我早就忘了當初的味道。」何泉映好氣又好笑，這人實在沒禮貌，三番兩次打斷她說話。

康宥臣「喔」了聲，沒有再說些什麼。

「我最近認識了一個很……很像澄月的人。」何泉映靠著椅背，望著外頭的景色，輕聲訴說煩惱，「他長得像澄月，個性也差不多，都是溫柔體貼的人。」

可是，她明白徐靖澤跟澄月依然有太多不同。

「是喔，那妳喜歡他嗎？」聽到許久未聞的名字，康宥臣眼神裡的光暗了幾分，藏在心底的回憶，此刻都翻湧上來。

她垂眸，「或許吧？跟他相處時會心動，看見他跟別的女生在一起會吃醋，可是……我不確定這份好感，是不是因爲他跟澄月的相似？」

起初注意到徐靖澤、願意與他往來，正是因爲他像澄月。她想著這陣子來的悸動，會不會全是移情作用？她只是把那帶著遺憾的青春，投射於徐靖澤對自己的好，滿足與澄月之間未竟的感情。

「不管怎麼說，妳能對別人心動，是件好事。」康宥臣看向車內後視鏡上掛著的御守，那是裴靜聖送他的唯一一個禮物，「這樣一來，或許就能逐漸忘掉那個令自己無比心痛的人了吧。」

時至今日，他的心依然被那道身影所占據，明明都已過了四年多，仍無法釋懷。

他跟何泉映是一樣的，內心深處有某個部分困在過去，遲遲沒能忘卻十八歲那道血淋淋的創口。

恍惚間，時間像被拉回那個平凡不過的中午——

「這樣問可能有點沒禮貌，你可以不用回答，我只是有點好奇……你喜歡靜聖嗎？」康宥臣對裴靜聖的態度特別不同，只是，那到底是不是「喜歡」，對感情頗爲遲鈍的何泉映無法確定。

「喜歡啊。」康宥臣承認得爽快乾脆，「我以爲大家都知道，只是沒有說破。」

回憶起高中，何泉映臉上多了一抹苦澀的笑。

當時她總會想，果然只有裴靜聖那樣的人才招人喜歡。再不然，鄭盈盈樂觀開朗的性格也很吸引人。反觀長相既不突出，個性又羞澀內向的她，實在無法想像有人會喜歡，更何況是澄月。

然而，若她願意給自己多一些肯定，能更早地鼓起勇氣訴說心意，或許她跟澄月的未來會有所不同。

或許也會如同蝴蝶效應般，那場悲劇就不會發生了。

「妳知道嗎？其實我以前不只把澄月當朋友。」

晚餐時，康宥臣切著二十四盎司的帶骨肋眼牛排，慢悠悠說道。

「嗯？」剛喝下一口紅酒的何泉映險些嗆到，她瞪大雙眼，不可置信地望著面前的大直男，「你、你難道……喜歡過澄月？」

好呀，這個天大的祕密居然瞞了這麼多年！

「我眞想把這塊牛排甩到妳臉上。」康宥臣抽抽嘴角，一臉無奈，「何泉映，妳是眞的笨。」

「我不覺得學測比我低十級分以上的你，有資格罵我笨。」她「哼」了聲，「不然是什麼意思？你自己說，『不只』把澄月當朋友耶。」

「妳眞是一如既往的單純。」他用力將叉子插進肉塊，再送入口中用力嚼了幾下，「因爲我把他當假想情敵，好嗎？」

「喔……」何泉映撐頰。

「雖然很不甘心，但不得不承認，澄月哪方面都贏我。沒我有錢就是了。」他咂嘴，「如果妳是靜聖，妳會選誰？當然是澄月吧！啊不對，不用變成靜聖，妳本來就會選他。」

何泉映瞟了他一眼，「可以不用加最後那句。」

正如康宥臣所言，當初她對澄月的喜歡多麼深刻，那份情意就多麼難以忘懷。現在的她無法斷言，若徐靖澤換了一張臉，對他的好感是否依然存在。

「因爲不曉得靜聖的想法，對同在一個小圈圈的澄月，我下意識地產生競爭心態，希望自己在靜聖心中，比他更屌、更帥。」

何泉映頻頻點頭，非常理解他。她過去也曾是這樣看待裴靜聖的，即便對方曾明說對澄月沒意思，可反過來，澄月又有何理由不喜歡比她更爲出眾的裴靜聖呢？

晚餐結束後，康宥臣載著何泉映回她所住的社區。在她要下車前，他叫住她：「泉映。」

「怎麼了？」

路燈的光灑在駕駛座男人的面容上，他微微側過頭，整張臉沒入暗處，「如果再見到澄月，妳會原諒他嗎？」

何泉映一頓，隨意丟下一句「不知道」便匆忙離去。

看著她迅速關上大門、離開視線，康宥臣也重新發動引擎，孤身一人駛出巷子。

「如果再見到澄月，妳會原諒他嗎？」

何泉映怔怔地站在家門前好久，鑰匙遲遲沒有插進鎖孔，反覆思索著方才那個問題。

「泉映，對不起。」

那天，面對一連串的質疑，澄月低著頭一語不發，最後選擇了逃避。

他狼狽離去的模樣仍歷歷在目，而那句道歉，竟成了兩人之間最後的對話，驟然爲青春畫下句點。

有些人、有些事，都注定只能留在過去。

所以，無論原諒與否，都已失去意義了，不是嗎？

杏文高中一年一度的運動會在今日舉行，爲了這個日子，每一班都卯足全力準備各項競賽，也在進場時發揮創意討評審歡心，希望能拿下總錦標與獎金。

在這場盛事中，何泉映僅參加了趣味競賽。她不擅長體育，也不熱衷運動，只想當個稱職的加油團，好好爲澄月與其他同學應援。

澄月則跟她恰恰相反，身手矯健的他，代表二年五班參加了許多項目，能在休息區待著的時間並不多。

「請二年級男子一百公尺的選手，至司令台前進行檢錄。重複一次……」司儀的聲音響徹操場周圍的休息區。

「澄月，上！」康宥臣伸手搭上好友的肩，「五班的獎牌數就靠你扛！」

「我盡量吧。」澄月啜了口運動飲料，站起身，跳下台階，開始舒展身體。

暖身完畢，他小跑步向指定地點而去，卻在走了幾步後折返。

他重新將額上的紅色頭帶綁緊，撓撓後腦勺，抬眸看向看台處，緊盯著正幫同學綁著辮子的何泉映。

想了幾秒，他朝她走去，「泉映。」

何泉映專心於手邊動作，聽到喊聲，下意識往聲音方向撇頭，正好與來人對上眼，嚇得她手都差點鬆了。

他在她面前蹲下身，與坐著的她平視，「妳會幫我加油嗎？」

「澄月，我也可以幫你加油！」散著頭髮的女同學嘻皮笑臉。

「不要害我被妳男友揍！」澄月抽抽嘴角，瞄了眼隔壁班一位身材高大、皮膚黝黑的男同學。對方是籃球隊隊長，也是這女孩的男朋友。

「會嗎？」他重新看向何泉映，再次確認，沒得到答案便不罷休。

她今天的造型不同於平常，許是爲了配合熱鬧的氣氛，特意選了有朝氣的高馬尾造型。在見她這般模樣後，澄月才知道，原來自己很喜歡這樣的髮型。

何泉映緊緊抿唇，手指繞著鬢角的髮絲，用力點點頭，卻不敢直視他。

澄月莞爾，指向操場跑道，「那我先過去準備囉。」

廣播又重複了一次，這次可真拖不得了，他轉身就走。尚未走遠，他聽見了後方賣力的叫喊聲。

「加油！」

想聽的那句話終於入耳，澄月興奮地回頭，同樣朝她喊道：「收到！」

他想，在何泉映面前，絕對不能出糗，最好拿下金牌，把獎牌掛到她的頸上，與她分享這份榮耀。

選手陸續就定位，鄭盈盈拉著何泉映到操場中央觀賽，康宥臣也準備跑到最佳觀賞位置替好友助陣，不過還有一人待在位置上不爲所動。

眼看裴靜聖一人留在休息區，他趁機坐在她身邊，「不一起幫澄月加油嗎？」

女孩戴著白色口罩，手中捧著化學講義。許是身體不適，她整個早上都心不在焉，對各項賽程也不關心，一點也沒有融入運動會。

換作旁人，早就被康宥臣念一頓了，可偏偏這人是他喜歡的女孩子。

裴靜聖本是大隊接力的選手，然而感冒的她實在提不起精神，全身沒什麼力氣，只好把這個責任交給候補的同學。

「有泉映的加油就夠了。」裴靜聖回。

康宥臣失笑，將手中的熱可可往她臉頰貼，「為什麼連今天也不能放鬆一點？」他迅速地抽走她手中的講義，硬是將飲料往她手裡塞。

「還我。」熱可可的溫度透過掌心一路蔓延，裴靜聖捧著紙杯，語氣平靜，沒有任何的埋怨與責怪，也沒有要出手拿回來的意思。

「如果妳現在眞的超——想讀化學，我就還妳。」康宥臣將講義平放在她的髮頂。

「我……」裴靜聖被這樣對待倒也不惱，只是表情有些困窘。她輕蹙眉頭，「禮拜一要考試。」

「靜聖，今天的天空是什麼樣子？」他忽然蹦出這麼一句。

她不明所以，「為什麼問這個？」

「今天早上，我出門時看到雲很多，可是現在都散開了，天空呈現很漂亮的淺藍色。」康宥臣示意她抬頭，指著遙不可及的蒼穹，「妳有發現嗎？」

她望向遠方藍天，若有所思地搖搖頭。

「我想妳大概也沒注意到，昨天放學時的夕陽很美，橘的、粉的、紫的……」他笑著敘述天空的模樣，掏出手機，點開專門存放天空照片的相簿，「我幾乎每天都會拍天空。」

如果裴靜聖現在能笑一個就好了；如果她願意放下書本，多留意周圍就好了。

康宥臣此刻懷著的想法，僅是這麼簡單的念頭：希望她開心，想讓她暫時拋下惹人厭的課業壓力。

「原來你有這樣的習慣。」裴靜聖並未敷衍，而是認真欣賞他展示的每一張相片。

康宥臣挑眉，「要不要做個專屬我們兩個的祕密約定？每天都要跟對方分享『今天的天空長怎樣』。」

他伸出大小拇指，想跟她打勾勾約定。本以為裴靜聖會懶得理他，可出乎意料，在沉默了幾秒後，她也跟著伸手回應他的邀請。

「我答應你。」

康宥臣傻了幾秒。在兩人勾上手指、拇指相按的那刻，他的耳根悄然攀上一抹緋紅。他拍拍臉試圖恢復冷靜，語氣認真地道：「靜聖，再答應我一件事吧！別待在這了，我們一起去看澄月的比賽，好嗎？」他伸出手，掌心朝上。

看著他眞摯的眼神，裴靜聖終於露出了笑容，笑意雖藏在口罩後，卻在眼神裡盛開得明亮。

「好。」她搭上他的手，他順勢牽了起來。

上午，最受矚目的競賽，非大隊接力莫屬。因班級數眾多，比賽分為兩場，每場取前三名於下午進行決賽。

雖說只是預賽，可參賽者們並沒有鬆懈，個個摩拳擦掌，準備大展身手。

身爲候補選手，何泉映只能與同樣沒參賽的同學，一同站在操場內側觀賽。

第一棒是鄭盈盈，她是班上跑最快的女生，對槍聲的反應速度也相當即時，因而被安排打頭陣。至於身負最後一棒重擔的，便是擅長直線衝刺的澄月。

澄月身著二十號黃色背心壓著腿暖身，見狀，何泉映握緊手中的礦泉水，正要遞水上前，卻被捷足先登。

「澄月，加油喔！」張媛媛笑容明媚，小跑步到了澄月身旁，「也恭喜你一百公尺拿到金牌，你剛剛眞的跑好快，超帥的！」

不久前，澄月才剛比完男子一百公尺，不僅奪下金牌，還創下近三年大會新紀錄。

「謝謝，不過……」澄月不解地看著女孩身上穿的紅色背心，「這場比賽，我們是對手耶。」

「不衝突呀，我希望你加油，但我也會全力以赴。」張媛媛對他眨了眨左眼，「還是我等等把接力棒傳給你？開玩笑的！」

聽到遠方隊友的呼喚，她應了聲，「我先過去準備囉！」

「妳也加油，別受傷啊，安全第一。」澄月揮揮手，回以一個禮貌的淺笑。

餘光瞥見熟悉的身影，他側身望去，何泉映正拿著小包裝礦泉水，半個手掌從外套袖口露出，這模樣有些可愛。

他停下暖身動作，故作自然地走到她面前，二話不說抽走她手中的水跟小吸管。

「比賽完，我再還妳一杯。」見她垂著頭，澄月忍不住伸手拍了拍，「怎麼啦？」

「沒、沒事！」何泉映咬唇，臉上的羞澀無法掩藏，「本來就是要給你的……」

「真的？」澄月燦爛的笑容與耀眼日光相互輝映，他將水塞回何泉映手中，「那妳餵我喝。」

何泉映眨眨眼，想著自己是否有聽錯，澄月知道他說了什麼嗎？

她遲遲沒有動作，澄月直勾勾地盯著她，勾起一抹促狹的笑，「泉映，我要保留體力跑步，餵我喝。」

何泉映一驚，沒想到澄月敢在大庭廣眾之下提出這樣的要求。她往左右兩邊看了看，周遭都是同屆的同學，若是一不小心鬧出動靜怎麼辦？

明明知道澄月在鬧她，明明大可選擇拒絕這無理要求，可是面對澄月，她無論如何就是無法堅決說「不」。

她捂著左胸口，深深吐了一口氣，鼓起勇氣，撕開吸管塑膠套，刺穿薄膜，「啵」的一聲。

還沒等她遞過，澄月便主動俯身含住吸管，一下就把半杯水喝掉。驟然拉近的距離，使何泉映傻在原地動彈不得，只能呆呆盯著他的髮絲。

嚥下最後一口，澄月「哈」了一聲，右手臂將唇邊水珠抹掉，露出爽朗帥氣的笑容。見狀，何泉映險些沒握好塑膠杯。

「如果在終點線等我的是妳，我會很開心。」他將唇湊到她耳畔輕聲說。

直至澄月回到隊列集合，他方才的言行舉止，仍不停地在何泉映腦中盤旋。她垂頭盯著手中的空杯，再望向澄月的背影，心情五味雜陳。

她知道自己不夠好、配不上澄月，總想著能待在澄月身邊便足夠，不求他對她無聲的喜歡有任何回應，獨自懷著暗戀，不說破。

可是澄月的一舉一動，卻總撩撥著她的心弦，令她忍不住想多貪戀他的好。

澄月是夜空中溫柔映照著世界的月光，而她只是廣袤大地上的一泓清泉，自始至終只能待在原地，候著月光的垂憐，將無法訴說的眞心，藏在水深之處。

「澄月，我喜歡你。」她把這份心意，壓縮在微不足道的勇氣中，輕輕地揉進風裡。

砰──槍聲響起，第一棒的選手以迅雷不及掩耳的速度起跑。

何泉映沒錯過鄭盈盈的精彩表現，大聲地爲她加油，喊到臉都紅了。

「盈盈，妳好棒！」接力棒順利傳給下一位選手，她趕緊飛奔到鄭盈盈身旁，拿出面紙按去對方額上的汗水。

「那是當然。」鄭盈盈自信一笑，撥了撥髮，脫下身上背心，拉著何泉映的手臂往另一端走，「走吧，看康宥臣表現！」

轉眼間，賽事已來到後半段。二十位同學一同努力的大隊接力，局勢瞬息萬變，有的班級在一開始領先，卻逐漸被反超，也有班級靠著平均的實力逆轉局勢。

最後一棒的男同學們被安排到跑道上就位，工作人員緊盯賽況，不停地更換選手們的內外順序，以免在接棒時出了差錯。

何泉映望著眼神嚴肅的澄月，再度鼓起勇氣對他喊「加油」。

在眾人的歡呼打氣下，她的聲音不算突出，可當事人卻清楚捕捉到了她的應援。

原本屏著的氣息和緩了些，澄月凝視著她，比了一個讚後勾起唇角。

「我、我在終點等你！」她又補了一句，也算是回應了澄月在比賽前的那句話。

聽到這話的鄭盈盈與康宥臣互看一眼，表情饒富興味。

「我們來打賭，猜他們什麼時候會在一起？」康宥臣在好友耳邊小聲問道。

「如果澄月敢衝，我猜……寒假結束前！」鄭盈盈挑眉，「你覺得呢？」

「我告訴妳，不要看澄月好像游刃有餘，其實他超孬。」康宥臣「呵」了聲，「但我希望他們快點在一起，這樣我就不用整天把他當對手了。」

「你——哇啊，我們先過去終點線！」

話說到一半，十九棒已經出發，鄭盈盈趕緊拉著兩位好友移動至終點處。有許多人早就占好位，三人費了好大的功夫，才擠到絕佳觀賞位置。

目前領先的一班，率先將接力棒傳到了最後一位同學手中。眼看差距不小，第一名與五班無緣，只能努力拚搏爭取第二名。

三班、五班與十班的選手互不相讓，在接棒前仍膠著不已，三者以不到兩秒的差距，傳給了最後一棒。

在握住接力棒的瞬間，澄月毫無顧忌地全速衝刺，見前方堵著兩位選手，他趕緊調整方向，準備自外道反超。距離拉近後，場內歡聲雷動，誰也無法預測最後的結果。

一班選手率先衝過終點線，奪下第一名的寶座，可剩下的跑者也沒鬆懈。

短短的一百公尺內，澄月滿腦全是何泉映害羞地對他喊的「加油」。他知道女孩此刻正站在終點等著，絕不能在她面前洩氣。

「澄月，加油！」

康宥臣與鄭盈盈的喊聲傳進耳裡，他嘴角笑意更深，即便聽不到另一個嗓音，他也能肯定何泉映在爲自己打氣。

剩下十公尺，澄月咬牙將全身力氣釋放殆盡，如願成功超過了第二名並取而代之。見狀，何泉映高興地蹦蹦跳跳，不斷拍手喊著「好棒」。

選手們在極小的差距下，分別越過終點線，然而彼此距離太近，在澄月放慢速度時，後方男生來不及煞車，直直撞上他，兩人雙雙跌倒在地。

「徐澄月！」鄭盈盈被嚇得大叫，何泉映也大驚失色，趕緊湊上前關心傷勢。

澄月的左膝破皮，傷口流著鮮紅色的血。想起口袋內有準備OK繃，何泉映趕緊把手伸進去摸索。

「澄月！」此時，還在喘著氣的張媛媛衝了過來，迅速蹲到澄月身旁，「你還好嗎？有扭到嗎？」

她滿臉擔憂，絲毫不在意亂掉的髮絲，傾身檢查著澄月的傷口。

看到這一幕的何泉映，收起原本踏出去的步伐。

面對比她更勇敢的張媛媛，她選擇了退縮。她想，若自己有對方十分之一的勇氣，便能把前方高大的同學都擠開，向澄月飛奔而去。

「我沒事，小擦傷而已。」澄月揉揉腳踝，確認沒有任何痛感，便在張媛媛的攙扶下站起身，「我可以自己走，謝謝妳。」

「我還是會擔心你……」張媛媛微微鼓嘴，「走，我帶你去醫護站！」

她的班級方才得了第一名，但她絲毫不在意，沒跟同學們圍在一起歡呼，反而勾著澄月的手就往外走。

「沒關係，不用啦……」澄月慌張地搖搖頭，想回頭找何泉映，卻硬是被拉走。

「不趕快處理傷口，等一下細菌感染，引起蜂窩性組織炎，甚至敗血病！」

「太誇張了啦！」澄月啞然失笑。

何泉映呆然望著兩人離去的背影，逐漸消失於視線範圍。她低下頭看著手中來不及送出去的OK繃，自言自語，「連出言關心都做不到，真的太遜了。」

視線漸漸模糊，在淚水落下前，她匆匆用袖口擦去眼角的溼意。

身著運動外套，澄月一步步地走向待在位子上，似在恍神的女孩。

「泉映。」他歪頭，「謝謝妳的OK繃！」

何泉映嚇了一大跳，抖了下。一抬頭，男孩的燦笑映入眼簾，隨後視線移到他的左膝。原先貼著紗布的傷口，不知何時換成了大片的OK繃，上頭用簽字筆畫了塗鴉，是一個繫著頭帶、正在奔馳的二頭身小人。

「你怎麼知道的？」

她趁著他不在，將好幾個OK繃塞進了他留在休息區的外套口袋。

澄月明明不在場，怎麼發現是她的？不過，能被認出，她有點開心……不，不只是有點。

「妳會不會太小看我了？」澄月失笑，指著傷口處，「這麼可愛，會害我想再多跌倒幾次。」

何泉映如此貼心，讓他想再體驗幾次同樣的溫暖。

「烏鴉嘴！」何泉映偏頭想了想，猜測他是想收藏上頭的塗鴉，「如果你還想要，我可以再畫幾個給你，不用非得讓自己受傷……」

旁人稱讚她的塗鴉可愛，都能讓她得意一陣，何況是澄月的讚美，幾百個ＯＫ繃她都能送他，就怕他不要。

「那妳會心疼嗎？」澄月眨眨眼，臉不紅氣不喘。

何泉映發現，最近澄月對她的態度變得不太一樣，有時會說些容易令人誤會的話。不曉得他對其他女孩子是否也是如此？

她想了好多種可能，卻唯獨排除澄月是因為喜歡她才這麼做。

其他女孩子比她好多了，不是嗎？

「開玩笑的，別理我。」見她不說話，澄月趕緊打圓場，「我跟康宥臣去福利社喔！」他跳下台階，錯過了何泉映伸出的手。

她猶豫許久，最終仍沒有拉住他，只是輕聲道：「如果你又受傷，我、我會心疼……」

沒聽到就算了。不如說，沒聽到更好。何泉映嘆了口氣，敲敲腦袋，埋怨著懦弱的自己。

可她不知道的是，背對著她的澄月，正因那輕如風的呢喃，思緒混亂。

時間稍縱即逝，明明才剛升上高二，轉眼間，寒假即將到來。

期末考前兩週，報名晚自習的學生較平時多。原先除裴靜聖，其他四人皆會留晚自習，抓緊時間複習。不過今日，鄭盈盈與康宥臣恰巧有事提早離開，於是只剩何泉映與澄月留下。

何泉映擔心與澄月共處時會不知所措，正打算用「想早點回家陪狗狗」當藉口開溜，沒想到，澄月反而先一步開口。

「泉映，妳要回家？」

何泉映一打鐘便背起書包，見狀，澄月的表情很是困惑，「不一起吃福記嗎？」

「嗯……」何泉映別開眼，有些心虛。

「妳是不是覺得，只剩我陪妳晚自習很無聊？」澄月無辜地問道。眉眼垂下的樣子，像極了做錯事被罵的柴可夫斯基。

她生怕他誤會，急忙否認，「我沒有！」

「沒有的話，意思是……跟我待在一起，其實很有趣囉？」澄月笑得一臉得逞。

「我、我……」面對如此直接的提問，何泉映害羞得無法坦然以對。

澄月也不繼續鬧她，「剛好我這幾天也讀累了，不想關在悶悶的教室裡……如果沒其他事，要一起到附近逛逛嗎？」

放學時的公車擁擠得像沙丁魚罐頭，座位寥寥無幾，學生大多只能站著。

何泉映平常都由父母接送，搭公車的機會不多，若不是澄月拉著她勇敢往前擠，她大概上不了車。

車內空間狹小擁擠，何泉映既無法伸手拉吊環，也握不住鐵桿，只能靠平衡感勉強穩住身軀。

看著她吃力的樣子，澄月指著自己的書包背帶，「妳要不要抓這邊？」

遲疑幾秒後，何泉映點點頭，怯生生地伸手拉住墨綠色背帶。

就在這時，司機咒罵一聲，猛然踩下煞車，所有乘客都嚇得不輕。

公車沒出什麼意外，可車內的乘客就無法倖免，一片東倒西歪，值得慶幸的是，由於人滿爲患，根本沒有讓人失足跌倒的空間。

慣性作用的剎那，澄月下意識伸手攬住往前跌的何泉映，卻低估了慣性的強大，兩人之間的距離頓時近乎於零，緊緊相貼。

澄月急促的溫熱吐息落在髮頂，胸口的起伏也能輕易感受，何泉映的體溫驟然升高，腦袋暈眩，像當機般無法思考。

抬眸一看，澄月微開的唇映入眼中，再往上，是上下顫動的睫毛，她從未這樣近距離地觀察過他的五官。

澄月也同樣望著何泉映，她的瞳孔映照出自己的臉龐，髮間的藍風鈴香氣竄入鼻腔。目光移向她那水潤的唇瓣，他嚥嚥口水，試圖忽視因身軀相依而感受到的柔軟，心中百感交集。

不可名狀的情愫在兩人間悄然流動，就等著誰先有所動作。

「不用擔心，沒出車禍！在這邊也跟大家說聲對不起！」司機透過廣播系統向乘客說明狀況。確認無人受傷後，他重新踩下油門，車輛繼續行駛。

司機的聲音像一根細針，戳破將兩人輕輕包裹住、隔離外在一切紛擾的泡泡。

澄月慌亂地鬆開壓在何泉映後腰的手，眼神刻意擺向窗外，「對不起……我不是故意碰妳！」

「沒沒沒沒關係！」何泉映緊張得連話也講不好，她沒有膽量看澄月的表情，只敢看著他潔白制服左胸口處的繡線。

能跟喜歡的男孩子近距離接觸，要說沒有一絲喜悅，肯定是謊話，她的腦子裡滿是方才澄月傳遞而來的溫度，她拍拍紅得發燙的臉頰，內心彷彿有兩道聲音——天使告訴她「一直想很變態」，惡魔則說「反正澄月沒有讀心術」。

車上發生的一切太過衝擊，下車後，兩人心照不宣地沒再提起，若無其事聊著日常瑣事。

「今天國文老師不是講到自己名字的由來嗎？」澄月自然而然地走到馬路外側，「我好像沒問過，『泉映』這個名字是怎麼來的？」

何泉映莞爾，「媽媽說，她是握著我的手指頭，閉眼在她選的幾個字當中指出來的。」

「我喜歡妳的名字。」澄月被這個答案逗笑了，「沒想到取名方式這麼有趣。」

「那、那你的名字呢？」何泉映表面故作鎮定，腦內卻無限循環他前面那一句話。重播到後來，甚至自動去掉後面三個字，只留下「我喜歡妳」。

「我們家小孩的名字都是算命來的，我阿公阿嬤很相信這些。」澄月搔搔頭，「妳知道嗎？詠妮上次月考沒有前三名，他們還考慮帶她去改個『聰明一點』的名字。」不迷信的澄月有些無奈地說。

「他們一天到晚都在拜拜，有時候，我假日起床就被拉去神明廳，甚至不知道那天是什麼日子、要拜誰。」澄月手插口袋，提到這個話題就停不下嘴，「不過詠妮倒是滿喜歡這些儀式，因爲有很多糖果餅乾可以吃。」

聽著澄月分享家裡的大小事，何泉映有些滿足，感覺自己又更了解他了。

兩人待在一起的氣氛，比她想像中不尷尬，而且更容易被他的一舉一動牽動心緒。

他們是不是更親近了呢？她沒見過澄月跟其他女生單獨逛街，會不會……她其實是有機會的？

也許只要勇敢伸出手，她就能奇蹟般地觸碰到那抹遙不可及的月色。

「之後有空也約他們一起來逛吧。」看著琳瑯滿目的小吃攤販，澄月提起其他好友，「可是要帶靜聖來，大概很困難……」

聽到澄月提起裴靜聖，何泉映的心一顫，方才自以爲是的猜想霎時碎成一片。

原來澄月其實更希望五個人一起來，會邀她只是一時興起。

換作任何一個人，他是否也會一樣放鬆，甚至更興奮、更願意分享趣事？

她再次認清，她這麼渺小，哪來的資格獲得澄月的喜歡？

第五章　化爲白雪的流泉

冬日夜晚的公園一點也不冷清，籃球場被穿著球衣的學生們占滿，外圍步道不乏戴著耳機慢跑的身影，也有帶著寵物來此消耗精力的飼主，何泉映便是其中之一。

不過，今日她特意將其中一條牽繩交給徐靖澤，讓他遛遛好動又難以駕馭的薩里耶利。

最近她的日子過得順遂，歲月靜好的日子無從挑剔，跟徐靖澤也日漸熟稔。

她知道她喜歡他，但這份情感，與當年對澄月的愛慕截然不同。

十七歲的何泉映，對澄月的喜歡是小心翼翼的，是一種視自己如塵埃、仰望般的喜歡。只要能待在他身邊，便足以令她悸動不已。

但那份青澀的愛意，隨著高中畢業的那個夏天一同被埋葬。如今，二十二歲的她，可以自在又坦然地面對喜歡的人，沒有過於拘謹的態度，更不存在配不上對方的心魔。

「你比我更適合帶薩里耶利跑來跑去。」

徐靖澤方才已帶著白色大狗跑了一圈公園，依然游刃有餘。何泉映笑出聲，「牠興致一來，跑三圈都不是問題，有次我陪牠跑到整個人都要虛脫了！」

相較之下，柴可夫斯基的精力沒這麼旺盛，只是偶爾偏要在外頭颳風下雨時吵著出門。

「我當你第二個主人好不好？」徐靖澤蹲下身，摸了摸大狗狗一把，「好乖好乖！」

「養薩里耶利不便宜，你可要想好囉。」何泉映莞爾，也跟著蹲下身，「薩摩耶不太適合台灣的氣候，所以除了冬天，我家的空調都整天開著。而且這身白毛容易髒，兩個禮拜就要洗一次澡。我媽算過，一年在牠身上大概要花二十萬，這還不含緊急醫療費。」

她摸了摸自家柴犬，「相較之下，柴可夫斯基比較省。」

「那等我賺大錢，再把你帶回家！」徐靖澤蹭了蹭薩里耶利的鼻子，表情洋溢著滿足與幸福。

休息片刻後，兩人繼續繞著公園，起初還有些冷意的身子，逐漸變得暖和。何泉映解開米色羊羔絨外套的釦子透氣，悄悄往身旁男人覷了一眼，不料徐靖澤也正看著她，就這樣被逮了個正著。

「對、對了！」她咳了兩聲裝沒事，隨便找了個話題掩飾尷尬，「你剛剛說，下週末要回家，但好像沒聽你說過家鄉在哪，應該不是我忘記吧？」

雖然已經認識一段時間，但她感覺自己對徐靖澤的了解僅止於表面，而這正是她遲遲不往前一步的原因——年紀越大，越明白談戀愛不是只有互相喜歡那麼簡單，價值觀、對未來的想像、生活習慣……都會影響兩個人的相處。

日子還長著，不能一時衝動，得多花一些時間認識人，總比糊里糊塗交往後才後悔來得好。

「我確實沒說過……」徐靖澤收起笑容，語氣略顯遲疑，「跟妳以前一樣，我家住台中。」

「哎？怎麼不早點告訴我！」何泉映瞠大雙眸，「你居然是台中人！那你家住哪呀？你以前讀市一中嗎？」

即使已經搬來北部好幾年，提起熟悉的家鄉，何泉映仍感到興奮雀躍。

「不是什麼很好的學校啦……對了，薩里耶利一天要吃多少飼料啊？他運動量不小，應該吃很多吧？」徐靖澤擺擺手，生硬地換了個話題，在心底默默向杏文高中的校友們懺悔。

見他不正面回覆，她心裡有些不痛快。從兩人認識以來，他時常輕描淡寫地帶過某些問題，好像不願讓她眞的走近他。

「徐靖澤。」她停下腳步，神情少見的嚴肅，「這有什麼不能講的？為什麼有些事你總是敷衍帶過，甚至避而不談？」

若兩人還只是點頭之交，她不會介意，可他們已經是會每日互道早安晚安、經常相約出門的關係，明眼人都看得出，他們不只是普通朋友。

她在乎這段關係，也期待彼此坦誠，但徐靖澤卻仍對她有所防備，像藏著什麼見不得人的祕密。

難道他是愛情騙子？難道他身分證配偶欄有名字？難道他不是大學剛畢業，而是已經三十歲？

她越想越氣，索性一把搶回他手中的牽繩，不明所以的白色大狗歪頭「嗷」了聲。

「泉映，我……」徐靖澤有些慌了，他欲言又止，實在不知如何解釋。

「你不講就算了，我也不想強迫你。」何泉映別過頭，不願正眼看他，「我要走了，再見。」

她拉著兩隻狗匆匆離去，回家後，甚至睡前，都沒有再回應男人傳來的訊息。

徐靖澤知道她在氣他的隱瞞，可他也有苦衷，那些會暴露身分的線索，他還沒準備好揭開。

他曉得，若想與何泉映更親近，有些事情不可能永遠瞞著，總會有必須坦白的一天。即使如此，他仍希望自己能以「徐靖澤」的身分，再多跟她相處一段時間，從而逃避著他必須要面對的「總有一天」。

在何泉映眼中，「澄月」一定是不願意回想起的故人。他也是，討厭身爲澄月的自己，討厭那個什麼也拯救不了的自己。

所以當家人叫他改名，免得剋到罹患肝癌的阿嬤時，他也毅然決然地放棄了這個陪伴他十九年的名字，刪光以澄月爲名的社群軟體與通訊方式。

他天眞地以爲，這樣就能捨棄過去，並重新開始不同的人生。直到與何泉映重逢，他才明白，有些人、有些回憶，怎麼也忘不掉、擺脫不了。

好比這一千六百多個日子以來，何泉映的名字與身影，從未自他腦中抹除，始終清晰地存在著。

徐靖澤本以爲睡一覺醒來，何泉映的氣會消得差不多，願意搭理他。可他沒想到，四年過去，她的脾氣也變倔了，早已不是從前那個拿他沒轍的女孩。

看著遲遲未讀的訊息，徐靖澤困擾不已。他試著撥打電話，然而何泉映似乎鐵了心要疏遠他，既不拒接也不接聽，讓電話響到自行掛斷。

徐靖澤重重嘆了口氣，現在都中午了，他卻還坐在床邊，沒安排行程的假日，從不像今天這般頹廢。

這樣下去不行，如果再不做點什麼挽回何泉映，她或許眞的會從此不與他往來。

他怎麼可能讓這種事情發生？

徐靖澤打開手機地圖，在搜尋欄上打上了「花店」二字，冒著被她當成變態的風險，直接殺到她家社區。

手機傳來提醒聲，何泉映「嘖」了聲。

今日爸媽出門參加大學同學會，不出意外，只有那位會傳訊息來。

她本想一如既往地無視，只是，看著通知欄上簡潔明瞭的一句話，她馬上就坐不住了。

「我在妳家門口。」

「神經病啊！」何泉映荒唐地笑了聲，沒想到徐靖澤居然直接找上門。

「乖，坐下！」她命令兩隻狗在原地待命，隨手抓起丟在沙發上的外套披上，轉開門往外走。

一出門，外頭的寒風讓她忍不住打了個哆嗦，後悔沒先換件褲子。她縮著身子抱緊自己，一邊搓著手臂驅寒。

她不確定現在想不想見到徐靖澤，只知道心裡還是有些氣。氣他明明對自己有好感，卻又藏著那麼多事不肯說。她也氣自己心軟，大可放他一個人在外面吹冷風，卻選擇出門來見他。

當她按下門鎖開關，霧黑色鑄鋁大門開啟的剎那，身著黑色大衣的男人映入眼簾，他正捧著藍白交錯的花束。

此情此景本是浪漫無比，可她現在穿著杏文運動褲、隨便紮了顆包包頭，一點也不像偶像劇中的女主角。

「你幹麼直接到我家門口！」

無地自容的尷尬，全轉化成了惱怒，罵完的瞬間，她才看清楚對方手上拿的是滿天星。不像玫瑰般豔麗張揚，小巧的花朵更顯清純可愛，「你、你拿花做什麼……」

高中時，澄月曾說過她跟滿天星很相襯，自那時起，她便愛上了滿天星，偶爾經過花店，還會帶一小束回家擺著。如今徐靖澤捧著她鍾愛的花來見她，她的氣勢瞬間弱了一截，望著他的神情也變得柔和。

「來哄妳開心的。」瞄到她下半身穿著的杏文運動褲，徐靖澤的嘴角微微上揚。

「用一束花就想打發我？」何泉映別開眼，不想承認早已氣焰盡消。

「當然沒有，還想帶妳出去逛逛。」徐靖澤朝她走近，將花束遞到她面前。

「去哪？」她沒有伸手接過，下一秒，她有些懊惱為什麼不直接拒絕。

「美術館，要嗎？」

偏偏徐靖澤挑的地點，還是她本來就想約他去的地方……

最近美術館正好有為期三個月的膠彩畫特展，她計畫著邀他一同欣賞，昨日晚上正打算開口邀約，只是突如其來的不愉快，讓她沒心思再提起。

「我這個樣子看起來適合出門嗎？」她指著自己沒好氣地問。

「如果妳指的是好不好看，那我覺得妳怎樣都漂亮。可是天氣冷，換上保暖的衣物比較適合。」徐靖澤莞爾，不緊不慢地答：「我可以在這邊等，妳慢慢來。」

何泉映抽抽嘴角，看來他是鐵了心不放棄。

「站在這邊吹風啊？」她蹙眉，轉身後又發出一聲喟嘆，朝家門邁出腳步，「進來啦，去我家客廳坐。」

無法拒絕喜歡的對象，這點她還是沒變。

回臥室換衣服時，她越想越不對勁，拿起手機點開跟康宥臣的聊天室，指尖在鍵盤上飛快敲了句訊息。

「問一下喔，你覺得我是很好哄的女生嗎？」

「妳現在才知道？」康宥臣幾乎是秒讀秒回。

「我也有自己的堅持啊。」她反駁。

「聽妳在叭噗。」

好友故意以過時的用語來吐槽她，氣得她直接把手機丟到枕頭上。

何泉映換上長裙，披了件米色大衣，再戴上一頂駝色貝雷帽，掛上小包走下樓。過程中，她不時能聽見徐靖澤跟薩里耶利、柴可夫斯基說話的聲音，內容不外乎「好乖」、「好棒」、「好可愛」之類的誇讚。

看著一人兩狗玩得不亦樂乎，她的臉上也不自覺露出笑容，差點就要忘記徐靖澤是如何惹她不開心的。

她重新板起臉，「搭捷運嗎？還是你有別的打算？」瞟了眼放在沙發邊的滿天星花束，何泉映一手插腰，表情淡然地問。

她的氣已經消得差不多，可她是個有節操的女人，不想讓他這麼簡單就稱心如意。

「這種天氣騎車太冷了，可是……妳會不會覺得，我帶妳搭捷運很遜？」徐靖澤嘴角垂了下來，表情苦惱，「不然我租車載妳？」

他總覺得這是個小缺點，不知對方會如何看待。

她聳肩，「我無所謂。」

台北交通便利，捷運公車四通八達，大眾運輸無非是個好選擇。不過，今日的目的地確實遠了點，外頭天氣也寒風刺骨。

她偷偷打量坐在沙發上的男人，忽然很好奇，他開起車來會是什麼樣子。

「你剛剛有注意到門口的白色轎車嗎？」她朝門外努了努下巴，「幫你問我媽咪要不要借你。」

不等徐靖澤回話，她便撥了電話給母親。

「媽咪，我等一下要跟……跟朋友去美術館，搭捷運有點花時間，轉車也好麻煩，妳的車可以借他開嗎？」

聽到「朋友」二字，徐靖澤的神情失落幾分。

「朋友？是大學同學嗎？」何母「啊」了好大一聲。

「欸……等妳回來再解釋！妳別擔心，我會自己注意安全。」

何泉映講電話時習慣低頭踱步，看著她來回繞圈，徐靖澤忍不住失笑。

「知道車鑰匙放哪嗎？注意安全喔！」何母爽快答應。

何泉映嫣然一笑，語氣甜膩，「知道！愛妳媽咪，拜拜！」

一掛上電話，她的面容又恢復平靜，從鞋櫃上的小金盤中，拿走有著三芒星廠徽的鑰匙串。

「如果出什麼事，會叫你賠錢喔。」何泉映將鑰匙晃到對方面前，「遵守交通規則，不超速、不闖紅燈，有路怒症也不准表現出來。」

機車與汽車終歸是有所差距，誰知道他會不會換了位置就換了腦袋？

「遵命，小公主。」徐靖澤失笑，覺得她認真叮囑的模樣很可愛。

「不要那樣叫我！」

何泉映羞惱的回應，在他聽來沒有絲毫威懾力。

「妳有被朋友開車載過嗎？」駕駛座上，徐靖澤專心看著前方路況。

「有啊。」她故作散漫地玩著手指，實則不停往左側偷瞄。

本想補充被朋友載的情況，可何泉映不時提醒自己「我還沒原諒他」，於是便只簡短回應，打算看他表現再調整態度。

「那有被不是家人的男生載過嗎？」

「有啊。」

「是、是一群人一起出去玩的情況嗎？」徐靖澤的聲音發虛。

「不是，就我跟他兩個人。」何泉映沒想太多，誠實以告，單純將康宥臣視作再純粹不過的朋友。

徐靖澤一頓，怕再問下去會影響行車安全，於是將車子停到路邊黃線上。

「誰？」他沒發覺自己的聲音正微微顫抖著。

「高中朋友。」一講到康宥臣，何泉映話匣子突地打開，「我告訴你，他——噢，沒事。」她在最後一刻踩了煞車，壓下分享欲，維持冷淡模樣。

徐靖澤微微瞪大眼，沒想過會聽見這個回答。

何泉映高中時親近的男性友人……除了他，不就是康宥臣？難道他們二人還有往來？見他沒回話，何泉映猜想他可能在吃醋，心中的小惡魔蠢蠢欲動，要她把火燒得更烈。

「跟你說，他條件很不錯，家裡有錢、脾氣好又專情。而且愛乾淨，每天都一定會噴香水……」她滔滔不絕地分享，認眞介紹。

這下，徐靖澤能篤定她說的對象是康宥臣，那個過去總是跟他瞎鬧，陪他幹了許多蠢事的好友。

「他……還好嗎？」他一時忘了自己的身分，脫口而出。

他好奇昔日好友的現況，更想跟對方見上一面。可他似乎沒有資格，說不定對方至今都還怨恨著他。

「什麼？」

「沒事。」

所幸何泉映沒聽清楚，否則肯定會因此起疑。徐靖澤輕嘆，重新踩下油門，沒有再延續方才的話題。

自討沒趣的何泉映，搞不懂他的想法，索性面向窗外欣賞沿路景色。

「泉映。」即將抵達目的地，徐靖澤打破了兩人間的靜默，「我可以問妳一些事嗎？」

女孩點點頭，「你說。」

「這是我朋友發生的事，想聽聽別人的意見。」他故作自然地開口：「就是……他高中時喜歡一個女生，對方大概也喜歡他。不過……畢業前發生了一些不太好的事，我朋友覺得很愧疚，那個女生好像也沒辦法原諒他。」

何泉映點點頭，示意他繼續說下去。

「因爲當初的事情，我朋友跟對方斷聯了。沒想到，最近他剛好又遇到了那個女生，只是……我朋友變化似乎滿大的，對方好像沒認出來。」徐靖澤的措辭小心翼翼，「他還是喜歡那個女生，也跟對方重新聯絡上了，我朋友怕女生知道後，會想到過去的事，所以一直沒坦白身分……」

「渣男。」何泉映毫不留情地批判。

她單純地以爲這就是「他朋友」所遇到的狀況，全然沒因相似的遭遇，把故事中的人和自己聯想在一塊。

「欸？」

「好糟糕喔，這不就是在欺騙對方嗎？而且女生為什麼認不出來？因為認識的時候用的是英文名字？是在交友軟體上認識的嗎？」

「呃，差不多……」徐靖澤的心跳變得急促，「那、那妳覺得，我可以給他什麼建議？」

「越早承認越好啊！難道要一直把對方蒙在鼓裡？」何泉映越講越生氣，「說難聽點，這就是在欺騙那個女生呀！說不定，女生至今還沒原諒你朋友呢。」

她就是那種朋友跟她抱怨感情問題時，會比對方更激動的類型。

苛薄的一字一句化作利劍刺在心上，愧疚感也達到高峰，徐靖澤握緊方向盤，腦中浮現了最壞的後果。

「如果坦承之後，那個女生因此離開他了，怎麼辦？」他咬唇。

「那就是他必須要面對的。遲早都得告訴她，總不可能瞞著對方一輩子。難道他要以這個『新身分』跟對方交往，甚至更進一步？」何泉映冷聲道。

「另一條路就是乾脆徹底斷開聯繫，這樣對方永遠不會知道眞相。」她補充。

直到晚上返家，徐靖澤的腦中仍迴盪著何泉映的一字一句。雖然她罵的是「他朋友」，可當事人就是他本人，這些話全是對他的責罵。

另一條路？不，好不容易再與何泉映相遇，他不會就此放棄。

或許如她所言，越早越好。他想，是時候該坦承自己就是「澄月」的事了。

然而，他所面對的是否會是何泉映的失望埋怨，甚至是她的離開？

他不願看見何泉映再度離他而去了。

☾

冬日的寒意總令人捨不得離開被窩，何泉映身上裹著厚重羽絨被，尚未自方才的夢境中回過神——她與四位高中好友再次相聚。

即使夢境的情節是潛意識杜撰的，也是令她無比眷戀的一段美好時光。

她眼神空洞地望著窗邊，隨後像是想到什麼般，緩緩爬起身，走到書桌前，摘下牆上掛著的深棕色木製畫框。

明明清楚澄月是屬於過去的回憶，可他卻一遍遍出現在夢裡。是單純的巧合，或者……其實是她從未放下那段感情，因此不願將有關於他的美好抹去？

只是，如今她對徐靖澤有好感，似乎應該要抹去澄月在心中的痕跡，連同與過去的青春悸動一併忘了，才是對徐靖澤的尊重。

頂著一頭亂髮，她凝視著框內拼拼貼貼的畫作。那是她撕成幾片，又哭著拼回來的痕跡。

這幅畫的意義重大，承載了她整個年少時期的夢，是她心中最純粹、不含一絲雜質的暗戀心事。

「泉映，我能看看妳畫了什麼嗎？」

「不、不行！」

她微微勾起唇角，忍不住憶起當時畫下此幅畫作的心情——

美術課時，老師讓大家運用所學技巧自由創作，媒材與主題皆不設限。有人選用色鉛筆，有人偏愛麥克筆，每人筆下的世界五彩繽紛，也映照出內心的不同樣貌。

鄭盈盈畫的是她的YouTube頻道頁面，訂閱人數寫成了夢想中的一百萬。康宥臣則把畫紙當作設計圖，爲一間寬敞的臥室規畫裝潢。

澄月不擅繪畫，便依老師建議外出寫生，在校園各處取材。最後，他選擇畫下杏文大操場，不僅能看見大片藍天，還遼闊無比。他花了整整一節課完成線條草圖。

裴靜聖因爲座位較遠，也不太願意讓人窺探，畫作便因此多了一分神祕感。

而何泉映選擇以水性色鉛筆完成畫作，由於小時候去畫室上過課，構圖目標明確的她，畫畫速度非常快。

她畫下月光在夜晚山林間映照著清泉，這幅看似單純的風景畫，卻藏了她對澄月的澎湃心情與憧憬。

「泉映，我能看妳畫了什麼嗎？」見她正收拾著畫具，澄月毫無預警地湊前。

「不、不行！」她及時將畫紙翻面，罕見地堅定拒絕。

何泉映只想好好藏起心意，不願被任何人輕易知曉。

「那妳幫我看看，這邊要用什麼顏色？」

澄月沒爲難何泉映，攤開畫作放到桌上，自然而然地坐到一旁的空位。忽然拉近的距離，使何泉映感到不自在，不由得向另一側縮了縮。

她盯著澄月指的天空，再看看他手中兩枝藍色系粉蠟筆，思考著上色後的模樣。

「這個顏色太亮了，有種不眞實的童話感。」澄月先是舉起右手的淺藍色，隨後看向左手較深的藍，表情苦惱，「可是我又不太想用深藍色……」

「試試混色？」何泉映莞爾，接過粉蠟筆，先用淺藍色在畫紙上塗塗抹抹，再換深藍色重複相同步驟。

短短幾分鐘，畫作上的天空已染上絢麗夢幻的漸層藍，她熟練的技巧令澄月嘆爲觀止，眼裡閃爍著崇拜的光。

「泉映，妳眞的很厲害耶。」他看得入神，「謝謝妳！」

「沒、沒有啦……」意想不到的稱讚，她紅著臉垂下頭，「你喜歡就好。」

「喜歡啊，超喜歡。」澄月眼裡含笑，話中的「喜歡」像有別的意思。

鄭盈盈也迅速完成了畫作，交出作品後，她將手背在後腰四處巡視。

「校長巡堂喔？」康宥臣不禁出言調侃，換來一頓肘擊。

經過裴靜聖身後，鄭盈盈眼尖地發現，對方的作品似乎跟一開始的構想不同。

「妳重畫啊？」她記得裴靜聖之前的畫作背景是黑色調，如今，桌面上的畫紙是全新的一張。

「嗯。」裴靜聖點頭，執起畫筆沾了沾淺綠色水彩，替森林中的樹上色。

「妳原本畫什麼呀？」鄭盈盈雖好奇，卻沒多問。

「也沒什麼。」裴靜聖背對著她，露出一抹苦澀的笑。

一片黑藍色的背景、一只華麗的銀色鐵籠，以及一隻有著美麗羽毛，被困在籠中無法自由翱翔的鳥。這是裴靜聖原本的構思，可她迅速地意識到，老師會看見作品，甚至可能貼在黑板上供同學欣賞，便決定重新來過。

那是她最隱密的內心世界，不願讓他人任意窺探，也擔心被瞧出端倪。

「靜聖妳看，我昨天上的運動會Vlog，不知道爲什麼流量特別好！」鄭盈盈拖來椅子坐在她旁邊，亮出YouTube後台數據。

不知是否因封面選的是她與裴靜聖、澄月的三人合照，這部影片的觀看數，目前已突破五千，是近期流量最好的一部。

「靜聖這種長相，這世上是眞的存在嗎……」

「澄月太帥了，讀女校的我，『羨慕』兩個字已經說倦了。」

「康康居然請你們吃Buffet！好想要有這種朋友嗚嗚嗚……」

鄭盈盈念出影片底下的留言，吐槽道：「觀眾都把我當空氣嗎？」

康宥臣耳朵靈，聽到自己的名字便停下手邊動作，湊到她們身旁，「什麼什麼？是有留言說我是杏文校草嗎？」

「草你個頭！」

「我請妳吃Buffet耶！」

見他們你一言我一語地鬧著，裴靜聖不禁笑了出來。看他們這樣打打鬧鬧，是她生活中僅有的慰藉……

幾天後，美術老師挑了五幅出色的作品公開展示，邀請作者們輪流上台講解創作理念。

「我的創作理念很簡單，大家有看到這邊寫的數字嗎？一百萬！」獲選的鄭盈盈，興高采烈地向同學們分享，「雖然還差得遠，可是我相信，有朝一日會達成的。歡迎大家把頻道推薦給你們的家人朋友！」

她笑容燦爛、模樣勵志的報告，獲得台下如雷的掌聲，就連老師也拍拍手，眼神讚許地說：「我國一的小女兒都有準時收看喔。」

「謝謝老師！」鄭盈盈給老師送去一個飛吻，輕快地跳下講台。

獲選的其他三位同學輪流介紹，他們的作品風格大相逕庭，有人選擇以偶像爲主角進行素描，有人則用彩點拼湊出一幅繽紛畫作。大家都樂於分享筆下的世界。

下一位是何泉映，她望著那幅被貼在最右側的畫，心情逐漸變得緊繃。

「最後一位是泉映，請上台吧。」美術老師將她的畫作移至中間，「這是我非常喜歡的作品，構圖細緻、配色柔和，畫面讓人感受到寧靜與嚮往。」

何泉映低下頭，不敢直視大家，在掌聲中緩緩走上台。

她避開澄月的眼神，支支吾吾地報告著。見她一句話也說不好，澄月便用氣音喊了聲「加油」。

何泉映一抬眸便對上他的眼，左胸口的鼓動越發強烈，腦子裡驀然間一片空白。

澄月看到她的作品會怎麼想？

這幅畫被公開在大家面前，她的心意是否也昭然若揭？

忘了怎麼爲報告做結，她渾渾噩噩地度過這堂課，直到下課鐘響，聽到老師的叫喚才回過神。

「我把妳的作品給國文老師看，她跟我分享了一句詩，我覺得很適合妳的畫，意象很美。」美術老師笑得溫柔，「流泉得月光，化爲一溪雪。」

這句詩爲她的畫作、爲她這段無聲的暗戀，寫下了最溫柔的註解。

何泉映回家後，上網搜尋了那句詩詞，她才知道，這段文字出自明朝詩人袁中道的《夜泉》。

當流動的泉水得到澄澈月光的映照，便化作滿溪晶瑩的一片雪色。

因爲有你，我才化爲了能閃著熠熠光芒的白雪。

☾

聖誕節是徐靖澤最期待的節日，他約上何泉映，本打算一同前往車站附近的聖誕市集逛逛。

無奈近來工作繁忙，加班熬夜成了常態，使得他免疫力大減，最終被重感冒擊垮，只得留在家中休息。

期待已久的約會被迫取消，徐靖澤忍不住在心底咒罵了部門主管幾句。接著，他將生病的消息告訴何泉映，沒想到收到的回覆，讓他原本低迷的心情，產生了微妙轉變。

「怎麼會這樣？你還好嗎？有體力去看醫生嗎？」

簡短的幾句話，配上小雪球震驚的貼圖，文字中全是關心與焦急。

徐靖澤勾起唇角，「等等就去看！」

他一邊打字，一邊咳嗽，幾乎要把肺給咳出來。下一秒，螢幕上顯示何泉映來電，他迅速接起，帶著濃重鼻音出聲，「泉映？」

「我今天沒班，要幫你帶個吃的過去嗎？」何泉映問：「大概十一點半左右，可以嗎？」

「妳要過來？」他瞪大眼，一瞬間精神都來了。

「嗯……你不願意嗎？」

「怎麼可……咳！」他痛苦地捂著胸口，將手機拿遠一點。

「那你再傳地址給我，我到了再告訴你！」何泉映的嗓音中帶著欣喜，「有特別想吃的東西再傳給我，你先好好休息，喝點熱水喉嚨會比較舒服。」

「好，午餐妳決定就好。」徐靖澤啞著聲回應。

通話結束後，他激動握拳喊了聲「Yes」，雙腳對著空氣亂踢了幾下，將手機壓在胸口，縮在被窩中傻笑不止。

這場感冒來得不虧，替他解鎖了「喜歡的女孩子來探病」的劇情。

何泉映正前往探望曖昧對象的路上。

途中，她特地繞到附近的粥店，外帶了一份熱騰騰的廣東粥。在這寒冷的冬日，一碗溫熱的粥，最適合生病的他。

她循著地圖指示轉進巷子，越接近徐靖澤的租屋處，她的心情便越忐忑。

即使是她主動提議要探病，可是，說不緊張，肯定是騙人的，她只能在腦內不停模擬，試圖讓自己的言行舉止更自然。

走到目標門牌號碼「37」前，她站在門口觀察了會。這棟公寓從外觀上看來有些老舊，不過就算使是這樣的房子，在台北，房租也要價不菲。

她告知徐靖澤她已抵達，不出幾秒，大門自動開啟。

踏上深色台階來到二樓，走廊盡頭的那一間便是目的地。

她看著門口的電子鎖，正要按下門鈴，手機卻跳出了男人傳來的訊息。

「密碼四位數，是妳的生日。」

何泉映一愣，慶幸有這道門隔著，才不至於讓對方看到她此刻羞赧的表情。

輸入生日後，「嗶嗶」兩聲，房門自動解鎖。她輕轉門把，一推開門，便見沙發上的男人蓋著毛毯，模樣奄奄一息。

「泉映……妳來了。」徐靖澤虛弱的聲音傳來，「當自己家就好，妳要拿、要用什麼都行。」

「那我就不客氣了。」何泉映脫下鞋子，擺在一旁的鞋架上。

室內開著暖氣，穿著米色毛衣的她挽起袖子，將披在肩上的髮絲綁成一束。她看了看周遭，一眼就注意到房間角落的一把木吉他，思緒瞬間被拖回第一次注意到澄月的那場表演。

何泉映隨即搖搖頭，告訴自己不該再想起澄月。

屋內瀰漫著一股淡淡的香氣，她嗅了嗅，這味道和當初去墓園時聞到的那股檀香味很類似。

難不成，當初擦身而過的那人是……不，康宥臣說過，檀香味的香氛很熱門，徐靖澤也是會關注香水的人，擁有熱門味道並不奇怪。

她不再深想，走到沙發旁，將餐點與出門時帶著的暗紅色紙袋放到桌上，跪坐在一邊。她看著病懨懨的徐靖澤，「你還好嗎？」接著伸手輕輕覆上他的頸部，「還是滿燙的……醫生怎麼說？」

「醫生說是A流……」徐靖澤額上貼著白色退熱貼，語氣比平時還軟了些，隱約帶著撒嬌意味。

他伸手輕拉女孩的袖口，注視著她的眸子泛著水光，「泉映，沒帶妳去逛市集、跟魯咪聖誕樹拍照，妳會怪我嗎？」

她失笑，捏了捏他發燙的耳垂，「你又不是自願要感冒的，怎麼會怪你？」她接著說：「我上個月才打過疫苗，不怕被你傳染。」

徐靖澤的表情舒坦不少，撐著沙發坐起身。

何泉映拿出袋內的兩碗粥，遞過湯匙，「一起吃吧！」

說完，她到浴室拿了毛巾，沾溼後擰乾，圍到徐靖澤的脖子上，幫助降溫散熱。

「泉映，妳眞會照顧人。」徐靖澤舀起一匙粥，輕輕吹了兩口氣，送入嘴中。胸口霎時間蔓起暖意，不知是來自粥的溫度，還是眼前這個女孩細緻入微的貼心。

「很會照顧人嗎？」何泉映莞爾，恍然間想起了那位將身邊友人照顧得周到的男孩。而她也曾有幸接受這份體貼——在午休替她披上外套，在她粗心地弄丟橡皮擦時，借給她僅有的一塊，還騙她是多的。

她輕嘆一口氣，表情落寞，徐靖澤都看在眼裡，忍不住詢問：「在想什麼？」

她搖搖頭，微笑中帶著點惋惜，「沒什麼。」

這時，男人注意到桌上的暗紅色紙袋，好奇問道：「這是妳的東西嗎？」

他一提醒，何泉映才後知後覺地「啊」了聲，「差點忘了！這是要給你的聖誕禮物！」

她趕緊放下湯匙，把紙袋移到桌子正中間，「聖誕節快樂！希望你會喜歡。」

發燒令徐靖澤的反應遲鈍了些，他晚了幾秒才露出驚喜的表情，「妳送什麼我都會喜歡的……」

他笑得傻氣，取出袋內的金色紙盒，滿懷期待地拆開黑色緞帶。

掀開蓋後，裡頭的內容物映入眼簾——十字紋的黑色短夾，右下角有一個小牛標誌，他知道這個品牌，是很耐用的皮夾。

「我看你的皮夾有點脫皮，所以選了這個禮物……你喜歡嗎？」她語氣中帶著一絲不安。她不太熟悉男用皮夾的品牌，特地查了網上評價，還親自跑到百貨公司挑選。

驚喜伴隨的風險便是不確定性，若徐靖澤的舊皮夾對他有很重要的意義，這樣一來，她送的聖誕禮物便黯然失色。

然而，她的擔心很快就被徐靖澤臉上的單純笑容一掃而空。他仔細端詳著皮夾，「超喜歡！泉映，妳肯定是住在我腦子裡，才會知道我剛好想換皮夾。」

徐靖澤的情商很高，總能給人滿滿的正向回饋。何泉映忽然覺得他這樣很可愛。

她正想說「喜歡就好」，卻看到徐靖澤吃力地爬起身，蹣跚走到床頭邊，拉開上層抽屜，取出一個小巧的黑色盒子。

重新回到沙發前，他將盒子捧在手心，雙手遞給何泉映，「泉映，聖誕節快樂！」

雖然有些遺憾，沒能在更浪漫的時機或場合把禮物交給她，但這份不約而同的默契，已足夠讓他感到幸福。

何泉映微微捂嘴，沒想到他會在這時刻送她禮物。

「打開來看看吧！」徐靖澤雀躍地催促。

何泉映接過禮物，揭開盒蓋，鑲著一小顆水滴型海藍寶石的項鍊映入眼簾。

寶石的顏色是清透無瑕的淡藍色，將她的目光牢牢吸住，嘴角不自覺揚起。她甜笑，「謝謝你，好漂亮喔！」

看它精緻的模樣，這份禮物肯定要價不菲，若換作以前，她一定會爲害對方破費而感到不好意思，甚至拒絕收下。

「別人送妳東西，大方收下就行，這種爲難的表情，看了不會讓人開心。」

曾有人告訴過她，拒絕他人送禮的心意，是一件掃興的事。何泉映覺得這話很有道理，便將這個想法牢牢記在心中，感謝每一個願意送她禮物的人。

「因為妳的名字有『泉』，所以我挑了水滴形狀的寶石。」一看到她的笑容，徐靖澤便覺得當初費盡心思的奔波都值得了。

他笑著說：「要不要試戴看看？尺寸不合的話，我再送回去微調。」

何泉映點點頭，取出項鍊要試戴，卻怎麼也對不準扣環，表情浮現一絲懊惱。見狀，徐靖澤緩緩移動身子，把書桌上的立鏡放到她面前，跪到她身後，一語不發地接過她手中的項鍊。

後頸被溫暖的指尖輕觸，何泉映輕顫了下。從鏡面反射中，她清楚看見了徐靖澤替她戴項鍊的專注模樣。

如此近距離的接觸，讓她的身子開始發燙。她微微咬唇，鏡子裡反射出逐漸泛紅的雙頰。

替她戴好項鍊後，徐靖澤看著鏡中的她，眼神溫柔，「泉映，很好看。」是在說人？還是項鍊？此刻的何泉映腦中一片混沌，無法好好思考。

察覺到她急促的呼吸，徐靖澤忽然就興起了使壞的念頭。還沒付諸行動，女孩就打算逃開躲到一旁，他來不及多想，腦子一熱便伸手將她攬了回來。

「泉映，妳別再離開我了。」體型的差距，讓他能輕易將下巴抵在女孩的肩窩。溫熱的吐息使何泉映的心跳逐漸失速，再這樣下去絕對大事不妙，她趁理智尚存的這一刻，掙脫懷抱逃到了洗手間。

她打開水龍頭，往滾燙的雙頰潑了潑水，冬日的自來水很冰，正好能讓她冷靜。

何泉映手掌貼著臉，告訴自己好好靜下心，仍是不停回想方才那無比曖昧的舉動。

徐靖澤喜歡她，而她也懷著相同的心思。既然如此，他們之間還差什麼呢？

她知道，只要她鼓起勇氣，往前邁出一小步，她與徐靖澤便能順理成章地在一起。

不會重蹈覆轍，也不會再錯過了。

第六章　無法忘卻的喜歡

轉眼間已是年末，徐靖澤邀請何泉映一同到一〇一欣賞跨年煙火。

她一向不喜歡擁擠又吵鬧的場合，也因爲大學四年都在台北，對被眾人戲稱「奶瓶刷」的一〇一煙火沒有興趣。

不過，今年跨年演唱會的出演名單巨星雲集，裡頭有位創作型男歌手——末春，是她從國中便開始關注的歌手。

末春才華洋溢、曲風樸實，創作風格多以木吉他作爲伴奏，細膩溫暖的旋律，讓許多聽眾爲之動容。

何泉映還記得，澄月也曾在音樂課的表演上，彈奏過末春的〈當我想你的時候〉。而在末春的作品裡，她最喜歡的是〈世上最渺小的事〉，看似將暗戀心事敘述得微不足道，實則字字句句都唱出了深埋心底的盛大祕密。

這首歌在她高二時發行，也是她最常播放的歌曲。它陪伴她度過了許多個念著澄月的時刻。

身爲多年的忠實歌迷，她一直有「親眼見他演出」的願望，哪怕只是幾首歌，也足夠了。因此她答應了徐靖澤的邀約，不畏氣溫下探攝氏九度的強大寒流，也要穿著厚厚的大衣出門。

兩人吃完晚餐趕到現場時，會場早已水泄不通。

人潮如海，連道路都被堵得動彈不得，何泉映一度後悔赴約。然而，身旁的男人一路護著她，不讓她跟人推擠碰撞，她忽然覺得，這些苦難都可以心甘情願領受。

跨年卡司的順序，大致能看得出藝人們的人氣。末春最近演唱知名電影主題曲，紅遍大街小巷，不意外地被排在倒數前十五分鐘上台，身負跟大家一起倒數的重任。

由於二人的位置在中間區域，他們動彈不得，事先想到這種狀況的徐靖澤，早在包裡塞了不少零食跟礦泉水，也果眞在何泉映咕噥著喊餓時派上用場。

「你一定是國小校外教學時，最受歡迎的那種同學。」何泉映打趣道。

或許是跟喜歡的人待在一起，她感覺時間過得飛快，轉眼間已經來到晚間十一點半。

在寒風下待了很久，她被風吹得張不開眼，倒是一旁的徐靖澤，即使臉被圍巾蓋住，從露出的半張臉，也能看出表情依然自在，似是不害怕寒冷。

明知道這樣不好，可他的從容模樣，忍不住讓何泉映的腦子閃過一幀畫面——在冬天體育課時穿著短褲、捲起袖子，正在球場肆意奔馳的澄月。他總從容地說：「動動身體就不會冷了」。

女團表演結束，主持人拿起麥克風炒熱氣氛，「大家知道接下來是哪位嘉賓嗎？」

「知道！」

「末春！」

「讓我們來歡迎今年憑藉著〈光之所在〉，奪下金曲獎年度歌曲的——末春！」

台下的歡聲雷動，使氣氛越趨熱烈。末春頂著一頭淺棕色頭髮，背著吉他緩緩走上台，揮揮手來到了立式麥克風前。

「大家好，我是末春。」他推了推鼻梁上的銀框眼鏡，微笑的模樣靦腆，簡單的一個舉動，卻收穫了如雷貫耳的尖叫聲。

如願見到歌手本人，何泉映的心情澎湃，不禁跟著歡呼。見一旁的徐靖澤眼裡也閃著期盼的光，她出聲詢問：「你也喜歡末春嗎？」

「滿常聽他的歌，我最喜歡〈當我想你的時候〉。」徐靖澤點點頭，順手替她撥開被風吹亂的髮絲，「妳呢？」

「我以前超愛〈世上最渺小的事〉，不過最近打開歌單，第一首都播〈醉心〉。」她勾起唇角，因兩人相似的音樂品味而雀躍。

末春的表演開始了，不知道誰先起的頭，觀眾們舉起手隨旋律左右搖擺。氣氛使然之下，全場觀眾一同擺動，沉浸在柔和而溫暖人心的歌聲中。

「大家接下來想聽哪首歌？」第一首曲目結束後，末春開口詢問。

此話一出，台下歌迷驚喜得很，爭先恐後喊出心中的曲目。

何泉映知道她的位置跟聲量，是沒辦法順利讓末春翻牌的，便打消點歌的念頭，默默祈禱有人能點〈世上最渺小的事〉。

「比較資深的歌迷朋友應該知道，我曾經分享過至今爲止最喜歡的歌，過了一年，我的答案還是沒變。」末春莞爾，「噓」了一聲，示意大家靜下來聽他說話，「雖然說是『最』，可是有兩首歌，我實在選不出來……」

「我猜其中一首是〈當我想你的時候〉。」徐靖澤挑眉，「妳猜呢？」

她聳聳肩，打算直接聽答案。

「〈世上最渺小的事〉跟〈當我想你的時候〉，你們比較想聽哪一首？」

何泉映睜大眼，圈起手圍在嘴巴前，大聲喊出了她想聽的那首歌。即使那不是自己的最愛，徐靖澤也跟著一起喊。

兩首歌各有擁護者，爲了不拖到表演時間，主持人提議跟末春猜拳，她代表〈當我想你的時候〉，而末春則是〈世上最渺小的事〉。

「剪刀石頭……布！」

看著大螢幕上的結果，無論這個環節是否爲事先套好，何泉映依然高興得整個人都跳起來，用力拍拍手獻上掌聲。

「那接下來，帶給大家這首〈世上最渺小的事〉，希望你們喜歡。」語畢，舞台上絢麗的燈光暗了下來，柔和的一束黃光打下，灑落在男人的身上。

「你的名字躍動筆尖，填滿每個無聲瞬間……」現場好幾萬人，此刻都屏息著欣賞末春的演出。

聽著溫潤的嗓音，何泉映的思緒也被牽回懷著渺小暗戀的兩年。

高中的青春歲月如此璀璨，那個如月光般的少年如此奪目，她曾滿眼都是那道身影，要如何才能輕易忘卻？

只是，確實該忘了。

「這是世界上最渺小的事，也是我心中最壯麗的詩……」

唱到副歌時，女孩眼眶中打轉著的淚，終於落下。

末春的歌聲極富渲染力，傾注了滿滿的感情，令現場不少人紛紛泛淚。他緩緩闔上雙眼，「也許多年後驀然回首，過去所有已隨風遠走，那天我們看見的星空，仍是記憶裡最美的夢……」

如繁星般美麗的、如荊棘般痛苦的……都一併忘了吧，就讓那抹月光，幻化成清醒即消逝的夢吧。

「泉映，怎麼了？」看見了她的淚滴，徐靖澤連忙伸手以衣袖輕輕替她拂去。

「沒有啦，就是太冷了，冷到都哭出來了。」何泉映搖搖頭，微笑著揉揉眼，「可能也有一點被歌聲感動到吧。」

「很冷嗎？那我身上這件給妳——」

「不用啦！」

末春唱完最後一個音後，深呼吸一口氣，「謝謝大家。」

〈世上最渺小的事〉結束時，何泉映也決定，要就此向初戀道別。

「我想藉著這首歌告訴大家，如果此刻在身旁的是你重要的人，請不要遲疑，大聲說出心裡的話吧！不要讓自己後悔。」末春柔聲說，隨後，某個女歌迷大喊「末春娶我」。

聽到這話，台下觀眾紛紛向身邊的人眞情告白，家人、朋友、戀人……甚至鏡頭還帶到一對中年夫妻正當眾擁吻。

當年沒能說出口的話，現在肯定能鼓起勇氣了。何泉映順著氣氛，微微朝左靠，與徐靖澤的手臂貼在一起，壓下想牽起對方手的衝動。

「徐靖澤，我喜歡你。」

十幾歲藏在心裡的喜歡，二十幾歲的何泉映終於能直面心意，不再羨慕他人的勇敢。

「嗯？怎麼了？」

孰料徐靖澤的注意力，被前方一對相擁的情侶拉去，只聽到她喚自己的名字。

沒有得到意料的反應，何泉映的臉都黑了。

收回前言，她還是個膽小鬼，再度退縮、躊躇不決，不敢再重複一次。

剛剛太過衝動了，她想。

她對徐靖澤還不太了解，如果他跟想像的不同呢？他的家庭背景又是如何？他為什麼較少談起學生時期……

沒有理會徐靖澤疑惑的表情，她撇過頭，重重嘆了一口氣。

還是算了，先緩緩吧。

☾

「那我先走囉，回家小心！」

何泉映向大學好友輕聲回了句「拜拜」，才轉身朝捷運站走去。

平日下午的東區和假日相比清靜許多，有幾分悠閒，她放慢步伐，想多感受些冬季難得的暖陽。

剛走到捷運站入口，背後忽然被輕點了一下，她快速回過頭，與一名波浪捲髮的女子對上眼。

「妳是何泉映嗎？」女子睜大雙眼，上下打量著她。

「咦？」何泉映下意識點點頭，有些疑惑地問：「妳是？」

女子的身後站著一名穿著時髦的高眺男子，兩人穿著相仿的色系，看起來是情侶。他手上大包小包，八成是逛街的戰利品。

「我是張媛媛，好久不見！」來者報上姓名。

自高中畢業後，何泉映就沒再見過她，要不是她爽快地說出名字，何泉映還真的認不出來。

多年不見，對方的相貌變化頗大，看起來成熟不少，臉上也多了些脂粉。

「泉映，妳沒什麼變耶。」張媛媛執起她的手，笑容依然明媚，「不過，我能馬上認出來，也是很厲害吧？」

久違地見到故人，何泉映有些不知所措，嘴角拉出尷尬的笑意，「是啊……」

「妳的項鍊好漂亮喔！哪裡買的？」沒給她反應的時間，話題又換了一個。

何泉映稍稍低頭，看了一眼脖子上掛著的項鍊，那正是徐靖澤在聖誕節送她的禮物。自那之後，她天天都戴著。

「別人送的。」她語帶保留。

「男朋友？」張媛媛挑眉，顯然已準備好聽八卦。

直白的問題令何泉映招架不住，結結巴巴地回答：「也、也還不算吧……」

「那就是曖昧對象啦！」張媛媛合掌，笑了兩聲後話鋒一轉，垂下嘴角，「那……澄月呢？」

聽見這個已經下定決心遺忘的名字，何泉映的眼神突地失焦，無法做好表情管理。

「眞想知道澄月過得好不好。」張媛媛輕嘆：「妳跟他眞的都沒聯絡了嗎？」

何泉映垂眸，點了點頭。

「連妳也沒有他的消息啊……」張媛媛沉吟道，隨即掏出大衣口袋裡的手機，「泉映，我們換一下ＩＧ吧！我大二時帳號被盜了，創了一個新的。今天那麼巧碰上妳，以後有空都可以約吃飯或是聊聊！」

互換帳號之後，張媛媛匆匆與她道別，「我還有別的事，下次再約喔！」

對方像陣風，來得快，去得也快，何泉映站在原地，望著張媛媛與男友相依的背影許久。

她曾想過，若張媛媛眞的成了澄月身旁的那個唯一，會是怎樣的光景。

她低下頭，看著左手提著的紙袋，裡面裝著要跟徐靖澤一起吃的檸檬塔。她用力地搖搖頭，搖掉腦中突然浮現的澄月……

☾

一個學期過去了，何泉映仍默默地喜歡著澄月，依然暗自崇拜、仰望著他，像望著遙不可及的月光。

這份喜歡持續了半年多，她說不準能延續到什麼時候。也許直到高中畢業、大學畢業，甚至一輩子，她都會念著這個男孩。

許多人說「學生時代的愛情很幼稚」，可何泉映想，這年紀的喜歡才顯得純粹，不談現實、不必妥協，目光所及全是那個人的好。

英文老師抽著同學朗誦雜誌文章，何泉映有些心不在焉，視線投到了左前方的澄月身上。

換了位置之後，她跟澄月距離有些遠，能互動的機會也少了許多。

「泉映，幫我看一下。」鄭盈盈點了點何泉映的肩，把手機螢幕轉向她，「妳覺得我要買米色，還是咖啡色？」

好友不好好上課，還滑手機逛網拍，何泉映有些哭笑不得，仍義氣相挺幫她挑選了適合的上衣款式，「感覺妳穿咖啡色更好。」

才剛回答完，何泉映又移開了眼神，鄭盈盈敲了下她的髮頂，「那——喂，不要再看澄月了，幫我看這件褲子！」

被當場揭穿的何泉映一驚，連忙舉起食指放在唇前，要好友小聲一些。

解決完鄭盈盈的購物煩惱後，何泉映撐著頰，若有所思地看著正跟澄月聊天的女同學，對方甜美的笑靨，讓她心底浮現一股醋意。

「媗柔是不是喜歡澄月？」

「沒意外的話，是吧。難得妳這個小笨蛋的戀愛雷達有在作用。」鄭盈盈瞥了眼何泉映，滿不在乎地在書桌下偷滑手機，「她上個月不是一直在追學生會長？現在又跑來攻略澄月？酷，打算把杏文男神都追一遍，是吧？」

聽到她的吐槽後，何泉映微微鼓起嘴，在鄭盈盈的課本上畫了個生氣的顏文字。

「泉映，我決定明天中午要跟澄月告白。」

那是在某堂社課的下課時間，張媛媛拉著何泉映到走廊，向她分享決心，「雖然這麼想，果然還是很緊張啊……」

前一晚睡眠不足、思緒昏昏沉沉的何泉映，聽了這話瞬間就清醒了，她的表情略顯慌張，「妳、妳眞的要告白？」

「是啊，因爲我很喜歡澄月，從高一開始就一直、一直在注視著他了。」張媛媛俏皮地吐舌，「我忍不住了，與其偷偷藏著，不如趕快把心意說出口！」

何泉映一時語塞，明知道喜歡沒有對錯，可聽到張媛媛要告白，她還是忍不住產生了一絲怨懟的情緒。

然而，她不是澄月的誰，沒理由阻止對方。

何泉映明白這是妒忌，其中也包括了對這份勇氣的欣羡。

「我覺得，我喜歡澄月的心，不會輸給任何人。」張媛媛單手插腰，揚起一抹自信的笑容，「如果我去告白，妳會介意嗎？」

介意嗎？當然，介意極了、介意得不得了。如果可以，她想立刻敲昏張媛媛，讓她的計畫失敗。

但這終歸只是腦中的妄想，何泉映壓下情緒，「跟我沒關係啊……」

她不曉得自己現在的笑容多麼難看勉強，滿腦都是「如果澄月接受了她的告白怎麼辦」。

「那妳要幫我加油喔！」

張媛媛「嘿嘿」笑了兩聲後，蹦蹦跳跳地跑回教室，獨留何泉映在原地。她腦袋裡迴盪的，都是對方剛剛的一字一句。

明天中午後，她跟澄月的友好關係，是否就會畫下休止符？會不會連「待在澄月身旁，做個普通朋友」的卑微心願，也會因此被迫終結？

初春的週五中午，飯後至午休前的空檔，何泉映果然看見澄月離開教室。

是張媛媛找他吧，她想。

她心不在焉地確認教室日誌的內容，趁著這個時間到教務處蓋章檢查。返程，她抬頭望向藍天，看著自樹葉縫隙中灑下的日光，決定四處繞繞散心，忘卻煩擾。

可她錯了，大錯特錯。

何泉映有些懊惱，早知道就該乖乖回教室睡午覺，才不會在散步時越想越難過，還……還看到了熟悉的兩道身影——澄月跟在張媛媛身後，走到了靠近後門的樹下。

幾經激烈的內心拉扯，何泉映決定偷偷摸摸地跟上。

「你應該有猜到，我約你來這邊的原因吧？」張媛媛深吸一口氣，轉過身，眼神堅定地望著面前男孩。

「妳想說什麼，我都會好好聽著的。」

何泉映此刻的位置，還算能聽清兩人的對話。在聽到澄月體貼的話語時，她的胸口不禁一陣酸澀，果然澄月對誰都是這麼溫柔。

「澄月，你還記得高一上的事嗎？有個高三學長常常來我們班找我，放學後還一直跟在我後面……你知道這件事之後，就幫我通報給教官，還陪我搭車去補習……」張媛媛越說越小聲。

「我後來還被那個學長揍一拳耶，怎麼可能忘記？」澄月失笑，「幸好他之後就沒再騷擾妳，否則我也白挨打了。」

何泉映躲在水泥牆後一字不漏地聽著，咬著下唇，這些都是她未曾聽說過的事，也難怪張媛媛會對澄月動心。

澄月曾在她無助時挺身而出，也讓這女孩為之傾心。她喜歡澄月的理由，遠比自己高尚多了，確實有足夠的底氣說出「我的喜歡不會輸給任何人」。

「從那時候開始，我就覺得……你真的是一個很好的人。」張媛媛攥著衣襬，弄皺一片。她聲音帶著顫意，「澄月，我喜歡你，很喜歡、很喜歡你。」

澄月沉默了片刻，剛要開口，便聽見後方一陣急促腳步聲。他撇過頭去卻不見人影，皺了皺眉，重新看向面前的張媛媛。

而那腳步聲的主人，正沿著通往樓上的階梯奔逃而去。

何泉映逃走了。

在聽到那承載滿滿情意的告白後，她狼狽地踏上台階，匆忙地返回教室。過程中，還不小心被地上的小突起絆了腳，幸虧及時扶著牆才沒有跌倒。

躲在無人的樓梯間，她全身的力氣頓時被抽乾，靠著牆緩緩滑坐在地。她緊緊抓著胸口的布料，疼痛像是從心裡滲出的一股濃稠，令她難以呼吸。

她好討厭自己的膽小。

雖然早就知道喜歡澄月的人很多，可當眞正目睹張媛媛的告白，她的心底還是忍不住翻湧起難以言說的情緒。

張媛媛說，她的喜歡不輸給任何人，何泉映想，她的感情似乎也遠遠勝過自己渺小的愛慕，可是……

她用力揉揉眼，拚命想抹去即將奪眶而出的淚水。

可是，如果她的喜歡比不上張媛媛，爲什麼此刻會如此心痛？

☾

下堂課是家政課，五人本要一起前往家政教室，但鄭盈盈臨時被叫去導師辦公室約談，她讓他們四人先過去。

「來猜鄭盈盈被約談的原因，最接近的人，可以獲得決定下禮拜晚自習晚餐的權力！」

走廊上，最愛開啟賭局的康宥臣，搭著澄月的肩，望向兩位女孩，「我猜是因爲常常遲到，被叫去念一頓。」

「前幾天誠哥不是才罵過嗎？不至於那麼快又提醒一遍吧。」話中的「誠哥」是他們的班導。澄月想了想，繼續說：「我覺得是她沒把講台掃乾淨，惹老師生氣了。」

「那妳們覺得呢？」康宥臣歪頭，「泉映坐她旁邊，應該能看出什麼端倪吧？」

「我覺得……」何泉映左思右想，還沒得出答案，便聽見一道急促腳步聲。

「我回來啦！」鄭盈盈快步跟上他們，與充滿朝氣的聲音相反，她的神情不如平時輕快。

她走到裴靜聖身邊，忍不住抱怨，「班導說，靜聖的媽媽打電話給他，叫我以後別讓靜聖出現在我的影片裡，還要我把之前有拍到靜聖的影片下架……傻眼，第一個要求還說得過去，後面那個太強人所難了吧！」

她接著說：「這樣我要刪掉一半以上的影片耶！而且我有開盈利，其中幾部還有業配！班導知道後才說，會再跟她媽溝通，但還是盡量尊重對方……妳知道這件事嗎？」

裴靜聖垂眸，眼裡的光黯淡了幾分，「知道。」

昨晚，裴靜聖在書房讀書，突然間有人敲門。一開門，裴母手拿手機，氣沖沖地進門。

她看到朋友傳的訊息，才知道女兒時常在同學的影片中露面，底下還有不少留言在討論女兒。

「靜聖，妳別跟這種同學混在一起，這個年紀不好好讀書，整天不務正業，妳千萬不能被影響。」裴母坐在女兒身旁，語重心長，「妳有想過，未來這些影像被人挖出來怎麼辦嗎？如果這個女生傳出了什麼負面消息，是不是會間接影響到妳的聲譽？」

「她有先經過我的同意。」裴靜聖回答。

「這不是重點。靜聖，妳聽媽媽的話，妳還年輕，現階段專心念書就好，別想這些有的沒的。我也不希望妳的模樣隨便就讓網路上的陌生人看到，這樣很危險。」裴母拍拍女兒的手掌，「妳外婆知道這件事後很生氣，說要告那位同學……當然，我會好好勸她，只是，妳在做決定之前，多想想家人，好嗎？我們都會擔心妳。」

「可是……」裴靜聖欲言又止，最後還是沒有開口。

那是她的長相、她的臉，難道她連自己做決定的權力都不能擁有嗎？

何況在她心中，鄭盈盈並非「不務正業」的人，她有理想與目標，不顧家人反對追求夢想，是裴靜聖無比憧憬的存在，也是她想成爲的模樣。

然而，面對母親苛刻的指責，她一句辯解也說不出口。

「我明天會告訴你們導師這件事，請他幫忙處理，妳以後不要隨便答應同學，知道了嗎？」

「知道了……」

上次拒絕家人的要求，是哪時候的事呢？她早已記不清了。

聽見好友明明知情，卻沒事先說明，更沒有任何意見，鄭盈盈臉色鐵青，鬆開了原本挽著裴靜聖的手。

接下來的一整節課，她都在賭氣，靜靜待在位置上，不跟他們四人說話，專心縫著手中的藍色布料。她散發出的低氣壓，使旁人不敢輕易接近。

她不明白，爲什麼裴靜聖要順著家人的期望？明明諸多要求都如此不合理，爲什麼仍然選擇默默承受一切？

由於兩人發生了摩擦，其餘三人面面相覷，不敢輕易開口。

這幾節家政課的目標是完成一個御守，老師先讓大家在布上繡字。何泉映主動湊到了裴靜聖身邊，用御守的進度開啟話題。

鄭盈盈的怒氣來得快去得也快，她不太擔心對方，打算讓好友自己沉澱心情。

「靜聖，妳完成後有想要送給誰嗎？還是打算自己留著？」

看著紅色布料上的「幸福」二字，裴靜聖輕聲回答：「還沒想到。」

嘴上這麼說，不過她心裡其實有個可能的人選。

趁著何泉映分心的這一刻，裴靜聖短暫地瞄了眼追著家政老師求救的康宥臣。

☾

杏文高中最受矚目的活動，非園遊會莫屬，這個校園盛事在週末舉辦，吸引了許多外部民眾前來參與。

學生們也爲此付出了不少時間和心力，只爲替美好青春添上一筆難忘回憶。

校方個別爲每個年級定了主題，攤位整體風格，須圍繞關鍵詞設計。二年級的主題是「童話」。

何泉映所在的五班，主要販售甜點，有現場製作的鬆餅、棉花糖，也有事前做好的切片蛋糕與餅乾。

身爲學藝股長，她在事前的籌備工作上竭盡心力，因此當日的工作量反而不多，唯一的任務，便是在攤位前舉招牌攬客。

爲了吸引目光，五班動用一部分班費租了幾套服裝，讓幾個重要幹部穿上。身爲總召的澄月，身著貴氣滿滿的王子服，而美宣組長何泉映，則被分配到小紅帽。

澄月責任重大，自開幕式前就忙得東奔西走，上午又接連遇到冰淇淋售罄、鮮奶油用完等突發情況。

他幾乎沒時間休息，何泉映也沒機會和他說上話。

她本想要鼓起勇氣約他逛逛，可目前看來機會不大。她重重地嘆了口氣，整理著放在角落的推車。

這時，學校臨時需要一個人到保健室內待命，協助受傷或身體不適的學生。何泉映被校方抽到，在保健室待了好一陣。

當差的這段時間，連個人影都沒有，她感到乏味便找事做，整理起保健室的物品，等待時間安然度過。

突然間，門外傳出動靜，門把轉動聲傳入她的耳中。

她停下手邊的動作看向門口，一位身著制服的男孩，面無表情地入內，徑直朝冰箱走去，似乎沒察覺這裡有人。

男同學打開冷凍室的門，翻找了一陣，闔上門，不滿地「嘖」了聲。

「你在找冰塊嗎？」何泉映拍拍裙襬，站起身詢問：「哪裡受傷了嗎？」

男孩猛然轉過身，目光掃過她的裝扮，旋即彎起禮貌的笑，「不好意思，我被爐具燙到了，但找不到冰塊。」

「保健室只有重複使用的冰敷袋喔。」何泉映走到他身旁打開冰箱，取出深藍色的冰敷袋遞給對方，「要請你登記下班級姓名。」
她從辦公桌上拿了有些破舊的簿子跟一枝藍筆。兩人對望幾秒，對方遲遲不開口，她疑惑地歪頭，「你的班級姓名是？」
「妳不知道我是誰？」對方指著自己，眼神帶著詫異。
何泉映搖頭，難道她應該要知道嗎？
「二年九班，陸禹日。」對方手插口袋，傾身湊近她，「我好歹也是學生會長。」
何泉映恍然大悟地「喔」了聲，但也沒其他太大的反應。
她雖聽過這個名字，可沒見過本人，不曉得對方長怎樣，認不出來也是情理之中。
她對他的粗淺認識，多是從別人口中聽來的——陽光斯文、長相帥氣、家裡有錢……陸禹日受歡迎的程度，與澄月不相上下，可她一直注視著澄月，無暇在意前者的耀眼。
硬要說，兩人曾經有那麼點交集。她去年曾在現任副會長的拜託下，替這組參選人設計傳單，可她從未與這位會長正面打過交道。
「用完要記得還，否則護理師姐姐會生氣，跑到你們班上追殺。」何泉映講著講著也笑了，「她可不管你是不是學生會長。」
「謝啦。」陸禹日爽快地道謝。
在他轉身的剎那，何泉映注意到，他的手臂有條傷口，正微微滲著血。她出聲叫住對方：「等一下！」
「怎麼啦？」他轉頭，臉上的笑容禮貌得恰到好處。

「你這邊受傷了，是被什麼割到嗎？」她指著自己身上同樣的部位，「我幫你消毒、擦個藥吧。」

「眞的耶。」陸禹日眨眨眼，這時才微微感覺到刺痛，於是乖乖在推車旁的木椅就座，「那就麻煩妳囉。」

何泉映拿了兩根棉棒，沾了優碘滾過傷口，再用沾了生理食鹽水的紗布擦拭乾淨，接著替他抹上抗生素藥膏，最後貼了一層紗布做阻隔。

「這樣就可以了，小心一點，免得再受傷。」她隨口叮嚀，將推車上的藥品耗材擺放整齊。

孰料，陸禹日待在原地不動，何泉映見狀忍不住詢問：「還有什麼事嗎？」

「小紅帽，那妳呢？」陸禹日嘴角微揚，眼神中似有幾分深意。他此刻的表情，與方才那沒有靈魂的笑容截然不同。

「什麼？」

「妳的名字啊，都講才公平。」

歪理，她又不是爲了滿足自己的好奇心，才問他班級姓名。不過，何泉映也沒有計較，聳肩答道：「何泉映，二年五班。」

這時的她還不曉得，未來的她跟陸禹日，還會糾纏一段時間……

春日微風和煦，配上無比熱鬧的園遊會，本該是一個美好的日子，何泉映卻望著遠方發呆傷感。

整日下來，澄月忙進忙出，兩人連對上眼的機會都少得可憐。

距離收攤還有大約二十分鐘，午後人潮漸漸散去，有些班級甚至因原料用罄而提早收工。

「泉映，妳的頭髮鬆了。」

身後傳來裴靜聖的提醒，將她的思緒拉回現實。

「謝謝！」她摸摸右邊的辮子，「我居然都沒發現……」

「看現在的人潮，妳應該可以先到旁邊休息。」裴靜聖環視四周，眉眼微彎，「園遊會辛苦妳了。」

「大家都一樣呀，妳也辛苦了！」

何泉映將裝飾得花裡胡哨的木製宣傳板放到一旁，回頭望向一旁坐在操場邊台階的康宥臣與鄭盈盈，他們兩人正大口吃著自隔壁班買來的可麗餅。

「剛剛他們說，想把剩下的冰淇淋吃掉，我看時間差不多了，妳幫我拿去吧。」裴靜聖自紙箱中拿出兩個甜筒，各挖了一球巧克力與香草口味的冰淇淋，包上一層面紙，伸手遞給何泉映。

今天的裴靜聖給人不大一樣的感受，臉上的笑容跟話似乎稍微多了些。

「妳自己拿去吧！」何泉映沒有接過甜筒，漾開笑顏，拉著好友直直朝那兩人走去。

得知這是裴靜聖親自挖的冰淇淋後，康宥臣像個羞澀少女一樣雙手捂著嘴，「心電感應……」

「應個頭，你剛剛自己跟靜聖講的。」鄭盈盈踩了下他腳上的潔白球鞋，沒意外地聽見一陣哀號。

如果澄月在這就好了，何泉映想。

這個小小冀望閃過的下一瞬，某道身影便像施了魔法般，出現在他們面前。

「一整天下來累死人了。你超欠扁，幹麼提名我當總召！」澄月埋怨地瞪著康宥臣，出手揍了對方胸口一拳。

「他不提，其他人也會提啊！你很適合。」鄭盈盈吃了一大口冰，扶著太陽穴嚷嚷「頭痛」。

澄月撇過頭，「對了，李媗柔說拍立得底片還有剩，我們五個請她幫忙拍一張，怎麼樣？」

大家都覺得這是個好主意，於是一行人浩浩蕩蕩地回到班級攤位前。

「要比什麼動作啊？」不顧前方在搶正中間位置的二人，自動站到後排的澄月問道。

「談笑風生！」鄭盈盈回答，大家便一同移開視線，裝作自然聊天的模樣。

這個拍照風格，是她先前帶起的風潮，成品出乎意料的好看，也就成爲他們拍照時的固定默契。

這份自然感是「裝」出來的，見有些人的笑容略顯尷尬僵硬，康宥臣便開口：「你們知道，豆腐出家後，會變什麼嗎？阿彌豆腐。」

「爛死！」話雖如此，可他們都忍不住笑了出來。

負責攝影的李媗柔，精準地按下快門，拿著洗好的成品朝他們走近，「要好好保管喔！」

畫面定格在美好的瞬間，那是專屬於他們十七歲的青春。

可惜相紙只有一張，於是他們以猜拳決定這張照片的保管人。

「剪刀石頭……布！」

看著交到手中的相紙，裴靜聖愣了幾秒後，將其按在胸口，鄭重其事地點頭，「我會好好收著的。」

在李媗柔轉身離去前，澄月躊躇了幾秒，最後仍開口叫住她：「能再占用一張底片的額度嗎？」

「好啊！」她答應得爽快，「你想跟誰拍？泉映嗎？」

心思被當場揭穿，澄月撓了撓後腦，暗自慶幸著何泉映早已回到攤位，離這裡有段距離。

「會幫你保密的啦。」李媗柔失笑，右手在嘴巴前比了個拉拉鍊的動作。

「那個……李媗柔說底片的量還夠，我可以跟妳合照一張嗎？」澄月走到何泉映面前，眼神飄移著，就是不敢看著她。

他眞恨自己此刻的扭捏，非得要拐彎抹角地表示想合照。

何泉映沒注意到澄月在跟自己說話。她左顧右盼，見沒有其他人回應，表情變得不可置信，「我、我嗎？」

澄月點點頭，深呼吸一口氣後，抬起頭來觀察她的反應。

何泉映沒料到澄月會想與她留下合照，內心一陣騷動。她告訴自己冷靜、不要亂想，或許澄月也會去問其他人，只是剛好先找上她……

可光是這樣，也夠她開心一整天了。

站在澄月身旁，何泉映不曉得該比出什麼姿勢，她的身軀像被施了咒，僵在原地動彈不得。

「你們再靠近一點！」李媗柔如此指示。

握著小紅帽的提籃，何泉映嚥下口水，緊繃地抬腳往右邊踏出一步，卻因爲太過焦急，一隻腳不小心往外拐了下。

澄月穩住她的肩，「沒事吧？」

喀嚓——

沒想到快門竟在這個時機按下，何泉映實在不敢看成品。

然而澄月卻驚呼連連，「其實拍得不錯耶！」

「多誇我一點！」李媗柔樂得呵呵笑，拿著已浮現畫面的相紙走向何泉映，讓她欣賞自己的傑作。

現場的同學們目睹一切後紛紛起鬨，而澄月並沒有反駁。大家口中的曖昧關係，對何泉映來說，恍若置身一場漂浮在雲朵上的美夢。

這些話語讓她一時之間添了不少勇氣，既然底片還有剩，她也就開口詢問：「我、我也能請妳幫我拍一張合照嗎？」

「可以啊，跟誰？」

「跟、跟……」

原本要去指揮同學們進行善後工作的澄月，在聽到何泉映的請求後，止住了步伐。他揪著胸口，忍不住期待她和自己懷著一樣的心思。

他回身，映入眼中的是低下頭、伸出食指指向他的女孩。

那一刻，澄月彷彿擁有了全世界。奔波忙碌一整天、被同學雷到生氣，這些負面情緒，霎時間都被他拋到了九霄雲外。

一回生二回熟，這次兩人的合照正常了許多，伸手比出了勝利姿勢。

後來，那張拍立得成了何泉映彌足珍貴的寶物，一直夾在高三時寫的手帳中。

何泉映本以爲，澄月還會去找其他同學合照，可是直到園遊會結束，她都沒見他向別人提出邀請，即便是另外三位好友亦然。

她不禁想，或許……在澄月的心中，她其實眞有那麼點特別？

但萬一都只是她的自作多情呢？

何泉映不是沒遇過類似的事，於是她學乖了，總是在事情不確定之前，將結果往最壞的方向去想。

不要預設情況，否則換來的只會是期盼落空的失望。要是國中時的事再次發生，那她就眞成了一個無可救藥的笨蛋了……

當時的人與場景，對十七歲的何泉映而言，依然歷歷在目，也是困住她多年青春的迷霧，久久未能散去——

十四歲春日的那個午後，全體國二女生都得前往大禮堂接種疫苗。女生座號第一位的何泉映，接種完疫苗後，便率先返回教室。

在進門前，她聽到了男生之間的祕密討論。

「佑威，你覺得何泉映怎麼樣？」平頭男孩用手肘頂了頂身旁的同學，眾人一陣訕笑，「我看你跟她走滿近的，你絕對喜歡她吼？」

聽見自己的姓名，何泉映停下腳步，躲在門後聽著他們的對話。

男生們似乎不覺得這是見不得光的話題，沒有放低音量，讓門外的她能清楚捕捉其中的字句。

「佑威」是她的鄰座，是班上的中心人物，對於男生們是領袖一樣的存在。他擅長運動，成績倒是一般般。

何泉映對他有一點點的好感，即使還談不上喜歡，至少跟他相處時，感受跟其他男生並不同。

而她也隱約察覺到，孫佑威對她的態度與行爲，似乎比對其他女孩子還要特別那麼一丁點。例如，體育課投籃時，他會主動跑去幫她撿球；知道她討厭吃瓠瓜，午餐時間負責盛菜的他，會睜一隻眼閉一隻眼地不幫她裝。

這些小小的獨特越堆越多，總讓她忍不住思考，孫佑威是不是其實喜歡她？

只是，少女的小幻想，措手不及地被撕碎。

「怎麼可能！」孫佑威笑了兩聲，「我才不會喜歡那種乖乖牌女生咧。跟她相處有夠無聊，沒寫作業還會被她念耶！」

聽到最後一句，她的心也跟著沉了下來。

原來，她提醒對方交作業、擔心他被老師罵的貼心，在他看來，只是不屑一顧的雞婆。原來，她曾經以為兩人間隱約流動的好感，都是自作多情的誤會。

她真是一個傻瓜。

「哇塞，說成這樣喔！那你喜歡誰啊？」男生們繼續追問。

「沒有喜歡誰啦，但我覺得，二班那個女生很不錯啊！雖然她有男朋友了。」

孫佑威提起了另一個女孩，何泉映也聽說過，對方是二年級的風雲人物之一，個性外向、長相亮眼、打扮時髦，屬於不愛讀書卻人緣很好的類型。

聊著聊著，男生們又談起班上的其他女孩子，有人起鬨著說，要幫班上的女生排名，大家便欣然繼續這個話題。

擔心自己在他們眼中是倒數的存在，何泉映倉皇逃走，躲到女廁冷靜。

名為「自卑」的種子，或許就是自那日起，在她心上生根發芽，長成了纏滿胸口的荊棘。

每每想著「澄月是否有可能會喜歡我」時，心尖上的刺，總會不斷以過去的傷疤來提醒她：別傻了，一切都只是自以為是。

澄月如此優秀，何泉映想，這麼渺小的自己，只有不抱任何期待，只有把自己放在很低的位置，才不會再次受到傷害。

☾

「我是不是沒跟你講過這些啊？」

市區新開幕的Buffet餐廳內，何泉映與康宥臣坐在窗邊的位置，俯瞰市區一片璀璨夜景。

「告訴我那個男的叫什麼，我去肉搜他，揍他一頓！」聽完好友分享國中時的經歷，康宥臣忿忿不平地揮拳，「我們泉映這麼棒，會畫畫又會讀書，長得也像日本雜誌上的清純系女星，很多人追的，好不好？」

「太浮誇囉。」何泉映失笑。

如今的她早已不會如此自卑，這些年，身邊的所有人都替她慢慢建立起自信，讓她知道她其實很好、值得被愛。

「像那個、那個……叫什麼名字？我忘了，那個學生會長，當初也在追妳啊。沒我家有錢的那個。」

何泉映噗哧一笑，覺得他最後一句有些多餘，「他叫陸禹日啦。」

「管他叫什麼，反正妳又不喜歡他。」康宥臣「嘖」了聲，「不過好笑的是，他當時眞的把澄月氣死。我不是說過，他約妳吃晚餐那天，澄月跑來我家借酒澆愁嗎？我第一次看澄月吃癟，超白痴！」

提起年少往事，康宥臣的笑容就像是當年那個沒心沒肺的大男孩，可過了幾秒，勾起的唇角緩緩垮下，臉上的表情多了分惋惜。

「好了，別講過去的事啦。」注意到氣氛逐漸傷感，何泉映趕緊打住不再提。

他們都一樣，對往昔回憶都抱著既懷念，又不敢輕易觸碰的矛盾心情。

「所以妳要告訴我，那個曖昧對象叫什麼名字了嗎？」康宥臣話鋒一轉，犀利地直搗主題。

何泉映倒抽一口氣，本想等一切塵埃落定後，再與身邊的人分享。可是他都問了，她也沒理由隱瞞。

「你自己看吧。」她掏出手機，點開徐靖澤的Instagram帳號遞給好友看。

「徐靖澤……」康宥臣喃喃念道，仔細打量著男人的個人頁面。

他的眉頭越蹙越緊，讓何泉映有點緊張，難不成他以同爲男人的直覺，發現了對方有什麼蹊蹺？

「怎麼了……嗎？」她小心翼翼地詢問。

沉思幾秒過後，康宥臣深呼吸了口氣，將她的手機蓋在桌上，雙眼盯著她，表情異常嚴肅。

何泉映不由得一陣哆嗦，不習慣對方如此正經的模樣。

「何泉映，妳冷靜聽我說。」康宥臣的語氣認眞，道出了令人衝擊的猜想。

「妳難道沒有想過……他其實就是澄月？」

他接著說：「先不提他們長得那麼像……第一次見面就積極想認識妳，跟我們同屆，姓氏也一樣，不是沒有改名的可能……」

康宥臣分析了不少何泉映曾提過的資訊，細數澄月與徐靖澤的共同點。

何泉映當下雖立刻否決對方的推測，可是，回到家後，她仍是不停地回想那一針見血的分析，思索著這件事的可能性。

老實說，她並不是沒有這樣猜測過，兩人的相似之處實在太多了——長相與姓氏、年齡與故鄉、飲食習慣、喜好與性格……但她總下意識地覺得不可能，拒絕面對一絲一毫的線索。

然而，如果徐靖澤就是澄月，那一切疑點都說得通了……不對，如果他就是澄月，爲什麼不告訴她眞相？

倚著趴在地上休息的薩里耶利，一邊順著柴可夫斯基的毛，即使是療癒的舉動，也無法平息她紛亂的思緒。

手機跳出了幾則訊息，是徐靖澤傳來的，不過她沒有打開來查看和回覆的心思。

她想，或許她有好幾天都無法面對這個人，她需要一些時間獨處冷靜。

心亂如麻的何泉映頻頻嘆氣、煩躁不已，又提不起勇氣詢問徐靖澤眞相。明明只是一個問句就能解決的問題，卻害怕會帶來太多她無法承受的事實。

如果徐靖澤眞的就是澄月怎麼辦？

徐靖澤不可以是澄月，他們不能是同一個人……

否則，她這兩份珍貴的感情，都會在轉瞬間成爲一場天大的笑話。

第七章 不願面對的眞相

園遊會過後，何泉映的生活有了重大的轉變——忽然闖入了一個不請自來的男孩，陸禹日。

他一開始還算有禮，以「想邀何泉映短期支援學生會美宣組」爲名義，正大光明到五班找人。可明眼人都看得出來，醉翁之意不在酒，因爲他總會帶些小點心來，有時是精品巧克力，有時是爆紅名店的千層蛋糕。

如此貴重的禮物，何泉映實在不好意思收下，倒是臉皮比牆厚的鄭盈盈，總是替她收下這份好意，甚至會當著陸禹日的面拿走食物，故作禮貌地道謝。

下節是體育課，離開教室前，何泉映走到後門關上教室的燈，這時，有道嗓音在她耳邊響起。

「徐澄月不在啊？」陸禹日勾著一個白色紙袋，慵懶地靠在門邊東張西望。

她偏頭，不太明白他提到這個的用意，「他跟體育股長先去借球了，你找他嗎？」

「怎麼可能？有點可惜罷了。」陸禹日勾起唇角，笑得有些狡黠，「我來這邊，只會是爲了找小紅帽。」

何泉映有時很疑惑，她那日在保健室遇到的有禮學生會長，跟此刻笑得奸詐的陸禹日，真的是同一個人嗎？旁人總說他和善斯文，她看來怎麼卻不是呢？

「這袋曲奇給妳。」餘光瞥見目光緊盯這邊的短髮女孩，陸禹日將音量提高了些。

果不其然，原先正與其他同學聊天的鄭盈盈小碎步趕了過來，滿臉笑容，「謝謝會長！泉映說，上次的抹茶千層她超愛。」

聽到好友的瞎扯，何泉映憋不住笑，將唇湊到好友耳邊氣音道：「明明是妳超愛，整塊蛋糕都妳吃的耶？」

注意到了女孩微小的表情變化，陸禹日稍稍挑眉，接著對鄭盈盈露出溫暖笑容，「這次的曲奇很多塊，妳也可以一起吃喔。」

他揚起笑的模樣，彷彿周遭蒙上了一層柔光，閃閃發亮。看著裝模作樣的陸禹日，何泉映打了個冷顫。

「那我就不客氣啦。」鄭盈盈顯然沒有意識到不對勁，樂呵呵地拆開包裝，忽略了一旁的小卡，拿起一塊螺旋紋的曲奇丟入嘴中。

「咳，好難吃！」她的臉皺成一團，立刻逃回位子上，抽出一張衛生紙，接過吐出的食物。

陸禹日眨眨眼，笑意不減，「抱歉，我忘了這個曲奇是專門給狗吃的零食，南瓜泥口味的。」

何泉映抽了抽嘴角，這人肯定是故意的！

「聽說妳家有養柴犬。前幾天，我在網路上查到有客製化的寵物零食，就訂了一盒。」

某人在旁嚷嚷著「你會有報應」，陸禹日絲毫不在意，逕自將紙袋遞給面前女孩，「這次總不能再分給別人吃了吧？」

就快打上課鐘了，何泉映沒太多時間跟他耗，也知道自己的笨嘴拙舌肯定說不過他，只得爲難地收下這個禮物，「謝謝……我會給柴可夫斯基吃的。」

「妳家的狗叫柴可夫斯基啊？」

「嗯！」提起自家小寶貝，何泉映的矜持都沒了，低頭掩嘴笑了兩聲，「我爸爸取的名字。」

陸禹日沒有接話，而是默默盯著她看，盯得何泉映笑意逐漸消失，表情略微尷尬。可以走了嗎？話題結束了，對吧？她東張西望，顯得心不在焉。

「妳在我面前多笑一點吧，別只在他面前這樣。」預備鐘響起，在轉身離去前，男孩伸出食指輕戳她的眉心，「我走啦。」

何泉映呆然站在原地，反覆思索對方口中的「他」是指誰。

難道連陸禹日也看得出她的心意？

「哇啊……」她害臊地捧著雙頰，在心裡暗暗祈禱澄月是根對感情遲鈍的木頭。

「陸禹日如果不喜歡泉映，我就去撞牆！」

「陸禹日如果不喜歡泉映，我就把每個月零用錢丟水溝！」

體育課結束返回教室的途中，鄭盈盈與康宥臣一搭一唱地走在前頭大喊，賭注一個比一個重，到最後連「我就每天穿女僕裝叫陸禹日主人」、「我就把頻道關掉從此不當

YouTuber」的狠話都爆出來了。

「你們不要再講了啦！」何泉映難得大聲講話，她捂住因羞愧而發燙的雙耳，不想在熙來攘往的走廊上聽見自己的名字。

遲鈍如她也能感受到陸禹日的執著，只是她實在無法想像對方會看得上平凡的自己，無論那份心思是真是假，她都不願意將這些事攤開來講，更不希望澄月因此誤會。

澄月走在後頭，好友的你一言我一語傳入耳中，腦中不禁浮現最近的一幕幕——陸禹日總會悄悄瞥向他，露出得意的神情……

他惱怒不已，重重踢遠地面的小石子，不料精準命中了康宥臣的小腿，受害者隨即爆出一聲髒話，猛然回頭大叫：「誰啦！」

澄月臭著臉繼續走著，沒有注意到他的情緒，以物理方式波及到無辜的好友。

走在他身旁的裴靜聖見狀，不禁勾起一抹淺笑，「你吃醋得很明顯喔。」

無論是現在的小脾氣，或是體育課時連投籃都不準的心浮氣躁，她都盡收眼底。有那麼一刻，她在心裡期盼著，若自己也能如此坦率地表達心情就好了。可是，她早已忘了是從何時起，她連感受情緒的能力也逐漸消逝。而眼前這四人，便是她如荒漠般無助的人生中，僅存的綠洲。

「明顯就明顯啊，陸禹日都不怕了，我怕什麼？」澄月忿忿不平。

「既然不怕，那有打算告白嗎？」裴靜聖不帶挑釁的問句，就此堵住了澄月的嘴。

這一刻，澄月不得不承認，即便何泉映有九成九的機率，也對他抱持著相同的好感，可他就是害怕那百分之一的意料之外。

看似無所畏懼的他，喜歡一個女孩子時，也不過是個隨處可見的膽小鬼。

☾

本以爲陸禹日只是三分鐘熱度，沒想到他的熱情，居然持續了將近一個月。面對他天天造訪的堅持，何泉映實在狠不下心擺臉色，只得每次都與他閒話幾句，敷衍了事。

鄭盈盈好幾次都看不下去，直接拉走她，陸禹日倒也不氣餒，有時還會守在門口等，直到打鐘才走，因此被鄭盈盈調侃是「二年五班門神」。

他的種種舉動讓何泉映頗有壓力，然而他並非出於惡意，因此她也沒有明確拒絕。這種模糊的態度，在旁人眼中就像一種默許，在澄月看來更是刺眼至極。

再過一週便是畢業旅行，午休時間，學務處通知高二各班的班級代表，到會議室召開行前討論，澄月身爲二年五班的班代，自然也得參加。

看著講台上侃侃而談的學生會長，澄月越看越覺不悅，撐頰轉著手中黑筆，眉頭沒有放鬆的一刻。

他從鄭盈盈那得知，陸禹日與何泉映認識的契機——他在園遊會時受傷，何泉映替他塗藥包紮。

他聽到這些臉都綠了，他受傷時可是那個快五十歲，卻總逼大家叫她「姐姐」的護理師幫他處理的，怎麼陸禹日就如此幸運？

一想像那兩人待在保健室內的情景，他實在忍不住感到氣憤忌妒。

「徐澄月。」

會議結束，澄月收好資料正要離開，這時，身後傳來陸禹日的聲音。他假裝沒聽見，卻被快步跟上來的對方攔下，「你這樣很沒禮貌喔。」

「我不覺得對你需要什麼禮貌。大忙人學生會長，還整天跑來我們班站崗，超煩。」澄月「嘖」了聲，連正眼都懶得瞧他。

陸禹日彎起嘴角，「禮拜三是小紅帽生日，你要送什麼給她？」

一聽到關鍵詞，澄月停下腳步，咬牙狠狠瞪他一眼，「關你什麼事啊？還有，別這樣叫她，泉映不會喜歡。」

他知道再生氣也不能訴諸暴力，只能壓下想灌他一拳的衝動，深呼吸兩口氣，逼自己冷靜。

「你又知道了？」陸禹日唇邊的笑意多了分挑釁。

「至少我比你懂她。」澄月沒好氣地答。

他知道許多陸禹日不曉得的事：知道何泉映不喜歡抹茶、知道她未來還想養一隻薩摩耶、知道她最喜歡用的貼圖、知道她今日不小心睡過頭，晚了十分鐘到校……

「那也不代表她在想什麼你都知道。」陸禹日聳聳肩，沒打算掩藏眼底的促狹。看著澄月越來越鐵青的臉，他沒再說話，洋洋得意地邁開腳步，往反方向走去。

五月中後，梅雨季降臨，一向少雨的台中連日溼漉漉。衣服晾不乾、鞋子溼答答帶來黏膩感受、容易滋生塵蟎與黴菌……何泉映身邊的人都不太喜歡這種天氣，除了她。

她就是在這樣陰雨綿綿的早晨出世的。

今天是她的生日，一早抵達學校，鄭盈盈便拖著她到走廊角落。

眾人聯手準備了一個六吋蛋糕，是時下最流行的「燃燒蛋糕」，只要用蠟燭燃燒上頭的薄紙，預設的圖案款式就會顯現。

何泉映被祝福與禮物包圍，收到了不少驚喜。其中，澄月送的是火漆封蠟章禮盒，這是她在一次閒聊中，無意間提起的。禮物包裝精緻到她捨不得打開，這份心意實在太過珍貴。

而最令她感到意外的，便屬陸禹日準備的禮物。

「小紅帽，妳肯定會喜歡這個禮物的。使用的時候，能想到我就更好了。」

陸禹日交給她禮物的當下，還露出了志得意滿的笑容。

何泉映不知道對方怎麼知道她的生日，但她還是愣愣地接過了。

一拆開包裝，看到內容物，她便有股不妙的預感。她立刻拿出手機，在搜尋欄敲下了包裝盒左上角的品牌名。

一查還眞不得了，這盒來自德國、二十八色的礦物水彩，要價九千元以上。她還以為是自己眼花，揉揉眼再確認一次，價格依然驚人。

「陸禹日好瘋！」一旁的鄭盈盈瞥到了價格，下巴都要掉下來，「但如果我是富二代，好像也不是很意外……」

「這麼貴的東西，我是不是還給他比較好啊？」何泉映表情爲難，他們還不是能送昂貴禮物的關係。

「如果是我會開心地收下啦！但依妳的個性嘛……自己決定吧，我幫不了妳。」鄭盈盈雙手一攤。

何泉映望著窗外，這場雨似乎沒有要停的跡象。她右手托腮，人際往來的複雜課題，大概是她一生之敵。

☾

雨滴自屋簷邊緣滑落，在水窪處濺起一朵朵水花，室內外的溫度差，讓落地窗蒙上了一層霧氣。

何泉映用指尖劃過玻璃，分神注意著外頭的車水馬龍。

雨天對台北人而言習以爲常，然而，即便在這生活了數年，何泉映依然不習慣出門隨身帶傘。每每看見烏雲密布，總惦念起故鄉那片萬里無雲的晴空。

偶遇多年不見的張媛媛，她口中的「下次再約」，何泉映原以爲只是場面話，沒想到居然是來眞的。

對座女子激情分享她與現任男友的戀愛故事，何泉映撐著頰聆聽，實在興致缺缺。雖然對張媛媛感到抱歉，可她仍忍不住恍神，甚至開始數有多少人經過這家店。

「……是不是很誇張？」

捕捉到對方說出需要有所回應的句子，何泉映拉回思緒，盯著張媛媛戴著灰色隱形眼鏡的瞳孔，用力點點頭，「我也覺得！」

其實她壓根就沒聽到對方說了什麼。

這是大學時某個朋友教她的技巧，只要用「眞的假的」、「我也覺得」、「確實」、「笑死」之類的語句，就能將九成的對話順利進行下去。何泉映今日發揮得淋漓盡致。她並非不喜歡張媛媛，只是單純覺得，搭了半小時的車與對方見面，可不是爲了盡聊這些以對方爲中心的事。

看著面前容光煥發的老同學，何泉映想，對方都沒有變，從高中到現在都是這麼落落大方且勇敢，即便跟澄月告白失敗，也沒有氣餒或變得自卑。

去一趟洗手間後，張媛媛換了個與剛剛八竿子打不著的話題，談起高中往事。

「我以爲你們絕對會在一起。」攪散咖啡上層的奶泡，張媛媛笑得有些惋惜，「我早就知道妳喜歡澄月，只是妳一直否認。我眞的不理解這種心態，曾一度有點討厭妳。」

舉著馬克杯的手一頓，何泉映這才發現，對於「澄月」這個名字，她依然無法釋懷，還因前兩日康宥臣的推論，更加心煩意亂。

「後來呢？你們之間到底發生了什麼？」張媛媛皺眉，「難道眞的只是因爲那件事？」

「只是？」何泉映苦笑，反問道：「那件事還不夠嗎？」

當年那場意外，張媛媛受到的影響遠遠沒有她多，根本難以理解至今仍盤旋在她心上的陰霾。

「可是你們不該——」見何泉映的表情垮下，張媛媛趕緊打住，「算了，不提這個，那後來呢?妳跟其他人也都斷聯了嗎？」

「嗯……不完全是。」

「鄭盈盈？」

何泉映搖搖頭，「不過我一直有關注她。」

「噢，我偶爾也會看一下她的影片。」張媛媛回：「那康宥臣？」

「後來因爲一些巧合，我們重新聯絡上了。」何泉映淺笑，「他開了一家設計公司，努力壯大事業。」

「眞好奇澄月現在過得如何。」張媛媛感嘆：「希望他一切順利吧，能走出當初的事就更好了。」

「哈啾！」

不知是否辦公室的空調溫度太低，徐靖澤忍不住打了個噴嚏。他抽了張衛生紙擦擦鼻子，繼續敲鍵盤、按滑鼠，爲明日的晨會報告趕工，他晚點還得搭高鐵回台中。

自從出社會後，能回鄉陪伴家人的時間就變少了，他今天不想再爲了公司的事留下來加班。

畫面右下角跳出幾則LINE訊息，他一看到對方的暱稱便立刻點開。

妮妮：「我跟媽在黃昏市場，你要吃什麼？」

妮妮：「柳葉魚已經幫你買好了。」

妮妮：「給你五分鐘的時間，我不想待在這裡太久，好臭。」

徐靖澤勾起唇角，飛快地敲下回覆：「我要地獄辣宮保雞丁跟麻婆豆腐。」

徐詠妮在第一時間已讀訊息，並傳送一個旁邊寫著「傻眼」的貓咪貼圖。

妮妮：「神經病。」

妮妮：「但媽說會滿足你。」

「跟女朋友聊天喔？」阿楷打趣地說。他從茶水間回座位的路上，正巧經過徐靖澤的位子，見他笑得詭異，忍不住八卦。

「我妹啦！」徐靖澤出言糾正。

聽到「女朋友」一詞，他下意識想起何泉映。

不知爲何，這兩天她回訊息的頻率低了許多，語氣也有種說不上來的疏離，關心她卻總得到「沒事」的回答。

最近他的工作繁忙，也無暇思考太多，只能等事情告一段落，再好好跟何泉映聊聊。

有些事已拖不得，徐靖澤也知道，他必須找個時間坦白，讓何泉映知曉澄月就是他。

只是，難道她眞的都沒有半分懷疑嗎？

徐靖澤時常想，何泉映會不會在高中畢業後，豁達地忘了跟澄月有關的一切，展開全新的人生，才會至今都沒有懷疑過他就是澄月？

若是如此，他該開心還是難過？

假使何泉映還介懷過去的事，那勢必也一併承受著往昔的悲傷，他不希望她這些年都跟自己一樣走不出來。

可如若何泉映坦然放下了，現今就只剩他一人還執著於舊日回憶，也代表她早就把「澄月」拋在過去，毫無負擔地認識「徐靖澤」。

揣著矛盾的思緒，徐靖澤嘆了重重一口氣。

「神經病啊？剛剛笑成那樣，突然臉又這麼臭。」阿楷不解地吐槽。

☾

幾經躊躇，何泉映最後決定親自退還陸禹日送的生日禮物。

九千多塊的東西，對身爲學生的她而言，實在是難以承受的心意。之前他送的小點心，已經是她能接受的極限，她實在不願意欠下這麼大的人情。

一下課，她便帶著未拆封的昂貴水彩，打算到二年九班還給陸禹日。

沒想到，她前腳才剛踏出教室，遠遠就看見陸禹日手插外套口袋、步伐懶散地朝他們班而來。她忍不住扶額，默默退了兩步。

兩人四目相對的瞬間，陸禹日露出一抹帶著深意的笑容，「早安，小紅帽。」

何泉映別過臉，對這稱呼始終難以習慣。明明她有名有姓，陸禹日卻偏愛這般叫她，從未問過她是否介意。

第一個說他斯文有禮的同學到底是誰？她在心底默默地吐槽。

既然人都遇上了，也沒必要拐彎抹角，她舉起提袋，「不好意思，這份禮物太貴重了，我不能收。」

原先微微揚起的笑僵在嘴邊，陸禹日瞟向紙袋，「小錢而已。」

「但對我來說不是……」何泉映有些困擾，抿了抿唇，「但還是謝謝你的祝福，以及這陣子的……餵食？我還放了一盒小餅乾在裡面，算是表達我的感謝。」

言下之意再明白不過：這樣就夠了，以後別再送東西了。

顯然陸禹日並不是很情願，他嘆了口氣，直視她的雙眸，「妳知道嗎？拒絕他人的心意，是一件很掃興的事。」

送禮的初衷不是爲了給對方人情壓力，更不是爲了獲得同等價値的回報，只是單純想看到收禮者喜悅的模樣。

「可是……」何泉映欲言又止，一時之間不曉得該如何反駁。

「這東西過了七天也不能退貨，我又不會畫畫，難道妳要我丟垃圾桶？」陸禹日語氣淡然，「別人送妳東西，大方收下就行，這種爲難的表情，看了不會讓人開心。」

她猶豫地垂眸，還沒來得及回話，一道重量壓上她肩膀。耳邊傳來好友的聲音，「陸禹日，雖然你陷害我吃狗狗餅乾很欠扁，但我認同你的想法。」

鄭盈盈捏捏好友的臉頰，「泉映，還記得我生日時，妳特別訂做的手機殼嗎？將心比心，如果我當時說『這個禮物太貴重了，我不能收』，妳難道不會覺得很煞風景？妳肯定想看到我欣然接受的樣子啊！陸禹日也一樣，他才不是爲了被拒絕，才送妳這個盤子水……抱歉，當我沒講！」

感受到來自學生會長眼神中的殺氣，她趕緊懸崖勒馬，光速逃離現場，以免禍從口出。

何泉映垂眸，試著站在陸禹日的角度看待送禮這件事——他知道她喜歡畫畫，特意選了水彩當禮物，昂貴的價格對他來說沒什麼。用心準備的結果，換來的卻是對方的委婉拒絕……

再想想盈盈說的，若是她花了一個禮拜、絞盡腦汁設計的手機殼被婉拒，恐怕也會失落至極。

「對不起，是我沒有顧慮到你的心情。」何泉映不自在地撥了撥額前碎髮，「我會好好使用這份禮物的。」

「這樣才對。」陸禹日再度展露笑顏，伸手拿出紙袋內的餅乾，「那我也就『不掃興』地收下了。」

此時，教室內的澄月，好不容易自化學題的頭腦風暴中抽身，站起身活動筋骨，卻正巧目睹陸禹日與何泉映的互動。

他眼神一沉，忍著妒意故作自然地往置物櫃走去，想更清楚地偷聽兩人在教室門外的對話。

「這樣，如果妳依然覺得心裡不踏實，今天就跟我吃個晚餐如何？對我來說，這件事遠比那盒水彩有價值。」見何泉映面色依然凝重，陸禹日提議道。他沒錯過她身後那道鬼鬼祟祟的身影，故意提高說話的音量。

啪——澄月用力關上了置物櫃的門，不小的聲響惹得眾人紛紛轉頭查看。

何泉映也是其中之一，她這才發現澄月在附近，突然有些擔心剛剛的對話都被他聽見。

澄月捶了下櫃門，想大喊「不要理他」，話卻堵在喉頭，怎樣也無法發聲，這一刻，他氣惱自己的懦弱。

他走回講台前，到正擦著黑板的康宥臣身後，額頭倚著好友的背，委屈地扁嘴，「想揍人。」

「我們澄月生悶氣囉？」康宥臣語氣帶笑，放下板擦後，轉身揉亂好友的髮，「寶貝乖喔，我可以陪你吃晚餐啊。」

一聽這話，澄月想動手的對象，倒是瞬間換了個人。

何泉映猶豫了許久，還是決定赴約。

即使一切皆是陸禹日的主動，她仍自覺虧欠太多，若吃頓飯就能還清這些人情，也是挺划算的。

一打鐘，何泉映就說她要先走，澄月臉上的笑頓時垮了下來，手拿著點開外送APP的手機，僵在半空中。

「就跟妳說不要去了吼！」鄭盈盈搖搖頭，恨鐵不成鋼，「如果妳跟他吃飯，他就會覺得自己更有機會，然後更常跑過來纏著妳！」

「泉映可能有自己的考量吧，就別再阻止她了。」裴靜聖輕輕拍了拍何泉映的肩，「那我先回家了，明天見。」

「拜拜！」鄭盈盈跟何泉映異口同聲，澄月雖然臉色難看，也不忘與好友道別，「再見……」

「明天見！」康宥臣揚起笑容，語氣輕快，隨後像是想到什麼般追上對方。他輕聲在裴靜聖的耳邊說：「妳昨天忘記拍天空了，等等要記得喔。」

何泉映與兩個校園男神間的感情糾葛，他一點也不在意，反而更享受看到澄月難得一見的受挫面貌。而這一刻，這場修羅場遠沒有他的戀情重要。

「嗯……」裴靜聖眨眨眼，思考幾秒後才點了下頭，「好。」

「走。」她離去後，澄月拽著康宥臣的手，忿忿道：「今天不留晚自習了，去你家打遊戲。」

他氣都氣死了，完全沒有心情留在教室裡複習功課。

「那我也不留啦！」鄭盈盈聳肩。

見好友們的反應，何泉映心頭浮起一絲愧疚，想著是不是做錯了什麼。

她正想開口緩頰氣氛，陸禹日的聲音卻及時響起。他背著墨綠色書包站在教室門外，身軀在橙色夕暉的照耀下，顯現出一圈柔和光暈。

何泉映忍不住幻想，如果是澄月，那會是多麼美的畫面？

「那、那我先走了？」何泉映一手揪著書包背帶，一手揮了揮，慢步朝後門走去，「明天見……」

看著女孩遠去的身影，澄月這才意識到，他沒見過何泉映的背影，一直以來都是與她並肩，無論是走路，或是相鄰的座位。

原來，目送她的背影，是這麼令人心酸的一件事。

「泉映！」他喊住她，「如果陸禹日對妳做了什麼，或是妳有預感他要幹出什麼糟糕的事，一定要馬上告訴我——不對，先報警好了！但還是希望妳讓我知道……我會努力比警察更快趕到妳身邊！」

何泉映回首，對上他擔憂的眼，這瞬間，胸口悸動不已。

「我、我……」她慌張地咬著唇，視線不知該往何處安放，「我會的！」

「我會努力比警察更快趕到妳身邊！」

澄月的模樣，在這一刻，就像她心目中無可取代的男主角。

她好希望澄月知道，在她心裡，他遠遠比陸禹日重要，卻又矛盾地祈禱，她能好好掩著心意，別那麼簡單就被澄月察覺。

只是她並不曉得，太喜歡一個人的時候，有些事是怎麼也藏不住的。

何泉映原先只是輕鬆地抱著「吃一頓飯」的心態，跟著陸禹日搭上計程車。

目的地卻是新開的高級燒肉店，她認了。專人服務親自動手替她烤肉，她也認了。

只是她沒想到……

「似乎還沒正式說過。」陸禹日將烤網上的和牛翻了個面，確認熟度剛好後，夾到何泉映的盤子中，「小紅帽，我喜歡妳。」

啊？陸禹日是在跟她告白嗎？他的語氣太過雲淡風輕，何泉映花了一些時間，才反應過來她沒有聽錯。
縱然好友們時常提起，陸禹日一定是喜歡她，然而她總是認爲自己何德何能被陸禹日看上，不認爲他是眞的喜歡自己。
「你……」她從沒想過被告白時該做何反應，下意識地拋出心底的疑惑，「你是認眞的嗎？」
也是聽到了對方的心意，她才發現，原來被不喜歡的人告白，左胸口的心跳也會加快，會感到緊張忐忑，這大概是一種，對於無法回應對方心意，而產生的愧疚。
「這個問題有點失禮喔。」話雖如此，陸禹日倒也沒有惱怒。他將右手肘抵在桌面，托腮看著她，「是認眞喜歡妳喔。」唇角揚起的同時，笑意也跟著綻放在眼角。
她不解問道：「可、可是，爲什麼？」
「妳猜？」他把問題拋回去。
「我沒什麼優點，各種條件都配不上你……」
這樣一個如烈日般耀眼的人，此刻卻對她說著「喜歡」，何泉映實在不明白。
「妳太沒自信了，何泉映。」陸禹日第一次連名帶姓地喚她，正色道：「優點？雖然不是我的風格，但……」
他吸了一口氣，「體貼善良、熱心助人、擅長畫畫、長得好看……」
他的手指一根一根折下，還沒細數完，便被何泉映打斷。她滿臉慌張，耳根已通紅一片，難爲情地阻止道：「夠了！」
聽到這突如其來的優點轟炸，她害臊不已，卻也有些欣喜。原來在某些人眼中，她也可以是很好的人。

或許，她眞沒有想像中那麼差？

「感情這種事，沒有配不配得上，又不是古代世家大族或企業聯姻，哪來這麼多問題？就只是喜歡罷了。」陸禹日飲下一口果醋，「別總把自己放在低一階的位置上，妳這樣也是在變相批評，喜歡妳的人眼光很差。」

多年後，即使何泉映沒有再與陸禹日聯絡，可他說過的許多話，仍深刻地留在她心尖。

偶爾回憶起高中生活，或者拿出他送的那盒礦物水彩作畫時，她的腦海總會忍不住浮現一個念頭——

當初遇見陸禹日，還挺幸運的。

即便陸禹日沒急著要答覆，何泉映仍覺得要趕緊將此事告一段落，才不會耽誤彼此。

何泉映原想將告白的事藏在心裡，孰料隔天一到學校，鄭盈盈便窮追猛打，甚至敏銳地猜出眞相，在午餐時間將消息傳得人盡皆知。

「妳應該……沒答應他吧？」澄月錯愕至極，語氣急切。

「沒有。」何泉映搖搖頭。

見澄月的反應，她忍不住想著，澄月如此在意她的回應，是站在朋友立場關心，還是……也對她抱持著那麼一絲的好感？

「那有拒絕他嗎？」康宥臣反坐在椅子上追問。

「也沒有……我是想說——」

她不擅表達，想花點時間理清思緒，找出兩全其美的方式，再好好說清楚。

「沒有？」康宥臣瞪大眼、張大嘴，表情難以置信，「不接受卻也沒拒絕，難不成妳在養魚？」

裴靜聖眉頭輕蹙，對他使了個眼色，成功讓他住嘴。

聽到第一個答案，澄月緊繃的臉鬆了鬆，不料又聽見下一句，面色再次僵硬，「為什麼……不拒絕？」

「可能泉映還想吃更多陸禹日送的高級甜……抱歉，我開玩笑的。」鄭盈盈嫌火燒得不夠旺似地開玩笑，添柴到一半，就被澄月投來的尖銳眼神刺穿。

「因為——」

何泉映想要解釋，又再次被打斷。她回頭望向後門，覺得這人來得眞不是時機。

「泉、映。」注意到澄月怒視的眼神，陸禹日換了一個親暱的稱呼。他晃晃手中小物，「有發現妳的東西不見了嗎？」

「咦？」

何泉映翻開書包，原本掛在側邊的平安御守消失了。她起身，快步朝對方走去，接過御守後頻頻道謝。

「晚上要不要再一起吃飯？這次給妳決定要吃什麼。」陸禹日望著她笑，「我想多聽妳分享自己的事。」

沒想到他又打算進攻，何泉映後退一步，「我今天要留晚自習，可能不方便……」

「那找個可以安靜讀書的空間？」

何泉映實在不明白，這人是眞的不懂她的婉拒，還是明知如此仍故意緊逼。

「我——」

「沒看到她很困擾嗎？爲什麼要這樣？」澄月終於按捺不住怒意，走到兩人中間，擋在女孩的身前。

「是嗎？」陸禹日絲毫不懼，探頭看著縮在後方的女孩，「泉映，我的喜歡讓妳覺得很困擾嗎？如果妳這麼想，就老實告訴我，我不會再做出讓妳爲難的事。」

聽到這句話，澄月緊皺眉頭，在他看來，對方就是吃定何泉映會顧慮他人心情，不會說難聽話的性格，才這麼問。

而何泉映聞言，抬眼看向陸禹日，他面色凝重，不像在開玩笑或說謊。

陸禹日讓她感到困擾嗎？起初確實有一點。只是上禮拜五的那頓飯後，她似乎因他的那番話重拾自信。

是陸禹日讓她知道「感情沒有配不配得上」，即使是她，也是一個值得被喜歡的人。

她好像無法輕易回覆這個問題。

「看來，泉映並不這麼想。」陸禹日雙手一攤。

澄月雙手揪起對方的衣領，「你到底想做什麼？」

「請問一下，你是以什麼立場在對我生氣呢？」他心平氣和地說，反倒襯托出澄月的心浮氣躁。

沒有刻意壓低的音量，使何泉映清楚地聽見這個問題。

澄月是以朋友的立場替她抱不平嗎？可是另外三人卻沒這麼做，他們的脾氣可不見得比澄月好……

「我……」澄月欲說還休，始終沒有吐出內心眞正的答案。

氣氛僵持不下，何泉映出手拉拉他的衣角，「沒事啦……我眞的沒有那麼爲難。」

聽見女孩的聲音，澄月不情願地鬆手，一語不發地走出教室。

原先看戲看得津津有味的康宥臣，沒料到好友會氣成這樣，也追了上去。

「我們就乖乖待在這吧。」鄭盈盈裝作沒事般轉了回去，與裴靜聖繼續吃著午餐。

戲劇性的發展，讓何泉映下定決心要跟陸禹日講清楚，不希望類似情況再度重演。

對方似是察覺到她的決心，只說了一句「我們換地方聊吧」，便領著她下樓。

兩人並肩坐在大禮堂外的台階上，烈日被榕樹枝葉遮蔽住，微風徐徐而過，送來一陣涼意。

陸禹日沒有催促，也沒有詢問，只是靜靜地等著何泉映開口。

「我喜歡澄月。」良久，何泉映抱膝，輕聲吐出暗戀心事——她喜歡的是澄月，只會是澄月。

「我知道。」他回應得平靜。

「我沒辦法回應你的心意，對不起。」她壓低聲音，就算知道喜歡沒有對錯，仍忍不住道歉，「我不想耽誤你，所以……」

「不能多給我一些時間跟機會嗎？」陸禹日看著地面，語氣誠懇，「如果是我，絕對不會讓妳只能默默守著自己的心意。」

何泉映沒有答應。

「妳想要什麼、喜歡什麼，我都可以給妳。」

她依然沉默。

「會保護妳，不讓妳難過……只要妳開口，我什麼都做得到。」

她聽得出來，陸禹日是眞心的，如同告白時說的一樣，是認眞地在喜歡她。

「不要再喜歡徐澄月了。」

「我做不到。」何泉映笑得苦澀，將臉埋入兩膝之間。

面對這句要求，她沒有絲毫猶豫。即便陸禹日捧著眞心交給她，她自始至終也只會義無反顧地選擇走上喜歡澄月的那條路。

「就算他不喜歡我，就算我一輩子都只能仰望著他……」

驀然間，她想起了第一次認眞注視著澄月的那一天，想起了在舞台上彈奏吉他、嘴角含笑的男孩。那一刻，所有光芒都灑落在他身上，溫柔而耀眼。

如果可以回到那天，她想告訴十六歲的何泉映，那抹月光，會在未來成爲她心底最美好的嚮往。

也許澄月永遠都會是她遙不可及的夢，也許他們一輩子都只能是朋友。

「我還是很喜歡澄月。」她抹去眼角溢出的淚光。

「一點也不後悔嗎？」陸禹日問。

她破涕爲笑，用力搖搖頭，「如果放棄這份喜歡，我才會後悔。」

「那，拒絕我的告白，妳也不會後悔嗎？」

她偏頭想了想，不願意說出傷人的話，「我不後悔認識你喔。」

陸禹日自嘲地笑了，仰頭看著自樹葉縫隙中透出的日光閃爍。

「哪天妳哭著來求我，我也不會理妳了喔。」他站起身，背對著她。

見他邁開腳步要離開，她連忙叫住：「那、那我們可以當朋友嗎？」

「對一個告白失敗的人說這種話還挺殘忍的，好歹讓我沉澱個幾天再說吧。」

說完，陸禹日下定決心不再回頭，卻還是忍不住轉身看了她一眼。

坐在台階上的身影，與記憶中的對象重疊，難怪令他如此眷戀。

然而，一直注視著另一人的她，他不可能強求得來。既然如此，主動放手反而還比較不難堪。

在那天之後，兩人便再沒了交集。

☾

杏文高中二年級的畢業旅行於今日啟程，旅行社規畫的第一日行程，被大家吐槽像是外國觀光客來台會去的景點：野柳、故宮博物院等等。即使如此，因爲是難得的出遊，還能與要好的朋友同行，眾人依然玩得不亦樂乎。

畢業旅行的幾日難得能穿便服，同學們就像參加選美比賽般爭奇鬥豔，恨不得打扮成全場最出眾的人。

鄭盈盈也號召好友們玩起dress code，首日主題是綠色系穿搭，爲此，何泉映還特地網購了一件淺綠色吊帶洋裝。

有澄月在，何泉映免不了一番精心打扮，特意起了個大早編髮、塗好防曬，還擦上鄭盈盈送她的唇膏。

當全年級於中庭集合，看著一個個妝容精緻的女同學，何泉映才有些後悔沒有好好學化妝。覺得此刻穿著綠色系的自己，就像襯托花朵的綠葉。

今晚下榻的飯店，位於士林夜市附近，自由活動時間一到，大家便紛紛相約到夜市逛逛。

除了想留房休息的裴靜聖，何泉映一行人也同樣去了一趟。

返回飯店後，康宥臣邀班上同學到他們的四人房聊天、玩遊戲，前前後後找來了十一個人，房內頓時變得擁擠又熱鬧。

第一輪遊戲是眞心話大冒險，爲了決定懲罰對象，眾人決定以旋轉瓶子的方式指定人選。

起初的問題與懲罰，都像是試水溫般不刁鑽，隨著氣氛越趨熱烈，刺激度也水漲船高，開始出現困難的要求。

「妳現在打給誠哥，默背〈勸學〉第三段。如果他掛電話，妳就繼續打，打到背完爲止。」鄭盈盈指著李媗柔，給出了大冒險任務。

「我從來沒有背起來過耶！」李媗柔向她比了個中指。

「妳上次默寫不是才考三分？給妳機會雪恥啊！」鄭盈盈俏皮地回：「好吧，那我大發慈悲允許妳上網查，朗誦給他聽。」

「還眞是謝謝妳喔。」

李媗柔撥通電話，開始朗誦，大家都忍著笑意聽她念完整段課文。她遇到不會念的字時，澄月還在一旁好心提醒，「淆，三聲！」

「故君子居必擇鄉，遊必就士……」

朗誦結束，默不作聲的班導終於開口：「媗柔，妳偷偷去買酒來喝嗎？」

「老師對不起，這是我被鄭盈盈逼的大冒險啦，拜拜！」李媗柔滿臉通紅地掛斷電話，想到之後會被老師調侃，就覺得滿腔羞恥。

完成大冒險任務的她，獲得了轉動瓶子的權力。瓶子在地上旋轉的速度漸趨緩慢，最後指向了何泉映。

「我選眞心話……」當事人並不願意進行駭人的大冒險。

但她忘了，眞心話大冒險中，感情相關的問題總是優先選擇，大家最愛打探八卦。

「請問……我們這群人裡面，有妳喜歡的人在嗎？」李媗柔沒有多想便開口。

起鬨聲四起，康宥臣偷偷用手肘頂了身旁的澄月，氣音道：「想聽答案嗎？」

「不要鬧！」澄月瞪他一眼。

眾人的注意力都在何泉映身上，她傻了幾秒，視線一刻也不敢亂飄。最後，她低下頭，決定舉白旗，「改大冒險好了！」

雖然不需要說是誰，可是她擔心一旦說出「有」，所有人都會知道她的心意。

「隔壁不是我們班的房間，對吧？」李媗柔開口確認，看到班長點頭後邪笑，「那泉映現在到隔壁房間用力敲三下門，大喊『麥當勞歡樂送』！」

聽到要求的那一刻，何泉映心都死了，唯一值得慶幸的是，這個丟臉的大冒險，替她蓋下了喜歡澄月的祕密。

同學陸陸續續離席，李媗柔提議換遊戲，拿出策略桌遊阿瓦隆，「各位，來動腦囉！」

換了個遊戲，房內的氣氛依舊喧鬧，激烈的辯論與佐證，讓眾人急得滿頭大汗。

有人調低了房內的溫度，吹得何泉映皮膚有些涼，忍不住打了個噴嚏，身體還抖了幾下。下一秒，原先正與李媗柔爭論的澄月瞬間安靜，轉頭朝她看去。

「會冷嗎？」他的語氣輕了許多，跟剛剛慷慨激昂大喊著的模樣大相逕庭。

何泉映點頭，吶吶道：「有一點……」

澄月二話不說起身走到書桌前，抓起他披在椅子上的黑色外套，輕輕披在何泉映的肩上，「我怕調高溫度其他人會熱，妳先穿這件，還是會冷再告訴我。」

她怔然，揪緊蓋在身上的布料，思緒紛亂不已，「謝謝……」

澄月居然當著眾人的面，把外套借給她穿，何泉映捏了捏臉，確認著這不是夢。

畢旅第二天，校方讓每班自行分組、安排各自的行程，有些組別選擇待在市區，有些組別則大老遠跑到了新北、基隆等地。

何泉映這組在討論後，決定前往新北市的山區，想趁此機會在平時不會到訪之處留下足跡。

他們今日的dress code是黑白色系，何泉映身著白色襯衫，配上黑白色菱格紋背心，下身是黑色百褶裙，還戴了頂貝雷帽。而澄月則以乾淨簡單爲主，純白T恤配上鐵灰色牛仔褲，帥氣的模樣，讓一早睡眼惺忪的何泉映頓時打起精神。

一行人從台北車站搭火車前往猴硐，光是車程，就花了將近一個半小時。

剛下火車，他們便在站前遇見了近十隻貓，身爲忠實狗派的何泉映，只是意思意思拍了幾張照，不如鄭盈盈那般瘋狂，對著貓咪們毛手毛腳。

他們接著去了車站另一側的煤礦博物園區，了解台灣礦業的歷史與發展。

「時間差不多了，我們回去吧。」擔任組長的澄月掏出手機確認火車班次，領著四人走回車站。

見何泉映似在恍神，他放慢腳步來到她身旁，「在想什麼？」

「我只是在想，天燈上的願望可以寫什麼……」何泉映誠實以告。

澄月忍俊不禁，「妳有這麼多願望呀？多到需要先想好、列清單？」

何泉映偏頭想了幾秒，「說的也是，等等再煩惱好了。」

澄月加快腳步，走在最前方領著大家。望著他的背影，看著那件昨晚披過她肩上的外套，何泉映頓時紅了臉。

經過約二十分鐘的車程，即將抵達十分車站。列車慢慢地減速，站在軌道上拍照的遊客紛紛讓開，這屬實是其他地方見不到的奇特景象。

一下車，五顏六色的天燈便映入眼簾。承載著願望的天燈緩緩升起，令何泉映忍不住莞爾，期待著待會將心願送上晴空。

「李媗柔那組不是跑去九份嗎？他們說那邊韓國人超多，而且——」康宥臣邊走邊拍照，完全沒注意到迎面走來的遊客。

「小心走路。」裴靜聖趕緊拉拉他的袖子，在他不小心與對方擦撞時替他道歉。

康宥臣有些受寵若驚，連忙收起手機，步伐輕盈地邊走邊跳，像小孩一樣興奮。

路旁店家用各國語言熱情招攬，他們沿路走了一陣，隨便挑了一家天燈商家光顧。

「你們想要什麼顏色？不同顏色的天燈，有不同的意義喔！」老闆拿出一張護貝過的紙，上頭寫著關於天燈顏色的說明，「我們也有特殊的四色天燈，只多五十塊，就可以一次滿足四種好運，大家來幾乎都選這種。」

明明知道這只是商家的噱頭，懷著「難得來一趟」的心情，他們還是選了四色款式。

天燈有四面，人卻有五個，本該猜拳選出要合寫一面的兩個人，可在出拳之前，鄭盈盈堅持自己的願望多到需要完整一面才夠寫，裴靜聖也接著說自己的願望想保密。

「那、那我也可以單獨寫一面嗎？」何泉映鼓起勇氣發言，她不希望願望被看見。

於是，兩個男孩紳士地禮讓她們三人。

店家遞上毛筆與墨水，鄭盈盈洋洋灑灑地填滿整面，還清楚地條列出來；何泉映則碰巧選到了代表愛情的橘色那面，書寫的過程中，不斷確認澄月是否有偷看。

「希望能一直待在澄月身邊。」

「希望澄月也喜歡我。」

她們二人寫下願望後，店家將天燈折疊翻面，露出另外兩面空白，將筆交給其餘三人。

澄月與康宥臣擠在一塊，像小學生在劃清界線般，吵吵鬧鬧地爭著書寫的空間，與一旁看著天燈沉思的裴靜聖，形成鮮明對比。

確認沒有人在關注自己，裴靜聖深呼吸，幾經思考後，提筆寫下唯一一句話──

「我想找到活下去的動力。」

一切準備就緒，五人抓著天燈邊緣，在老闆的指示下緩緩鬆手。

因燃燒而產生的熱空氣，帶動天燈往上飄，隨著高度上升，天燈終成天邊的一個小點。

即使沒有開口，此刻大家所懷著的心情都是相同的──如果寫下的願望能順利實現，那就太好了呢。

☾

闔上有著壓紋英文字的銀色鐵盒，徐靖澤抹去眼角的淚痕，將其放回衣櫃深處。

這是高三畢業前，鄭盈盈提議的、屬於他們五人的時光寶盒。

他們計畫把盒子埋在杏文後門的鳳凰木下，好巧不巧，執行計畫的前幾日，康宥臣聽說，別校的校友將信件裝在塑膠盒裡，埋了十年後通通泡爛了，嚇得鄭盈盈求班導替他們保管。

那時他們說好，大學畢業後，再一起回到杏文憶當年，只是最後赴約的，僅有徐靖澤一人。

他沒有將裡頭那張拍立得放回去，而是擺在書桌上，靜靜凝視相紙中五人的身影。

這張合照曾交由裴靜聖保管，卻被她一併封進給未來的信中。

「好想你們啊……」徐靖澤無力地趴在桌上，低聲呢喃。

一次也好，他多想要回到從前，五個人聚在一起談天說地。

他以爲這些年來彼此都已斷了聯繫，沒想到，何泉映跟康宥臣依然保持聯絡，七十萬訂閱的當紅YouTuber鄭盈盈，頻道中使用的圖像，仍是何泉映替她設計的那張。

即使當初的分別多麼難堪，他們都不曾眞正放開過往的情誼，各自用自己的方式，延續這段緣分。

選擇拋下「澄月」這個名字的那天起，徐靖澤就已做好了向青春歲月訣別的心理準備，想著昔日美好此後只能追憶，卻意外在跑腿買咖啡時碰上何泉映。

他總忍不住想，何泉映望著他時，是否曾回想起澄月？如果有，是帶著恨意嗎？

然而，無論是何種情感，他都必須直面。他的眞實身分、當年的眞相……她都有知曉的權利。

就算她已然放下澄月，大概也不可能輕易忘懷畢業前的那一天，那個讓一切分崩離析的午後。

假若她不肯原諒，徐靖澤依然有必須親自交給她的東西。

他擰著衣領，深吸幾口氣，從椅子上站起身，自衣帽架取下外套，帶上鑰匙與皮夾，打開了租屋處的門。

今日的徐靖澤顯得異常沉默，他的話少了許多，聽到薩里耶利的趣事時也心不在焉。何泉映疑惑地問：「發生了什麼嗎？」

她花了好幾天，才讓自己從疑惑與不安中走出，說服自己康宥臣的猜測是錯誤的。甚至爲了轉移心情，主動約徐靖澤吃晚餐、聊聊天。怎麼現在卻換他愁眉苦臉？

這幾日，何泉映都處於多疑不安的情緒中，多虧了伶雯的開導，她才逐漸想通，能重新以自在的態度面對徐靖澤。

某日的休息空檔，何泉映向伶雯傾訴了這些天來的困擾，也提到她不曉得如何處理兩人的關係，已有幾天都不太理會徐靖澤了。

「他可能是妳的初戀？想太多了啦！巧合而已。」伶雯只是一笑置之，「全台灣這麼多人，我遇過好幾個跟我朋友長得幾乎一模一樣的陌生人，還曾經衝上去拍對方頭，超糗。」

她接著說：「別大驚小怪！而且假設是眞的，他有什麼理由不告訴妳？總不可能瞞妳一輩子，瞞到結婚生子，甚至妳死了還不知道眞相……」

伶雯噗哧一聲，氣氛瞬間緩頰不少，「如果再繼續這樣疏遠他，哪天妳想挽回就來不及囉！曖昧可是很脆弱的。」

何泉映覺得她講得有道理，巧合而已嘛，樂透千萬分之一的機率，都能有人順利中獎，天底下的碰巧可多了。

再者，如果徐靖澤就是澄月，怎麼可能瞞著這樣大的事，與她進展成戀人未滿的關係？何況，她不覺得澄月在那場意外後，依然對率先放棄他的自己有好感。

「也是……」何泉映鬆了口氣，也跟著彎起嘴角。

交班後，她不再自尋煩惱，主動傳訊息給徐靖澤，修復兩人的距離。他們也因此恢復每日聯絡的頻率，繼而約出門約會。

看徐靖澤今日的反應，何泉映再度感到失落，難不成眞如伶雯所言，這陣子的冷淡，消磨掉他對她的好感了，所以他的態度才不對勁？

面對她的關心，徐靖澤搖搖頭，沒有多說什麼。

他抬頭看了一眼昏黃路燈，幾隻蛾正順著生物本能，前仆後繼地往光源飛去。

他想，人也一樣，總循著渴望追尋光所在的地方，只是有些人在成功覓得光芒前，便先耗盡力氣，永遠墮於黑暗之中。

「泉映，妳有不能原諒的人嗎？」在等紅燈時，他手插口袋輕聲詢問。

「我嗎？」何泉映偏頭想了想，腦中閃過一道清晰身影，「雖然曾經埋怨過誰，但好像沒有絕對無法原諒的人……」

她自認與人相處皆是和氣，從未遇過什麼罪不可赦的人。

聽見她的回答，徐靖澤緩緩闔眼，仰起頭，不知她待會聽見他的告解後，答案是否如故。

兩人又往前走了些，不知不覺走到了何泉映住家附近的靜巷。繞進小路後，柏油路上除了他們二人，沒有其他人的蹤跡。

「泉映。」他停下腳步，再度輕聲喚她：「能答應我一件事嗎？」

何泉映不解，「你要先說說看，我再考慮啊……」

「妳先答應我。」徐靖澤望著她，態度看似強硬，其中卻藏了卑微的懇求。

「好吧……你說。」何泉映雖不解，但語氣中還是帶著點哄，「我答應你。」

「待會無論我做什麼、說什麼，妳都不要再離開我了。」他走近，俯身埋首於她的肩窩，聲音低啞而顫抖，「好不好？」

突如其來的親暱接觸，令何泉映僵直身體，絲毫不敢動彈。她雙唇輕顫，耳根燙得很，「我、我又不會隨便離開你！」

「眞的？」徐靖澤問，嗓音輕輕騷過她的耳畔。

「當然。」她咬唇，這人還要維持這個姿勢對話嗎？

得到她的保證，徐靖澤沉默幾秒，伸出雙手將女孩緊緊擁在懷中。早在好多年前，他便一直想這麼做了，想光明正大地抱住她，將她按進胸口，交換彼此的溫度。

「泉映，其實我……」他欲言又止，淚水驀然間奪眶而出。

何泉映沒有注意到他聲音中的不對勁，腦子亂糟糟的，整個心思都在兩人相貼的溫熱身軀。

這種氣氛……難道是要告白？

然而，徐靖澤接下來說出口的話，猶如驟然掀起的狂風，將她精心堆疊的否認與遺忘全數摧毀。

「其實我、我……」徐靖澤流下一行淚，充滿懊悔。他艱難地道出藏在心底許久的祕密：「我就是徐澄月。」

時隔多年再度提起過去的名字，高中的美好與那場夢魘瞬間湧入腦中，令他感到眷戀，卻又窒息不已。

一道重重的力量推開他，待他自錯愕中回神，何泉映早已與他間隔兩步之遙。女孩不可置信地瞪著他，視線中翻湧著他讀不懂的情緒。

「澄……月？」何泉映聲音裡帶著破碎的笑意。

原來，現實荒謬到一個程度，眞的會惹人發笑。

原來，一切並不是她以爲的巧合。

原來，她捕捉的細微線索，全都不是錯覺。

原來，徐靖澤眞的就是澄月。

「我本來想儘早告訴妳的，可是……可是我發現妳沒有認出我，害怕是不是被妳忘了。」徐靖澤垂著頭，手指緊攥成拳，「就算妳沒有忘記，我也擔心講出來會被妳討厭……但我很清楚，這件事終究必須讓妳知道。」

他嘆了口氣，「泉映，對不——」

「愚弄我、看著我被蒙在鼓裡很好玩嗎？」她聲音顫抖，紅著眼眶，呼吸急促，像有什麼東西堵在胸口。

眼前的男孩，就是她如此惦念、如此仰慕的人，是她小心翼翼守護著的暗戀，也是心底望眼欲穿的月光。

沒等對方開口解釋，她轉身逃開，無視後頭的呼喚。她腳步急促地衝向社區大門，解鎖、開門、關上。最後，何泉映倚著門板，緩緩滑落在地。

這時的她，終於能打開眼淚的閘門，不被那人看見。她緊緊捂住嘴，淚水止不住地從指縫間滑落。

是她曾經這麼喜歡的男孩，她卻沒有認出來。

何泉映啊何泉映，妳信誓旦旦地堅持了整個青春的戀心，居然就只有這點程度？

真是可笑，她對自己多年來都沒變的遲鈍氣惱不已，也氣澄月在重逢後的時光裡，瞞了她這麼久，對當年的事一字不提，單方面藏著兩人過去的回憶，將她耍得團團轉。

可她在意的事情若僅是如此，怎會這般心如刀割？

何泉映撐著柱子，吃力地站起身，步伐踉蹌。她痛苦地撫著胸口，對著一旁的花圃乾嘔。

事隔多年，澄月再次出現在她的面前，她年少歲月的戀心，伴隨著令人心痛的記憶，一併回到了她的腦海中。

當年，裴靜聖的死，與澄月是脫不了干係的啊……

第八章　回憶裡的音樂盒

升上高中三年級，也就意味著，即將迎來重要的升學考試。即使是向來活潑歡樂的五班，經過一個暑假，氣氛也顯而易見地變得沉重。

杏文高中歷年的升學表現亮眼，使得所有學生受到這股無形壓力的驅使，發憤圖強。除了澄月與裴靜聖，其他三人的課業表現不算頂尖，不過依然沒有放棄努力，就連從前一向只求不被當的鄭盈盈，也降低拍片頻率，只為順利考上理想校系。

「泉映，這題為什麼是B？」澄月將生物科題本往右方推了些，眉心微皺，「我覺得D也說得通啊。」

他的成績雖然比何泉映優秀，可生物科卻贏不過她，自高二以來，他便經常拿錯題來請教她。

女孩一聽見澄月的求助，立刻停下手邊動作，從筆袋裡抽出自動筆，圈出題目中的關鍵字，「D的敘述沒有錯，但不符合這個前提。你看，題目問的是……」

「哦，嗯。」澄月點點頭，眼神卻未落在題本上，而是緊盯著她因眨眼而微微扇動的睫毛。

升上高三後，導師依據高二的平均成績，讓同學依序挑選座位。

第二名的澄月想和何泉映一起坐，故自願把順位往後挪，等第七名的何泉映選定座位後，再挑她右側的位子。

即使這件事已經過了一個多月，他偶爾還是會在腦海中，反覆回味何泉映當時震驚又害臊的模樣，以及同學們的起鬨。

「那……這題你知道爲什麼錯嗎？」何泉映沒察覺他的眼神，發現隔壁頁未訂正的錯題，打算一併替他檢討。

「不知道，都要妳教。」

才怪，他根本連看都沒看，只是巴不得跟喜歡的女孩子有更多互動。

在她面前耍帥、展現出聰慧的一面固然不錯，只是，偶爾裝笨，讓女孩能溫柔耐心地教學，對澄月而言也非常幸福。

「你都不著急啊？」

「現階段可能還是專心準備考試比較好，我不希望泉映被我影響。何況……我又不能確定她一定也喜歡我。」

「沒關係，你就繼續拖拖拖。」康宥臣諷刺道：「小心錯過最好的時機。」

「你先成功再對我說教吧！」澄月不甘示弱，「你也沒有要跟靜聖告白的意思啊。」

「白痴，我那麼明顯，她怎麼可能不知道？」康宥臣賞他一拳，「別把你們拿來跟我比，眞的差很多。」

那何泉映呢？她知道他的心意嗎？

澄月自認表現得夠明白了，至少在其他人眼裡，他的差別待遇顯而易見，連班導都曾調侃他。

而康宥臣身為兩人的共同朋友，在一旁看得都急了，尤其前陣子陸禹日的出現，澄月產生了莫大的威脅感，每日心浮氣躁，氣無處可發，都出在他身上。

澄月知道該儘早說出心意，也想如許多校園情侶一般，談場穿著制服的戀愛，只是心中卻有所顧慮，擔心影響到升學大考，動搖兩人的未來。

他一面看著女孩握筆的手，一面思索著所謂「最好的時機」。

「所以E不能選，只有A、D是對的……我、我講得不夠清楚嗎？要再一次嗎？」見澄月遲遲沒回話，何泉映有些慌。

「沒有！我只是在思考而已，妳解釋得很棒。」澄月搖搖頭，手掌掩住燥熱的下半臉，迅速別開視線。

幸好，她沒注意到他方才都在看她的手指。他想。

「那，我也想問你數學……可以嗎？」她抽出資料夾中的複習卷。

「泉映，妳有噴香水嗎？」

「咦？沒有。」她困惑地眨眨眼，舉起手來聞了聞，沒聞出什麼香味。

「是嗎？妳今天很香。」他沒多想就脫口而出。

何泉映驚惶得很，耳根紅得發燙，連忙翻出考卷動手整理，好讓自己的反應看起來別這麼不自然，「可可可能是我洗澡有用磨砂膏！」

「那是什麼?」

「就是可以去角質，讓皮膚變得比較……光滑?」她紅著臉說明。

澄月若有所思，「喔」了聲，忽然站起身，語氣泰然自若，「我洗個手，等等幫妳解數學。」

走出教室，他走向洗手台，轉開水龍頭，捧著好幾把冷水往臉上潑，試圖讓自己靜下心，不要被何泉映剛剛的回答影響。

越想到她的純眞，他就越是譴責自己一瞬間冒出的遐想。他用力拍拍臉頰，努力震去腦海中不堪的想法。

再次回到座位，他化身爲無情的解題機器，也不管何泉映是否有主動詢問，直接把每道錯題都講解了一遍。

「備考battle第六天，出發!」

吃完午餐的空檔，鄭盈盈拽著兩位好友往樓梯方向走。

何泉映早已習慣她的舉動，迅速掙脫掌控，回到座位抽了幾本講義，帶著筆袋再度跟上好友。

剛回教室的澄月與康宥臣，看見她們的行動，爭先恐後地衝進教室內，抓起課本講義跟了上去。

「今天鄭盈盈要跑最多圈操場，呦呼!」康宥臣邊下樓梯邊說。還剩五階，他一鼓作氣地邁出步伐、完美落地。

「難說喔，她最近比你認真多了。」澄月跟著跳下階梯，捲起地理題本，順勢往好友的頭頂用力一敲。

這一打讓康宥臣叫得誇張，兩人展開了一場追逐戰。

何泉映本來還因模擬考成績而鬱鬱寡歡，看著兩人你追我跑，忍不住笑了出來。

雖然大考的日子壓得她喘不過氣，可她偶爾會想，要是這樣的日子能一直持續，各奔東西的未來能來得慢一些就好了。

「備考battle」是鄭盈盈為了自我激勵，所發明的讀書法，趁著午休的空檔，約好友們到司令台去，每回合以抽籤方式，隨機選出兩人對決搶答，由另外三人輪流出題，輸的那方要跑一圈操場。

截至前一日，康宥臣已跑了十五圈操場，鄭盈盈略勝一籌，累積了十三圈，而裴靜聖維持著零圈的紀錄，位居第一。

今天，何泉映被抽到對上裴靜聖，進行歷史科問答，結果不出所料的落敗。她長嘆一口氣，朝操場走去，準備從容就義。

「泉映加油！」鄭盈盈左右揮舞著外套，替她打氣。

何泉映取下腕上的髮圈，紮起馬尾。見狀，澄月偏頭想了幾秒，隨後自司令台一躍而下，兩三步便跑到女孩的身畔。

小心思昭然若揭又如何，被看出來也罷，此時此刻，他就想陪她一同跑完四百公尺的操場。

「你怎麼來了？」

何泉映的步伐小，澄月一步便抵過她兩步，他刻意放慢速度才能與她並肩。

「陪妳跑啊。」澄月一派輕鬆地答，就像在說「天氣眞好」。

何泉映眨了眨眼，不自在地撇過頭，囁嚅道：「你知道，我會把別人的玩笑當眞——」

手腕被一把扣住，何泉映驚得停下腳步，不可置信地望著面前的男孩。

「不是玩笑。」澄月與她四目相對，神情專注。

見她啞口無言，他別開眼，低聲補了一句，「還是說，妳更想聽『因爲我想鍛鍊體力』這樣拙劣的藉口？」

「我……」何泉映害臊得不知該作何回覆，只是拍了拍臉，繼續踏出腳步往前跑。

種種線索似乎都暗示著她，一切並非自作多情，澄月對她的特別，其實有跡可循。

另一邊，八卦的鄭盈盈自然沒錯過兩人拉拉扯扯的一幕，連忙叫上好友們一同觀賞。

「會不會他們早就偷偷在一起了，只是沒告訴我們？」鄭盈盈啃著巧克力棒，抽了一根塞給裴靜聖。

裴靜聖沒回話，只是低頭寫著習題。而康宥臣往後一躺，枕著手臂，若有所思地喃喃道：「兩情相悅眞好啊……」

視野所見之處忽然多出一根巧克力棒，耳邊傳來裴靜聖的嗓音，「你別想這些了，好好複習。」

「遵命！」康宥臣樂得很，迅速起身，張開嘴咬了一口。

澄月回到司令台，發現鄭盈盈滿面愁容，她闔起書本放在一旁。

大考將至，從前一向樂天的她，也因考試壓力變得緊繃，時常臭著臉埋怨自己沒進步的成績。

「又在煩惱什麼？」他出言關心。

「我想考文大傳院，但前幾天跟誠哥談過，他看了模擬考成績後……說是有點難。雖然我自己也知道啦。」

鄭盈盈早已確立目標，可是要實踐又是另一個難題。文大傳院對分數的要求嚴苛，然而她只有相關經驗與才華，成績並不達標，很可能無法如願。

「還有時間啊，我們一起努力！」何泉映拍拍她的肩，難得當替人打氣的角色。

「哈！有人前兩年都不讀書，現在後悔了吧！」

聽到一旁的竊笑聲，鄭盈盈瞪了那人一眼，「那你要讀什麼？講出來讓我笑啊！」

「我嗎？隨遇而安囉！說不定不讀大學，跑去環遊世界。」康宥臣雙手一攤，眼神看向身旁認眞算著數學題的女孩，揚起嘴角，「要一起去嗎？」

「嗯……再考慮。」裴靜聖停筆，思考幾秒後答，語氣不似在敷衍。

「妳不要那麼認眞理他！」鄭盈盈吐槽，隨後長吁一口氣，躺到了何泉映的大腿上，「那泉映呢？沒聽妳講過志願，分享一下嘛。」

「醫藥相關的科系吧……但還不是很確定。感覺我的成績要上和大有點難度，所以理興醫大也在選項當中。」女孩頸間的汗已被風吹乾，她拆下髮圈，長髮披散於肩上。

「在哪啊？沒聽過這間。」

「我也是昨天跟班導聊才知道，好像是在台北市中心的私立醫大。」

在旁默默聽著的澄月，側過身看向她，嘴角一揚，「泉映，妳可以上和大的，我們一起去吧。」

他跟何泉映的目標都是到台北讀大學，若不在同一所，他總感覺少了些什麼。

他想讀的電資科系醫大沒有，他也不可能爲了她放棄志願，只能盼望大考時，他們都有不錯的表現，可以毫無顧忌地選擇校系。

「欸欸，你把靜聖放哪？」康宥臣用手肘頂了下好友。

「她想考哪，肯定都沒問題啊。」澄月失笑，看向依然在做題的好友，「不過科系呢？有沒有特別想讀的？」

「我……也不是很清楚。」裴靜聖緩緩開口，語氣遲疑。

自鄭盈盈開啟了這話題後，裴靜聖便有些心不在焉，懷著疑惑的澄月，在返程途中叫住了她，好奇她怎麼了。

最近的裴靜聖有些冷淡，與以往相比疏離許多，升上高三後，明顯少了生氣，彷彿靈魂被逐漸抽離。

由於她放學後很少回訊息，讓人難以即時掌握她的狀況，澄月不免憂心。

「妳還好嗎？」

她的髮絲隨風飄曳，整個人像是下一秒就會被風吹散，澄月懷著千頭萬緒，卻只擠得出這四個字。

「怎麼忽然這麼問？」裴靜聖回首望他，掛著恬靜笑靨，卻瞧不出一絲喜悅。

「就覺得……說不上來，我總覺得，妳最近怪怪的。」澄月吞吞吐吐。

裴靜聖垂眸看著地面，「如果我說，我不好呢？」

聽到這樣的回答，澄月心頭一驚，走近對方，面色緊張，「妳儘管告訴我們發生了什麼，大家一定都會幫忙的。」

除了何泉映，很少有事會讓他這麼慌張，裴靜聖盯著他焦急的神色，輕聲回覆：「如果幫不了呢？」

「那、那……」

「沒事的，別擔心。」沒讓他講完，裴靜聖佯裝語氣輕鬆地說：「可能跟你們一樣，都是考試壓力的關係吧。」

澄月的表情依然凝重，她伸手拉過他的衣袖，帶著他跟上好友們的腳步。

她知道澄月擔心她，其他三人或許也是，尤其康宥臣更是用心待她。

即便如此，這些噓寒問暖在她眼中，都像在口渴時僅獲的一滴水，並無太大助益。

並不是他們的錯，只是事到如今，她已不知該如何是好，想不出自囹圄中脫困的方法。

☾

黑色轎車裡，前座的裴母照例問起女兒今日的考試成績、大考複習進度。裴靜聖如實回答，每一項都條理分明。

輕嘆一口氣，她無力地靠在窗邊。

傍晚時分的晚霞斑斕，逐漸西沉的落日，將淺藍色天空染上些許橙黃。許是秋颱即將來襲，這幾日的天色有種不尋常的美。

等紅燈時，見母親正低頭查看手機訊息，她頓時想起了跟某人的約定，連忙從書包裡掏出手機，拍下此景。

「在看什麼？」從後視鏡看到女兒正滑著手機，裴母出言詢問。

裴靜聖說起謊臉不紅氣不喘，「有同學在班級群組傳了英文老師新派的作業，我確認一下。」

打開相簿，一格格天空相片整齊排列，她闔上眼，回憶起每每拍下不同天空時的心情。

過了幾秒，她退回桌面，凝視著手機桌布。

那是數月前，康宥臣拍下並傳給她的藍天照，她當時看了很喜歡，便設為桌布，此後再也沒換過。

自兩人立下約定後，康宥臣每天都會傳天空照片給她，一日也不曾忘。倒是她，時常力不從心便忘了拍，甚至有拍了卻沒傳出去的情況。升上高三後，頻率更是大幅下降。

將要大考，裴靜聖所有的專注與記憶力，全用在考試上，並無多餘的心力顧及其他，總覺乏力昏沉。她害怕終有一天，自己會逐漸沉淪於泥淖之中，辜負天燈上的願望。

「媽。」待手機螢幕暗下，她的指節緊勾裙角，語帶顫抖，「我……我感覺最近狀況有點差，想要試試去諮商，看能不能改善。」

母親肯定不曉得，她花了多少時間，才醞釀好開口的勇氣。

「諮商？那是憂鬱症才需要去的。」裴母冷哼一聲，語帶不屑，「抗壓性很低的人才會得憂鬱症，妳不會的。」

晚餐時間，裴母夾了些菜到女兒碗裡，讓她多吃些，才有精神體力繼續溫書，「靜聖，妳最近只是壓力大了點，考完就會沒事的。」

裴母與家人們提起女兒想要去諮商的事，也正如裴靜聖所預期的，大家紛紛表示反對，認爲求助心理諮商與精神科是不光彩的事，給旁人知道了不好。

「我們這輩都是這樣過來的，現在不也好好的嗎？」裴父附和。

「是啊，我的孫女這麼優秀，別擔心太多。」她的祖母拍了拍她的髮頂，語氣慈愛。

家人們一個一個講著無心卻刺耳的話，裴靜聖本就所剩無幾的食欲，頓時消失殆盡。口中的食物難以下嚥，她放下碗筷，丟下一句「我吃飽了，先回房看書了」，便逃回房間。

進到臥室，她轉上門鎖，倒在床鋪上。

「爲什麼……」

聲音悶在床單裡，她覺得整個人快要被掏空。

她轉身面向天花板，舉起手，緊握拳頭，可是什麼也沒有、什麼也抓不住。

若現在跟任何一個人提起，她其實一直感到自卑，肯定沒人相信吧。

家世、外貌、才能……她擁有許多令人稱羨的條件，也正因此，表現出不堪的那面，便顯得矯情做作。

爲什麼偏偏是她？爲什麼一樣的家庭、一樣的教養，她的父母和親戚都安然無事，只有她這般難受？

為什麼偏偏只有她一人感到壓抑痛苦呢？

「抗壓性很低的人才會得憂鬱症，妳不會的。」

或許她就是那個承受不了壓力、軟弱無能的人吧？她沒有諮商過，也從未就醫，是否眞的病了，她也不得而知。

常常聽人說，一切都會變好的，可變好的那天眞的會到來嗎？

她是否又眞能在那天來臨前苦撐住，不讓自己崩潰？

手臂無力地垂落，裴靜聖緩緩闔上眼，視野中的任何景物，頓時消失無蹤，能看見的，只剩下一片虛無的黑。

☾

學測倒數一個月，這陣子同學們總過著規律又單調的生活，一到學校就翻開書本自習，小老師發下考卷後，便低頭認命地寫。放學後，許多人不是留校晚自習，就是直奔補習班，考試壓力瀰漫在空氣中，高三班級所在的整棟樓，氛圍都變得沉悶而緊繃。

一向樂觀開朗的鄭盈盈也難逃影響，臉上的笑容明顯比以往少了許多。之前每日都會堅持帶妝上學的她，近來甚至常常頂著亂髮踏進教室。少了這位開心果，其他人也難以打起精神。

何泉映即使坐在澄月身旁，能時不時與他說話，心動的喜悅依然會被考卷右上角那不如預期的數字蓋過。

這些日子，她覺得自己進步的幅度有限，想到所剩無幾的時間，腦中不免會浮現各種負面念頭。

即使她很想跟澄月考上同一所大學，在這關鍵時期，也只能恨自己過去沒有多花心力在課業上。

何泉映更害怕無法跟澄月待在同一個城市，使得逐漸升溫的感情，終將被距離一點一滴拉遠。

廣播聲響起，下一站即將抵達，何泉映這才從煩悶的思緒中回神，連忙按下下車鈴。

公車緩緩停靠，她快步走下車。

今日澄月約她出門讀書，說要好好把握大考前的假日。

難得的邀約，讓平凡的日子變得特別，不過既然是以讀書爲名，何泉映便打扮得樸素，背包裡裝滿課本講義。

然而，見澄月邊揮手邊小跑步跑來，身上掛著連單字書都塞不下的尼龍小包，何泉映就知道，讀書只是今日邀約的藉口，澄月的目的並不在此。

「泉映——」澄月提著的紙袋隨他的步伐晃動，臉上的笑意因看見女孩更爲明亮，「聖誕節快樂！」

街道兩旁燈串的光芒，隨著他移動的身影忽明忽滅，何泉映呆呆地站在原地，看著他那副與出門讀書完全不搭的裝扮，整個人像是被定格，表情僵硬。

「聖、聖誕節快樂……」她抓緊背帶，懊悔出門前沒挑件好看的衣服。

澄月的目光落在女孩身後的包包上，從垂落的幅度，得以推得這個包頗有分量。他伸出手，「很重吧？我幫妳背。」

何泉映連忙搖頭拒絕，最後仍拗不過澄月的堅持，將背包交給了他。

「其實我說謊了。」過了個馬路，澄月自然而然地移動到靠馬路側，「我看妳最近把自己逼太緊了，想說帶妳出門走走、放鬆一下，才用複習當藉口約妳出來。」

以何泉映最近的緊繃程度來看，若一開始就表明眞意，她可能會婉拒，他只好編個理由把她騙出門。

何泉映哀怨地看了他一眼，對著喜歡的男孩子，她實在生不起氣。

心裡雖有一絲怨嘆，可想到澄月是爲了讓她散心，才以這種方式約她出門，嘴角便不自覺地揚起。

「你手上那袋是什麼？」她看著他手上材質精緻的紙袋。

「別急，晚點就知道了。」澄月朝她眨了下眼，隨即拉起她的手腕，「前面好像很熱鬧，我們過去看看吧！」

何泉映敢肯定，她絕不會忘記這一刻，也不會忘記澄月拉著她肆意地穿梭街道，偶爾回首的身影多麼燦爛奪目。

兩人回家要搭不同路線的公車，連站牌的位置也不一樣。即便如此，澄月仍選擇先陪何泉映等車，目送她上車後再離去。

何泉映家位於住宅區，公車班次不多。此刻，站牌下只有他們兩人並肩而立。

「幸好今天有約妳出來，我好幾天都沒看妳笑了。」

「剩不到一個月，連盈盈都變得好厭世。大家壓力一定都很大。」何泉映稍稍抬頭，望向散著淡淡光暈的彎月。

「壓力大很正常，但我希望妳能多想想開心的事。」澄月凝望著她被月光勾勒出柔和輪廓的側顏。

何泉映的情感，在這一刻頓時滿溢而出。

今日一整天，兩人一起吃晚餐、逛文創市集、坐在石階上聊天……種種片段像是潮水般湧上心頭，她對澄月的心意，怎麼也壓抑不下。

「我必須再更努力一點，因、因爲我……未來還想跟你待在一起。」

她眞慶幸這處燈光昏黃，否則臉上的緋紅肯定一覽無遺。

她眼神閃爍，不敢直視面前男孩，可此時此刻，她卻眞心地盼著對方知道，她這陣子以來的所有努力，都是爲了追上他的腳步。

澄月一愣，轉身面向她，雙手搭上她的肩，眸色溫潤如夜空中的月色。

聽她這麼說，澄月也對她話語中的含義了然於心。他拂開蓋著她面容的一縷髮絲，語氣溫柔而認眞，「那我們彼此都爲了對方更努力一點，好嗎？」

何泉映咬唇，用力點了點頭。眼眶中的淚水突地打轉著，此時的她，竟有股想流淚的衝動。

「泉映，妳要相信我，也要相信妳自己。」澄月的聲音輕得像在哄小孩，「我跟妳的願望是一樣的，想去同一個城市、同一所大學……想要未來都能像現在這樣，待在妳身邊。」

四下無人，他想著時機到了，拿出紙袋中的盒子，拆開後，取出裡頭的音樂盒。銀白色底座上刻著雪花圖案，邊緣繞著一圈蕾絲花紋，中央還有個小抽屜，而透明玻璃球中布滿閃著微光的細小銀粉，球中的小世界，宛若冬日的浪漫童話。

澄月將音樂盒倒轉，旋緊底部的發條，鬆開後發出「喀喀」兩聲，彷彿喚醒沉睡的夢境。悠揚旋律流瀉而出，球體中央的白色泰迪熊開始轉動，帶動著液體中的銀粉流動，像是下著一場雪。

「喜歡嗎？」見她目不轉睛地盯著音樂盒，澄月柔聲問道。

何泉映望向他，語帶愧疚，「可是……我沒有準備禮物。」

她眞恨自己的遲鈍蠢笨，明知道今日是聖誕節，卻一心只想著讀書而忽略其他。

「妳答非所問囉！我是問妳喜不喜歡。」澄月失笑，「對我來說，只要妳快快樂樂的，就是最好的聖誕禮物了。」

他將音樂盒遞到何泉映手中，本還打算告訴她，希望她看到此物就會想起自己，最終仍是壓下了脫口而出的衝動。

何泉映赧然地收下這份心意，回家後把它放到了床頭櫃上。

她每晚睡前總要轉個好幾圈發條，讓樂聲陪自己入眠。

她曾想過，這個音樂盒或許會伴她一生，即便老舊到再也發不出聲音，也是她的珍寶。

可她卻沒有想到，在大二的某個假期，見她返家而興奮的柴可夫斯基，不小心把音樂盒撥落在地，摔碎了她的回憶與念想。

音樂盒碎了一地，即便當時何泉映因心裡的芥蒂，已經許久沒有再轉動它，見到散落一地的殘骸時，仍感到心痛不已。

澄月送的音樂盒有個小抽屜，可是她從未打開查看，直到善後時才發覺，裡頭竟藏著一張小紙條。

給泉映：

或許妳永遠不會發現這張紙條。那也沒關係，我會親自告訴妳。

我喜歡妳，想一直跟妳待在一起。

何泉映撿起那些碎片，淚水流了整晚才停歇，心底無比懊悔。

一切都來不及了啊。

她與澄月懷著一樣的情意，卻再也無法親口說予對方知曉。

☾

在徐靖澤坦白他就是澄月的真相後，何泉映的情緒幾近崩潰。原本排好的班，全數請同事代理，她把自己關在家裡，一步都不願踏出門，就連平時帶兩隻狗散步的差事，也交由母親代勞。

她沒有回覆任何來自徐靖澤的訊息與來電，甚至數度想按下封鎖鍵，一刀兩斷。可最後，她只是默默地將聊天室設為靜音。

他可是澄月啊，是她花了一整個青春去喜歡的男孩子。如今好不容易又重新出現在她的世界，即使再痛、再恨，她都無法輕易將他割捨。

她實在無處宣洩，便將此事告訴了康宥臣。除了認為他有知情的權利，也私心希望能讓昔日的摯友一同分擔這份沉重，否則孤身一人面對，實在太痛苦。

然而，她也忍不住想——那澄月呢？這些年來，他都是獨自背負著陰影嗎？

「我再一杯『環遊世界』……」癱在吧台桌面上，何泉映臉上掛著兩條未乾的淚痕，有氣無力地開口。

「如果回到高中，我肯定想不到妳未來酒量這麼好。」康宥臣乾掉一杯shot，也跟調酒師再要了一杯。

他下午才剛結束一個商案，便急匆匆地上台北陪好友喝酒。雖然是何泉映提出的邀約，可他的心情也沒好到哪去，同樣需要找個管道抒發。

當年見到裴靜聖最後一面的是澄月，他卻什麼也不解釋，現今又若無其事地闖入何泉映的生活，瞞了她好一陣子。

儘管在看到徐靖澤的帳號時，康宥臣早已有所猜想，實際確認答案後，難免還是感到錯愕。

「還不是大學四年訓練出來的。」何泉映打了個酒嗝。

手機響起，她下意識地想掛斷，經提醒後才發現是母親來電，連忙接起。

「媽咪？」

「小映，哪時候回家啊？需要媽咪去載妳嗎？」

「朋友臨時說要夜唱，我晚上可能就不回去了。」何泉映有些心虛。即使康宥臣是父母都認識的老友，若知道兩人一同在深夜買醉，肯定還是會擔憂。

「大學讀了四年，小映都會騙家人囉。」見她掛掉電話，康宥臣舉起酒與她碰杯，「乾了吧。」

喝了酒的何泉映情緒洶湧，上一刻還笑得出來，轉瞬間淚珠又再度滑落。

「我討厭徐靖澤、討厭澄月、討厭我自己……」她捂著臉哽咽道：「爲什麼他要騙我？爲什麼我笨到認不出來？爲什麼……靜聖會——」

「別說了。」康宥臣緊握拳頭，打斷她想講出口的後半句話。

調酒師送上調酒，何泉映抹抹眼淚，又嚥下了半杯。她知道以酒精麻痺自己、逃避現實，是再愚蠢不過的行爲，可事到如今，她已經沒有其他方法能緩解悲傷了。

康宥臣看似豁達，何泉映卻不敢想，他的心裡是多麼掙扎。裴靜聖是他曾如此戀慕的女孩，意外發生後，他甚至險些對澄月動手。

現在的他，又是懷著什麼樣的心情，在面對徐靖澤就是澄月的事實呢？

意識逐漸模糊，她臉頰貼著桌面，還想再說些什麼，卻敵不過酒意，暫時失去了意識。

女孩哭累了趴在桌上，康宥臣搖了好幾下都沒有回應，擔心她著涼，便脫下西裝外套披到她肩上。

何泉映的手機再度震動起，這次的來電對象，則是她最不想面對的人。

然而，若她眞的全然不想理會那人，怎麼還會給他撥電話叨擾的機會？康宥臣看得出來，她不過是尚未調適好心情罷了。

本想替她拒接，腦海一瞬間閃過澄月轉身離開時的狼狽身影，康宥臣心一橫，按下了接聽。

「……徐澄月。」趁對方尚未開口，他搶先啟唇喚。

以前他總是沒心沒肺地叫這名字，未曾想過，某天這三個字，竟是如此難以啟齒。若非喝酒了，想必他不會這麼做。

電話另一頭，原本已不抱希望，準備吞下安眠藥入睡的徐靖澤，嚇得頓時坐起身，有那麼一刻懷疑是幻聽。

會這麼叫他，又會出現在何泉映身旁的男人……

「怎麼？不認得我了？」康宥臣冷冷笑了聲，嗓子因喝了酒而有些啞。

「康、康宥臣？」徐靖澤抓緊拳頭，指甲都要嵌進掌心。

康宥臣沒有立刻回應，聽見熟悉的聲音，被壓在心底的痛楚頓時全數湧上。

他跟何泉映是一樣的，不曾遺忘過，卻裝作一切都沒事般好好生活著，一旦想起，便會難過得什麼也做不了。

不同的是，他不想逃避，明知道會心痛不已，卻還是時常至裴靜聖的墓前，在沒人看得見的地方，與她傾訴喜怒哀樂。

明明曾擁有令人稱羨的青春，最後卻落得支離破碎的結局。

到頭來他最恨的，也不過是自己。

徐靖澤還沒來得及開口，康宥臣便冷冷地交代所在地，驟然掛斷電話，不給他追問的機會。

「妳別怪我。」康宥臣撐頰看著身旁闔上眼睛、呼吸平順的好友，將杯中最後一口酒飲盡，「既然還有感情，就要好好說開，不要跟我一樣留下遺憾。」

如若最終的路是漸行漸遠、不再聯繫，也好過天人永隔的結局，如他一般。

不出二十分鐘，酒吧的門被用力推開。

康宥臣回首看了一眼來人，即使對方髮型改變、五官更爲深邃，他仍能在對方臉上看到一絲過去的痕跡。

那人臉上沾染了世俗的滄桑與成熟，磨去了年少的肆意輕狂與意氣風發。何泉映會把男人與澄月當作不同的人來看待，倒也是情有可原。

康宥臣輕輕抓起她背上的外套，自皮夾裡掏出兩張千元鈔票結帳。他本打算悄悄離開，卻在擦肩而過之際被那人用力捉住手臂。

「你先別走……」他握住人的力道不小，說話的語氣卻是滿滿的卑微與懇切。

康宥臣沒有再看著他，強硬地反手掙脫，「先好好處理你們之間的問題，我現在沒有心情面對你。」

他往前走了兩步，又想到了什麼，嘆了口氣，轉頭道：「別對泉映亂來。」

語畢，他頭也不回地離開店內。

被留下的徐靖澤定在原地，目送對方的背影，直至那人完全消失在視線。

他走到何泉映身後，輕晃她的肩膀，「泉映？」

連喚了幾聲，何泉映才緩緩睜開眼。

她看著面前的朦朧身影，頃刻間，他的模樣與記憶中穿著白襯衫制服的少年重疊，「澄月……」

有些名字光是說出口，就足以讓眼淚無法遏止地落下。

「現在很晚了，我送妳回去好不好？」他愛憐地輕撫她的髮，也不管她此刻思緒是否清晰，「一切都是我的錯，對不起。」

她沒有回答，只是不斷喃喃著「澄月」，而話中人聽著卻覺胸口越發酸澀。

無論是康宥臣或是何泉映，他們嘴裡的「澄月」，於他而言就像是一次又一次的譴責，提醒著那個連他自己都無法原諒的過去。

他何嘗沒極端地想過，如果當年死在十八歲的人是他就好了。

何泉映是被頭部傳來的暈眩與脹感痛醒的，她抬起手按著額，昨日昏睡前的記憶，在此刻排山倒海而來，灌入她的腦中。

「妳醒了。」

聽見徐靖澤的聲音，何泉映猛地撐開眼皮，迅速坐起身縮到角落，瞪大雙眼，驚恐望向坐在床邊的男人。因宿醉產生的不適，頓時被拋諸腦後。

「你、你為什麼，我……」她慌亂地抓起被子，像要逃避現實般鑽進裡頭，好像只要沒看見，就代表對方不存在。

見她尚有精神，徐靖澤嘆了口氣，緩緩起身替她裝了一杯開水，放到床頭櫃上。

「喝一點溫水吧。」他坐到地板上，雙手抱膝，將臉埋進手臂間。

他撐了一夜都沒睡。在何泉映酣然入夢時，他獨自在桌前完成公司專案，不時查看何泉映睡得好不好。

而躲進被窩中的何泉映，此刻百感交集。這幾天，她總是以淚洗面，昨日更是將負面情緒宣洩殆盡。

她曾以為，對於徐靖澤坦白身分的事，她只會埋怨與氣憤，然而，她不得不承認，能再次與澄月重逢，她心頭的情緒，也包括了感激。

幾年前她想過，這輩子她與澄月的緣分，在那個盛夏就已驟然結束，此後所有的愛恨糾纏，都將隨風消散，再無所謂了。不曾想在多年後的某一天，那個占據她整個青春的男孩子，還會再次闖進她的生命裡。

啜泣聲隱約地傳來，徐靖澤有些慌，小心翼翼地伸手掀開被子一角。

「怎麼哭了？」何泉映雙眸掛著淚，他想替她拂去淚水，卻被她一把拍開手。

何泉映倔強地將眼淚抹去，避開他的目光。

她能看在昔日情意原諒徐靖澤隱瞞的一切，然而，她心中的情緒很複雜，固然喜悅，但那道深埋心底的傷，仍無法輕易忘懷。

裴靜聖的事，像橫亙在他們之間，必須跨越的深淵，不說清楚，兩人便無法和好如初。

所以，儘管最糟的情況是再次失去交集，她也必須問出當年的眞相。

「徐靖澤……不，澄月。」她慢慢爬起身，狼狽地頂著一頭亂髮與被淚水沾溼的臉，啞著聲喚。

聽見那被自己拋棄的名字時，徐靖澤別開眼，心虛地將頭垂得更低。

「靜聖到底爲什麼會跳樓？」何泉映咬著唇，聲音顫抖，「你在這件事中，扮演的又是什麼角色？」

她的提問，硬生生地將花了許多年才癒合的傷口撕裂開，被迫直面當年的人、當年的事，徐靖澤的胸口，就像被剜開般疼痛不止。

或許她同自己一樣，都認爲裴靜聖的死，他難辭其咎。

縱然對方家長至今仍堅信她是意外失足，可人好好的，又怎麼會無故坐在無人的頂樓邊？

如果他當年沒有上頂樓、如果他說了不一樣的話、如果他最後沒有轉身離開，而是陪伴到最後一刻……

這樣一來，裴靜聖是不是就不會死了？

第九章 告別世界的理由

噹——

電子鐘聲響起，幾秒後歸於寂靜，考生們乖巧地坐在位子上，等候監試人員將題本與答案卡收回清點。

學測最後一科考完，也象徵高三生的階段性任務就此落幕，積累至今的壓力終於得以釋放。

裴靜聖一踏出前門，便聽見吼叫聲此起彼落。她觀察了周遭幾個人的表情，都是一臉如釋重負。

「爽啦，考完了！」

「走，晚上夜唱！」

「希望我們不要『指』日可待……」

眾人因考完大考而放鬆，可裴靜聖卻沒有半分踏實感，感受不到解脫。

回到休息區，澄月正安靜地收拾背包，臉上沒有任何笑意。他戴著口罩，圍著暗紅色圍巾，一臉倦意。

誰也沒想到，一向身強體壯的澄月，會在大考前一天患上流感。他的病況頗爲嚴重，一度燒到三十九度，還抱病考了一整天的試。即便稍有好轉，他仍止不住咳，午餐的便當更是一口都沒動。

似乎是聽到周遭有人正討論著試題、核對答案，澄月本就糟糕的臉色更加陰鬱。

裴靜聖不是個擅長安慰朋友的人，看他痛苦氣惱的模樣，想著若是何泉映在場，他的情況肯定會好很多。

「回家好好休息，先別想這些，早日康復。」思量許久，她還是只說得出這種話。

「妳也辛苦了。」聲音都快發不出了，澄月仍勉強擠出話，「我先走了，開學見。」

「開學見。」裴靜聖輕輕點頭，目送他離開的背影，最後慢慢回到自己的位子上。

在上了母親的車後，她第一句聽到的話也是「辛苦了」。

這句話，聽在她耳裡，沒有半分觸動。

辛苦了……可從頭到尾，她都不覺得備考是件「辛苦」的事。這陣子的無力感，不過是一種茫然——隨著日子一天天過去，抉擇未來的時刻即將到來，卻仍毫無方向。

她想，最近的她像一具虛無的空殼，連藏在其中的脆弱靈魂，都快消散殆盡，逐漸無所牽掛。

晚飯後，裴靜聖本想回房休息，卻被母親叫住，希望她趁還記得作答內容時，趕緊對答案。

「雖然補習班的答案只是參考，不過也不會差太多。知道大致分數，心裡有個底，之後也好做準備。」收拾完餐桌，裴母拉著女兒坐到沙發上，拿起茶几上的平板，打開早已下載好的各科答案。

她在一旁拿著紙筆詳細記下裴靜聖答錯的題目，待全部確認完畢後，迅速算出分數，甚至還上網搜尋了歷年級距，逐一比對女兒此次的表現。確認她的成績，都落在滿級分的安全區後，才鬆了口氣。

「新聞說，今年數學難度偏低，可能會出現錯一題就掉一級分的情況，幸好妳全對。」裴母滿意地彎起嘴角，拍拍女兒的手背，「眞優秀，果然沒辜負家裡的期望。」

「媽。」裴靜聖沒有一般人考出好成績時的興奮，只是垂眸淡淡地說：「如果對過答案後，發現結果差強人意呢？」

「那就是表現失常了，畢竟媽媽知道妳的實力。」裴母疼惜地摸摸她的頭，「就算這樣，還有第二次機會，我相信妳肯定不會再出差錯。」

她想，或許在母親的心裡，壓根就不存在「她考差了」的可能性。

她只能、也只會是家人心目中品學兼優的好孩子，不會有其他條路可走，永遠都走在他們妥善安排、替她規畫好的路，安穩地踏上似錦的前程。

她是精緻的操線木偶，也是被精心豢養的金絲雀。打從一出生起，便注定無法逃出他們以保護、以愛爲名，而打造的牢籠。

大考一結束，三年五班的班級群組，再度熱鬧了起來。康宥臣丟了一段話，讓群組的氣氛變得更加熱絡。

「過年後不是還有一個禮拜才開學嗎？大家要不要找個兩、三天，到我叔叔的民宿玩？在花蓮海邊，食宿我招待！」

「我隨時有空！」

「雖然我大概要衝指考，但還是算我一個（愛心）。」

「大概什麼時候啊？我來問問我家人。」

「要約誠哥嗎？」

裴靜聖頂著一頭溼髮看完訊息。大家聊得熱絡，最新的對話中，大致的日期已經敲定，確定要參與的同學倒還不少。

她沒有回應任何一句，認爲這些都與她無關，她放下手機，打開吹風機整理長髮。

她無奈地笑了笑，就算想去又如何？她可沒有這樣的資格。

她面無表情地注視著鏡中的自己，用指尖撥撥瀏海，此時手機響起，她瞄了一眼，是康宥臣的來電。

手指懸在空中許久，她猶豫著是否該讓它響到轉接語音信箱，然而，她還是選擇點下接聽，「喂？」

「終於考完啦！可惜我們不在同一個考場，不然我一定會請妳吃大餐。」康宥臣語氣雀躍得很，「靜聖，妳有看到群組的訊息嗎？」

「剛看到……」裴靜聖莞爾，這人還眞單純，即使是請她吃飯，母親大概也是不肯的，何況是出遠門。

她又開口：「不過——」

「妳要來嗎？」

「我沒辦法。」她沒有想太多便答，這本就不是需要思考的問題。

「學測都考完了，家人應該會通融一點吧？」康宥臣的聲音明顯不似剛剛興奮，「妳就問問看嘛，沒試過怎麼知道？說不定他們就答應啦！」

是啊，沒試過怎麼知道？所以裴靜聖去問了，憑著康宥臣這句話給她的些許勇氣。

結果一如往常，皆是蚍蜉撼樹、自不量力。

「當初讓妳去畢業旅行，是因爲有學校安排、有師長陪同，我比較放心。可是，同學私下的邀約還是不太好，妳還沒成年，太危險了。」

她知道母親的所作所爲，都是關心她、爲她著想，所以即使被拒絕，她沒有一絲惱怒與失望，反而認爲是意料之中的答案。

她想，康宥臣肯定無法理解，那其他同學呢？大概也不會明白的吧……

裴靜聖這個人、這輩子，都只能這樣過了呀，這是打從她生在這個家庭的那一刻，就必須面對的現實。

所以不必黯然神傷，不必怨天尤人，一切都是她本該承擔的。

☾

學測成績出爐當天，幾家歡樂幾家愁。

杏文高中這屆出了一個滿級分，這樣的好消息，在短時間內傳得人盡皆知，人人見到裴靜聖，都會興奮地說一聲「恭喜」。

當事人的反應相當平靜，在眾人眼中自動解讀成強者的從容。事實上，無論面對祝福或調侃，裴靜聖都只有無力和疲憊的情緒。

如果她說，在看到分數的當下，她沒有一絲喜悅呢？可這種話，肯定沒辦法講出口。相比她的淡然，澄月的狀態明顯欠佳，就算隔著一段距離，也能察覺他的悶悶不樂。師長們寄予厚望的他，偏偏大考得了流感，導致成績不如預期。

「靜聖……妳覺得我去關心澄月有用嗎？會不會反而刺激到他？」何泉映躡手躡腳地來到裴靜聖的座位旁，小聲地問。

一聽到何泉映的提問，裴靜聖就懂了她的顧慮。

何泉映的表現比模擬考好太多了，大概是怕說出口的一字一句，會在對方耳裡聽來顯得矯情優越。

「我想，他現在需要的是親近的人陪他說說話吧。」裴靜聖思索幾秒後回覆：「那個人應該是妳。」

她不僅是站在澄月的立場思考他的需求，更是因為她已自顧不暇，失去了安慰朋友的餘力。

儘管學測成績公布了，可仍有需要繼續奮鬥、為指考做準備的同學。

下課時間，澄月沒有隨其他同學的邀約打手遊，而是乖乖待在座位上，寫著前幾天到書局購買的英文題本。

「你還好嗎？」想起裴靜聖的建議，何泉映主動走到澄月座位旁出聲詢問。

「我不知道要不要放棄讀台北的學校，或者……」

他雖然不滿意考出來的成績，可是分數倒也不差，選擇台北以外的大學，也不失為一條路。只是，他與何泉映便會相隔一段距離，他沒辦法隨時去見她。

「或者？」

又或者，他該爲了何泉映屈就，選一間同在台北的普通大學？

他說出考量，而何泉映聽到的當下便立刻搖搖頭，「不可以！」她眼神堅定，「你應該要待在更適合自己的大學，那裡有更多資源與人脈，否則這陣子的努力都白費了……」

她當然也想和澄月待在同一個城市，但她不能爲了私心勸他放棄大好未來。

「所以妳覺得我應該拚指考？」

「我認爲你得優先考慮自己的事呀。」何泉映故作豁達地回：「就算在不同的城市，肯定還有很多見面的機會。」

嘴上說得輕鬆，但只要想到兩人可能分隔兩地，她就感到寂寞。而這段尚未結果的感情，最後會遭遇何種變數，現在的她也無從得知。

不過，她慶幸著與澄月間的友誼，即便未能成爲戀人，至少也能當一輩子的朋友。

午餐時間，趁著鄭盈盈與康宥臣去盛甜湯的空檔，裴靜聖忽然開口，說了句讓人摸不著頭緒的話。

「如果成績能交換就好了。」

「妳要跟誰交換？」澄月一頭霧水地問。

「你。」

「跟我換幹麼？」澄月抽了抽嘴角。

「啊？」何泉映眨眨眼，還以爲是自己聽錯了，可她沒有多想，吃飽飯後便乖乖地進行打掃工作。

然而，澄月左思右想，覺得裴靜聖的神情並不像開玩笑，內心有些疑惑。他索性將她叫到走廊。

「之前不是問過了？」澄月問著跟上次一樣的「妳還好嗎」，裴靜聖恬然回應。

澄月倚著欄杆，「妳之前說是考試壓力，現在考完啦，妳還滿級分耶……爲什麼還是不太開心？」

「很明顯嗎？」裴靜聖反問。

「倒也沒有……就是隱約有種感覺啦。」澄月撓撓後腦勺，表情有些困擾，「妳這麼說，代表眞的有什麼不開心的事囉？是因爲家人嗎？」

「我不太知道未來要做什麼。」裴靜聖斂眼。

樓下中庭有兩名男同學抬著餐桶、互相追逐，雖然做著無厘頭的事，臉上的笑容卻眞眞切切。

這一幕，裴靜聖盡收眼底，即使隔著一段距離，她也能感受到那份單純的喜悅。

澄月手插外套口袋，偏頭想了想，「煩惱升學的事嗎？我記得妳之前說，不確定要選什麼科系……要不要問誠哥，或是去輔導室聊聊？他們應該能給妳不錯的建議。」

裴靜聖沒有回應，而是仰頭看向雲層逐漸密集的天空。看來等等會下雨。

許多人常說，「雨滴是天空因憂傷而落下的淚」，她想，如果她還保有哭泣的能力，便能替荒蕪的心澆灌水源，滋長出如普通人般，能正常感受惱怒、哀傷、幸福的情緒。

「你未來有什麼想做的事跟目標嗎？」她詢問道，語氣格外認眞，「不是指升學和職涯規畫。」

聽到這個問題，澄月的耳根紅了些。他將外套拉鍊拉到最上方遮住嘴，又原地踱了幾步，模樣扭捏。

「我想跟泉映告白……」他害臊地移開視線，「妳不要偷偷告訴她喔！」

「然後呢？」裴靜聖被他的反常舉動逗笑了。

「如果成功了，就、就可以做一些情侶才能做的事。」澄月的頭更低了，露出的臉頰也紅通通的，「一起出去玩、一起遛她家的狗狗、一起——」

「除了她呢？」她打斷了他的美夢，「你對未來還有什麼期待或是想做的事嗎？」

「很多啊！」澄月咳了兩聲，恢復平時的模樣。他燦笑，「要考駕照、暑假要跟康宥臣他們環島、八月中要跟家人去福岡……我第一次去耶，超期待！」

聽他滔滔不絕地分享規畫，裴靜聖心中那塊空缺反而越發膨脹。真好啊……她心中的欣羨油然而生，強烈地包裹住她。

只要心裡滿懷對未來的期待，就可以一直有活下去的渴望吧。

可此時此刻，她已經不曉得自己能期盼些什麼了。

☾

盛夏，是個人申請放榜的時節。

經過近三個月的準備，裴靜聖在昨日收到了和大醫學系的錄取通知。

由於杏文高中本屆榜單亮眼，不少媒體想要採訪優秀學子，考上大眾心目中第一志願的裴靜聖，自然是邀請訪問的第一首選。不過，裴母希望女兒別輕易露面，於是請校方代爲婉拒一切邀請。而裴靜聖也不覺得這是一件多了不起的事，認爲無須大做文章。

除了澄月，其他三人皆已確定去向。何泉映最後錄取了理興醫大，若未來澄月考上了和大，兩校直線距離不超過三公里，他們要見面也很方便。

爲了不讓澄月有獨自奮戰的落寞，何泉映只要得空，便會捧著課本複習，希望能讓備考的他不那麼孤單。

「我想複習三下的範圍，也打算把七千單背得更熟，以免上了大學後，智商直線下降。」她嘴上這樣說，可任誰聽了都明白，她無非只是想要陪伴澄月。

週四的中午時分烈日當空，鄭盈盈提著一個大紙袋，不顧澄月還有一篇閱讀測驗沒做完，硬拖著他離開涼爽舒適的教室，並喊上其餘三人。

「不是啊⋯⋯妳昨天才說，把盒子交給誠哥保管就好，現在幹麼還要跑去樹下？」澄月哀怨地瞪著鄭盈盈的背影，手上拿的不是題本，而是一個有厚度的信封。

「儀式感懂嗎？我們要走個流程，假裝有把它埋進土裡！」鄭盈盈敲了下他的額頭，「半小時沒寫題目會死嗎？」

康宥臣噗哧一笑，「如果這半小時害他沒考上和大，澄月會變成怨靈找妳索命。」

「沒考上怎麼會怪我？亂牽拖。」

走在最後方的二人，沒參與他們的對話，自顧自地聊了起來。

何泉映看著裴靜聖手上的一疊米色信封，好奇地問：「裡頭裝了些什麼呀？」

「沒什麼特別的，只有給未來的信而已。」

前幾日，鄭盈盈一時興起，說想和大家一起在後門的鳳凰木下埋進時光寶盒。裡頭要放入給未來的信件，還有高中時期的重要物品。

他們原本打算要將鐵盒埋進土裡，待大學畢業後，再相約回杏文開箱。只是，他們找的地是片硬土，而且根據別人的經驗，盒子埋在土裡沒有保護效果，反而容易泡爛毀損。

於是，他們決定寄放在大概還會留在杏文任教十年以上的班導那裡，請他代爲妥善保管。

「沒有其他東西嗎？」何泉映偏頭問道。

她除了信件，還打算放入用到剩一小顆也沒弄丟，陪伴她挑戰過許多計算題的橡皮擦。她也決定將畫下許多青春碎片，紀錄著澄月身影的筆記本放進裡頭，期待著未來開箱之時，兩人的關係已經更進一步。

「也是有……」裴靜聖垂眸，想起她塞進去的那張拍立得。

曾經承諾會好好收著，可事到如今，她想，她是無法做到了。或許放入時光寶盒中，還能留得更久。

「對了，剛剛七班把我的畢冊送回來了，你們趕快找時間幫我簽一下！」走在最前頭的鄭盈盈回頭喊道。

她的朋友多到數不清，因此將畢業紀念冊輪流放置在每一個班級，開放自由簽名。此舉還被吐槽像婚禮宴客時的簽名綢。

「你們最後再拿給我簽吧……我不希望我寫的東西被別人看到。」裴靜聖輕聲道。

一聽到這話，康宥臣倒抽了口氣，在澄月耳邊低語，「難不成……靜聖要偷偷跟我告白？她會害羞？」

澄月敷衍地點點頭，「眞希望我現在能有你這種樂觀心態。」

一行人頂著烈日走到鳳凰木下，鄭盈盈從紙袋中取出銀色鐵盒，掀蓋讓大家輪流放入各自的紀念小物。

澄月放的其中一項物品是吉他撥片，小小的pick，承載了他高中兩年的社團時光，是他人生中重要的一段經歷。

「幹麼放垃圾進去？」他還丟了一枚舊舊髒髒的OK繃進去，康宥臣見了「噗哈」一聲笑了出來，可馬上就被鐵拳制裁。

「你懂個屁啊？」他拉拉好友的耳垂，皮笑肉不笑。

何泉映一眼認出，那是高二運動會她給的OK繃。看著上頭的塗鴉，回憶全都湧上心頭，她不禁低頭偷笑，沒想到他居然一直留著。

繚繞於她左胸口的雲霧早已明朗許多，雲層後的月光，已不再是過去只能仰望的美好。

澄月陸陸續續放了不少小東西，被鄭盈盈評價爲「念舊的人」。而何泉映將物品放入的同時，一邊向好奇的好友們解釋物品的意義。提起筆記本時，她輕輕帶過，深怕他們八卦地拿起來翻閱。

最後輪到裴靜聖，她簡單地把米色信封放入盒中，主動封蓋。

這一刻，她在心底無聲地向從前的歲月告別。

寫信給四年後的自己，這項要求，她並沒有履行，放進去的只有給好友的四封信。順遂的如師長、家人的期望，考上第一學府的醫學系，她卻想像不了自己穿上白袍的將來。或者說，她無法想像自己的未來，也不對此抱有期待。

辜負了畢旅時在天燈上寫的願望，事到如今，她沒有覓得繼續活下去的動力，甚至覺得一切都已無所謂了。

就這樣吧，想說的一切、無法在此刻宣之於口的話，就留在這個四年後會被開啟的時光寶盒裡吧。

☾

不知道從什麼時候開始，對時間的流逝已經失去了感覺。

思緒渾濁不清，對情緒的感知變得麻木，周遭的聲響，彷彿隔了一層玻璃罩，唯一清晰的，只有結局的倒數。

十樓的高度，應該足以暫停時間，讓人生在頃刻間結束。

身著潔白制服，上頭沒有好友們用麥克筆簽下的名字，只因不願讓那些字染上血色，玷汙他們美好的未來。

「To be, or not to be, that is the question.」

還記得，歷史老師曾在課堂上討論死亡，有同學引用《哈姆雷特》中王子的獨白，認爲對於死亡的畏懼來自於未知，沒有人曉得死後的世界是何模樣。

裴靜聖倒是想著，死亡意味著終結，不再跳動的心臟，無法維持血液的運輸，缺氧的腦細胞，隨著意識一同凋亡，記憶與感情一同消散、回歸虛無，最後什麼也不會留下。

這樣一想，心中的恐懼便也消失無蹤。

夏日的微風徐徐而過，眼前所見是眾多屋頂與大片藍空交織而成的景色，午後的日光正好被零星幾朵雲遮掩住，映在水泥地的影子模糊不清。

這樣好的景色、這樣美的天空，她再也看不到了。

遺憾嗎？可惜嗎？可她心中倒也沒有這樣的感傷。

裴靜聖在無數個深夜裡想過，如果她還能流淚就好了。可是事到如今，連哭泣都成了她辦不到的事，喜怒哀樂像被冰封在凍土之中，她沒有了情緒。

「靜聖！」

身後傳來一道慌張的喊聲，拉回裴靜聖的思緒。她微愣，緩緩回過頭，注視著眼前氣喘吁吁的男孩。

畢業前一天，最後兩節課是典禮的彩排時間，三年級的學生都必須到大禮堂集合。待在校園的時間越來越少，許多人趕緊四處奔走，捧著畢業紀念冊找朋友簽名，把握最後機會，不希望留下任何遺憾。

「澄月！幫我簽一下！」

這節課是自由活動時間，高三教室所在的謙學樓十分熱鬧，各班學生交錯穿梭。

澄月正收拾著置物櫃，聽見呼喚便回道：「你先放我桌上，我等等簽！」

關上櫃門後，澄月回到座位，沒想太多便翻開了桌上的畢業紀念冊。

To 澄月：畢業快樂！可以考慮來和大獸醫當我的系草同學！我還想看著你那張臉讀五年：）

李媗柔

原來這本是他自己的畢冊，再看一次這句話，澄月還是忍不住笑了出來。闔上之前，餘光瞥見裴靜聖的名字出現在不顯眼的角落。

她並非最後一個簽名的人，可他答應過裴靜聖，不讓在她之後簽名的人翻開這兩頁，他一直謹遵約定，也沒有提前看她寫了什麼。

然而，在不經意看到她留下的話時，澄月立刻變了臉色。他抬首，環顧整個教室，都看不著熟悉的身影，霎時間心中警鈴大作。

「靜聖呢？」他拉住一位正好經過他身邊的男同學問。

「欸？不知道，沒看到啊。」對方答得茫然，對於澄月嚴肅的語氣感到不解。

「泉映，妳有看到靜聖嗎？」他衝到正幫同學畫可愛插圖的何泉映身旁，語氣著急。

「我沒特別注意耶……會不會是去廁所了？」何泉映停筆，在看到澄月刷白的臉色後問：「發生什麼事了嗎？」

澄月沒答覆，又叫住了拿著麥克筆互相追逐的鄭盈盈跟康宥臣，問他們是否有看到裴靜聖，得到的答案都是不曉得。

「我剛才……」

他慌張地將三人拉到角落說明狀況，他們也立刻確認各自的畢業紀念冊，發現他們的冊子末頁，都留了同樣的句子——

「希望你們把我都忘了。」

鐘聲響起，班長走上台拿起麥克風，讓大家到走廊排隊集合，準備帶隊到大禮堂進行彩排。

即使是大家集合的時刻，依然不見裴靜聖的影子。

「那現在趕快去找她啊！」康宥臣緊握拳頭，倉皇模樣藏不住。

「電話跟訊息靜聖都沒有回……」鄭盈盈抓著手機，也同樣焦急。

「我去找！」澄月待不住，丟下這話就飛快地衝出教室。他一時之間也不曉得要往哪跑，只能先在謙學樓一層一層地找。

其餘三人決定先不要把事情鬧大，各自分開行動——鄭盈盈去女廁確認，康宥臣到綜合大樓尋找，何泉映則跑到一、二年級的校舍搜索。

踏遍一階又一階的樓梯，澄月的腦中全是裴靜聖曾說過的話。

現在想來，或許那代表的是求救訊號，只是他沒有好好地接住，疏忽了那些細節，沒能即時提供協助。

「如果我說，我不好呢？」

他輕易相信了她口中的「只是考試壓力」。

「我不太知道未來要做什麼。」

甚至只顧著對自己的目標侃侃而談……

那看似無所謂的恬淡笑容，究竟是花了多少力氣，勉強提起的嘴角？

即使不願去想，最壞的可能性依然逐漸浮上心頭，澄月大口喘著氣，無視旁人困惑的目光，一層一層喚著裴靜聖的名字。

拜託、拜託了，裴靜聖千萬別出現在那邊，拜託別是他想的那樣。

哪裡也遍尋不著，澄月就這樣一路奔上頂樓。

微敞的門前，上頭掛著的鐵鍊垂落在地，顯示著有人推開過這扇門。

他抓緊胸口衣料，做足了心理準備後，用力推開門。

墨色長髮隨風飄動，頂樓邊緣有道背影，那人靜靜地坐在那。

人還在，這大概是不幸中的大幸。可是，爲什麼會在這？

即便心裡有了最壞的答案，澄月仍想親自聽到她的回答。

「你怎麼知道我在這？」相較他的緊繃，裴靜聖的語氣顯得從容許多。

雖然她提出這樣的問題，可她並不驚訝對方的到來。她早有預感，既然寫下那樣的話，早晚會被察覺心中深藏的念頭。

「『希望你們把我都忘了』是什麼意思？」澄月咬著唇，小心翼翼地朝她走近，「那裡很危險，妳先過來，好嗎？」

裴靜聖依然沒有正面回應他的話，只是抬眸望向天際，「不覺得天氣很好嗎？」

「要不要做個專屬我們兩個的祕密約定？每天都要跟對方分享『今天的天空長怎樣』。」

記憶倏地竄進腦中，她憶起了跟康宥臣的約定，於是拿起手機，無視數不清的訊息與未接來電，打開相機，按下快門。

她並不打算傳送相片，她早就失約了，距離上一次傳照片已經隔了許久。

聽她此刻的平靜語氣，澄月想著自己應該不會刺激到她，便一鼓作氣走到她身旁，不顧自身安危地跟著坐上邊緣。

「是啊，天氣很好。」澄月的指尖泛白，他知道他很畏懼，並非因爲十樓的高度，而是害怕會失去重要的人，「以後還會有更多這樣的好天氣，如果有機會出國，還可以看到不同的景色……妳不覺得，一旦有了這種想法，就會更努力想要活下去嗎？」

「幸好找到我的人是你。」裴靜聖答非所問，望著天上鳥群展翅飛過，輕輕嘆了口氣，「我沒有什麼目標，也沒有任何留戀。」

她當然曉得，一旦做出這樣的決定，在許多人心上留下的，就會是道難以抹滅的傷，只是，她已經連愧疚都做不到了。

「我曾經想，如果能找到活下去的動力，我在這個世界上，就可以多存在一天。一天又一天地過下去，生命也會變得有意義。」她垂眸，「可是我失敗了。」

「我可以跟妳一起找……」澄月的嗓音止不住地顫抖，「世界上那麼多快樂有趣的事，一定能找到讓妳想繼續活著的理由。」

裴靜聖搖搖頭，「我已經筋疲力盡了。」

連此時此刻，她都是費了好大的力氣，才好好撐著身體別往下墜。這樣破敗的一副軀殼，哪裡還有餘力再去尋找希望？

「我每天都覺得好累，覺得人生無趣又失敗，我害怕以後的日子依然如此，所以不想再繼續了。」

「但妳——」

「澄月。」她喚：「聽我說一下自己的事吧。」

一直以來，即便是在好友面前，她也鮮少主動談論自己的事，無論是家庭或者日常。

自她有記憶以來，她的母親就已全心投入於她的教養中，不僅提早從頂尖大學的研究生涯抽身，還捨去努力多年得來的教授身分，只爲專心培養她。

裴靜聖不需要存有自我選擇的意識，只要安分地走在家人替她鋪好的，平坦又筆直的道路上。不像身邊某些人，人生的路走起來蜿蜒崎嶇、痛苦萬分。可以說，她連走路的力氣都省了，只要坐在華麗的馬車上，隔窗看著他人負重前行。

她知道，這是家人對她的「愛」，因爲她家人們也是在這樣的教養下活過來的。只是，每個人生來個性就不同，日復一日生活在這樣的保護下，如將她的靈魂硬塞進形狀不合的容器內。她知道，她早就注定成爲該被淘汰的瑕疵品。

她很幸運，能享受著比別人多上好幾倍的優渥資源，也沒有被誰給殘忍傷害過，可她最終還是成了無法感受幸福、無法期待未來，只餘下空洞和疲憊的樣子。

不若旁人以爲的那般，其實她一點也不討厭家人，反而在心中懷著滿滿的歉意。

她很抱歉把人生活成這模樣，沒能繼續走在這條康莊大道，迎向他們期望的將來。

「我，還有泉映、鄭盈盈、康宥臣……我們都會陪在妳身邊，我們可以幫妳跟家人談談，誠哥也一定會協助！」澄月如鯁在喉，眼圈泛紅，「有什麼問題，一定都能解決……不是還有很多値得開心的事嗎？一切都會變好的。」

可是那些微小的快樂，並不足以成爲支撐她期待明天的理由。

「謝謝你聽我說這些。」

這是有生以來的第一次，她終於能坦然與他人訴說心聲，這樣就夠了。

「那——」

「你先回去吧，天氣很好，我想再吹一下風。」她又一次打斷澄月。

「妳……等等會過去大禮堂吧？」澄月語氣不安。

「嗯。」裴靜聖莞爾，最後選擇了謊言。見他神情依然緊繃，她又道：「我會的。」

「那、那妳趕快回來喔！」

澄月相信她，想著她或許眞的想通了，於是爬起身，緩緩走向頂樓的門，過程中不斷回望，確認裴靜聖的狀態。

男孩的背影消失在視線中，裴靜聖默默抬手，朝他離開的方向輕輕揮動。

頂樓上有幾隻跳來跳去的小麻雀，她想，這便是她所嚮往的模樣——平凡渺小卻悠遊自在，不被「成功」二字束縛，也不被眾人的欽羨目光注視……

如果可以，她眞想如麻雀般，自由地遊歷四方，看看這世界有多大。

如若有所謂的「下輩子」，那她想成爲這樣的存在。

是時候該結束今生了。

她這一生沒受過嚴重的傷，屆時感受到的，或許會是她經歷過最大的痛楚也說不定。

裴靜聖撐起身子，站在樓頂邊緣。

明天，即便少了她，地球依然會正常轉動，仍會有朝陽與夕日，風也不會因她的離去而止息。

張開雙手，最後一刻，她感受著陽光的熾熱，向前騰空跨了一步。

踏出這小小的一步，她才終於深切體會到了生命掌控在自己手中的自由。

第十章　不被辜負的青春

一聲巨響，撕裂了澄月腦中尚在拉扯的猶豫。

他還有些躊躇，想著是否該回頭找裴靜聖談談，然而，這非比尋常的聲音，瞬間將他所有思緒擊碎。

準備踏下的步伐僵在半空，他猛然回頭，瞪大雙眼。

他立刻折返，幾乎是用盡全力衝上樓梯，猛然撞開那扇通往頂樓的門。

光線再度映入眼中，迎接他的卻是空蕩蕩的水泥地，剛才還坐在那裡的身影，如今已遍尋不著。

恐懼滲進身上每一個角落，澄月呼吸急促，胸口劇烈起伏。短短不到十公尺的距離，他卻花了足足一分鐘，才得以拖著沉重的身軀來到邊緣。

他深吸一口氣，在做足心理準備後低下頭，睜開眼的那一刻，他的世界天崩地裂。

模糊不清的軀體，與一大片觸目驚心的血跡刺入眼中，他不可置信地往後退了幾步，膝下一軟，頹然地跌坐在粗糙的水泥地上。

掌心與地面摩擦，一陣刺痛提醒著他，方才所見皆非幻覺。他好不容易爬起身，沒走幾步又再度失神跪倒在地。

不知過了多久，尖銳的鳴笛聲刺破死寂，樓下一片混亂於此刻清晰無比地灌入耳中，可聽得越清楚，他就越不願相信這一切都是眞的。

澄月不顧掌上的傷，用力捶著地面，出現血跡仍不停歇。他張嘴，卻喊不出聲，就連淚水都像被抽乾般，一滴也流不出來。

爲什麼？

爲什麼要輕易地相信那句「我會的」？

爲什麼……他明明知曉裴靜聖已對人生毫無留戀，仍選擇先一步離開？

墜落聲響動的刹那，正準備前往禮堂的學生們，整齊地停下腳步，錯愕地回頭望向聲響傳來的方向。一、二年級的學生，也顧不得上課鐘已響，紛紛從教室探出頭，甚至有人跑出走廊，試圖一探究竟。

第一目擊者是福利社的阿姨。見大事不妙，她立刻播了電話通報有人墜樓，沒過多久，現場便圍聚一大群人，驚惶的交談聲此起彼落，在校園裡激起一場軒然大波。

「那是誰啊？」

「是高三的嗎？」

「不知道，全身都是血，看不出來……」

「好可怕！」

「怎麼會這樣……」

此時，在遠處搜索無果的何泉映，正要前往下一層樓，忽然聽見經過她身旁的學弟們七嘴八舌地討論著。

「你們在說什麼?」她倏地回頭,急切地詢問。

「就、就剛剛看到別人訊息,說謙學樓好像有人掉下來,很大聲……」身高較高的學弟吶吶地回:「但我們剛剛在音樂教室沒聽到,想說過去看一下……」

聽到對方的話,何泉映一時之間無法反應過來。她緊咬著唇,暗暗祈禱著不是她心裡所想的狀況。

深吸一口氣後,她沒再回應,跑上三樓尋找好友的蹤跡。這時,全校廣播的通知聲響徹校園——

「學務處廣播,請一、二年級生,立刻返回教室繼續課程,三年級生也請盡速帶隊回教室,等待學務處通知。未經允許不得任意離開,違者依校規處置。」

主任嚴厲地發出命令,幾乎是在同一時間,數名教官迅速趕往事發地點驅散圍觀人群。

心中雖忐忑不安,可在聽到一向溫和的師長如此警告,何泉映也只得緩緩走回教室,同時祈求著待會能在教室見到裴靜聖。

教室裡,導師雙手抱胸站在講台上,臉上的表情是前所未有的嚴肅,台下學生也不敢造次,紛紛正襟危坐。

空氣中瀰漫著無形的壓迫感,讓人喘不過氣。

就在這時，門口傳來動靜，何泉映的心猛地一跳，驀然抬頭——澄月站在門口。

他滿身狼狽、手上還帶著傷，六神無主地緩緩走進教室。

「你有看到靜聖嗎？」她先是詢問，見對方不語，又看向他手上混著砂礫的傷口，「你怎麼受傷了？還好嗎？」

可任憑她怎麼追問，澄月都沒有出聲，視線始終無焦點地盯著桌面。

半小時過去，教室內的氣氛依舊沉悶壓抑，無人交談。那個放著書包的空位，彷彿無聲地提醒著眾人某個未曾歸來的存在。

「不好意思，打擾了。」

陌生的嗓音打破沉默，一名女警出現在五班門口，語氣平和卻帶著不容忽視的嚴肅。導師見狀，趕緊上前詢問。

何泉映聽不清兩人的對話，只見導師的神色，在短短幾秒內驟然鐵青，點了點頭後轉身喚澄月。

「澄月？」

沒有回應，於是導師走到他座位旁，領著澄月到警方面前。他的目光仍是空洞無焦。

「你別緊張，我們只是想要詢問一些問題。」女警拿出手機，播放起轉攝自頂樓監視器的畫面，「請問這個男生是你嗎？」

他輕輕點頭。

「那……你認識這個女學生嗎？」女警指著坐在頂樓邊緣的模糊身影。

見澄月再度點頭，她說明道：「方才有一名女學生墜樓，我們初步從制服上的學號，判斷她是三年五班的學生。調閱監視器後，發現事發前你曾與她有過接觸。因此我們希望你能協助調查，回答一些問題。」

她接著說：「不用擔心，我們不會將你帶往警局，校方已經安排了一間空教室，只會有我們與部分師長在場。」

在眾目睽睽之下，澄月被兩名警察帶離了教室。

即使導師告訴同學們，目前仍無法確定墜樓學生的身分，可五班的大家都心知肚明，遲遲未歸的那人究竟是誰。

得知噩耗的何泉映怔然坐在位子上，耳邊嗡嗡作響，好似整個世界都被巨大的黑暗籠罩。直到澄月一臉疲憊地踏入教室，她才驟然被拉回現實，猛地起身奔向他。

「爲什麼警察剛剛把你帶走了？你看到了什麼？」她幾近失控地開口：「你那時候有找到靜聖嗎？」

她受不了他的沉默。面對她的慌張，他居然無動於衷，她著急地吼：「回答我！」

然而，面前的少年像是被抽空了靈魂，對她的慌亂與絕望不爲所動，不發一語。

後來，校方宣布全校停課，命令所有學生儘速返家，勿在校內逗留。高三原定的彩排取消，甚至連隔日的畢業典禮，也另擇日期舉行。

「徐澄月！」

澄月默默背上書包離開教室，見狀，康宥臣追了上去，用力抓住他的手臂。臉色鐵青的他，理智已支離破碎，指節因用力而泛白。

鄭盈盈跟在他身後，雙拳緊握，語氣顫抖，「爲什麼一句話都不講……」

「你到底——」康宥臣面色猙獰地扯起澄月的衣領，幾乎讓他的身軀懸空。看著好友閃躲的目光，他掄起拳頭就要往對方身上揍。

何泉映衝上前，使盡力氣壓下他的拳頭，若他眞的動手，後果不堪設想。

還保有一絲理智的鄭盈盈，連忙將康宥臣扯到後方，拉開兩人的距離，「先讓澄月回答！」

「你講話好不好？如果、如果你眞的有看到靜聖，至少跟我們講究竟發生了什麼……」何泉映緊咬著唇，一直在眼眶打轉著的淚，此刻滴了下來。

「說話啊！」康宥臣像一頭失控的猛獸般嘶吼。

「那……那你好歹告訴我們，這件事跟你完全沒有關係……」何泉映伸手揪住澄月髒了的衣角，嗓音細弱，滿是懇求。

澄月終於抬頭看她，那雙曾經澄澈如月光的眼瞳，如今只剩下一片死寂。

他緩緩壓下她的掌，啞著聲說出了她最不想聽見的話。

「泉映，對不起……」

澄月走了，他獨自逃離一切，從此自他們三人的生活中黯然退場，不再與他們聯繫。

沒有再見、沒有道別，何泉映也再沒了他的消息。

後來的年歲中，曾以爲觸手可及的月光，在未來的每個日子都成了朔月，再也抓不著、看不見，只留下碎了一地的念想。

停課兩日後，校方花了不少時間，爲受影響的學生們進行心理輔導，而原先取消的畢業典禮，在六月底補辦，不過，有些人卻不願出席少了一位畢業生的典禮。

那日之後，澄月許多年間，都沒有再踏入杏文高中一步。不僅拒絕接受輔導，連畢業證書都是寄到家裡，沒像其他缺席典禮的同學一樣，選擇自行返校領取。

兩個月後，他在指考的表現不如預期，只錄取了他以前從不覺得自己適合，也不太感興趣的文大企管系。

每晚，惡夢都猶如洶湧潮水般，一次次將他吞沒，使他無數次地回想起那場悲劇。甚至與現實不同，夢裡的他，是親眼看著裴靜聖墜落的。

從夢魘中驚醒，額角冷汗涔涔，喉嚨發緊，像是有一隻看不見的手，死死扼住了他的氣息。

他當然明白，裴靜聖是自己選擇這樣的結局，可這份理智，卻遠不足以抵抗鋪天蓋地的自責與罪惡感，他不斷被折磨得傷痕累累。

如果當初，他的言行舉止有所不同，是否就有機會挽回那場悲劇？

如果他繼續待在頂樓，別留她獨自一人，或許裴靜聖就可以想通？

是不是他當時在頂樓說了什麼話，刺激了裴靜聖？抑或在大考前、放榜後與她談話時，他講了什麼讓她難受的內容？

如果他多留意，在裴靜聖說「沒事」時進一步關心她，甚至是儘早發現她的不對勁，是不是一切都會有轉機？

這些疑惑，成了將他牢牢困住的枷鎖，久久未能掙脫。

直到大一，無處安放的絕望，幾乎要將他逼到崩潰邊緣。他同裴靜聖一樣，在某天夜裡到宿舍頂樓，打算一躍而下。

他永遠記得，遠方城市的燈火閃爍，可他看見的腳下景色卻是一片漆黑。

手機的震動與微小鈴聲劃破寂靜，他看著螢幕上顯示的「家」，發愣許久，遲遲沒有接起來電。

螢幕暗下，隨即跳出了未接來電的通知。澄月闔上眼，雙腳懸空，試圖想像裴靜聖那時的心情，想著她懷著多大的決心。

鈴聲再度響起，他咬牙，按下了接聽鍵。電話那頭的活力女聲傳來，「哥哥！」

「妮妮……怎麼了？」他啞著聲回應。

「我只是想告訴你，我好想你喔！」即便看不見徐詠妮的表情，他也知曉自家妹妹此刻肯定笑得跟棒棒糖一樣甜。

「我……」他欲言又止。

「你什麼時候會回家哇？」她稚嫩的嗓音直白地道出疑惑：「我每天放學都問媽媽你回來了沒，但你都不在……我明天可以看到你嗎？爸爸、媽媽、阿公、阿嬤也都希望你常常回家！」

那一刻他才驚覺，他還有家人呀。他的家人是那麼地支持他，給予他滿滿的關懷與愛。每晚通電話時，都會問他吃飽沒、讀書累不累，叮嚀他別太晚睡。

他對世界還有許多留戀與念想，生命怎麼可以終結於此？

「明天是星期五，我晚上就回去，好不好？」他抽抽鼻子，抹掉眼角的淚，轉過身，雙腳踏在堅硬的水泥地上，背對一片黑暗，推開了頂樓的逃生門。

要不是正好接到了妹妹打給他的電話，或許澄月早就死在那個十八歲的黑夜。

後來，他主動尋求協助，每週兩次到諮商中心報到，逐漸習慣了小房間裡的檀香氣息，與諮商師的柔和嗓音。他也定期回診精神科，試圖透過藥物治療，自夢魘中脫困。

日子終於逐漸回歸正軌。

只是，每當記憶回溯至那無法忘懷、被鮮血染紅的午後，想起推開門時看到的那道孤寂背影，他仍不免責怪自己，對自己的輕易離去感到悔恨。

好幾次他都想鼓起勇氣聯絡昔日好友，卻因隨之湧上的懊悔而卻步。即便是何泉映，也成了不再聯繫的陌生人，而是只能留待追憶的美好。

大學畢業後，他想起五人一同埋下的時光寶盒，找了一天回到多年未曾踏足的高中。

「澄月？是澄月嗎？」

他看到謙學樓，不適感湧上，一陣乾嘔。這時，曾經的導師正巧經過他身旁，認出了他。

「誠哥……」他啞聲喚道。

「還以爲是我認錯了呢，臉長開了，髮型也不一樣了，變得更帥囉！」導師拍拍他的肩，「還好嗎？先到我辦公室坐坐吧。」

兩人聊了一會，卻有默契地避開高中的回憶不提，言語間大多談論著澄月的大學生活與未來規畫。澄月還提起已經改名的事情。

「我這次來，主要是想問……」

「當初寄放在我這裡的盒子，對嗎？」導師一眼看穿了他的意圖。

「那、那他們有來找你拿嗎？」他們曾經說好，大學畢業要一起來取回。

導師惋惜地搖搖頭，從櫃子深處抽出了鐵盒，交到徐靖澤的手中。

直到他將鐵盒掀開、瞧見裴靜聖寫給他的那封信，他心中那伸手不見五指的深淵，才終於透出了光。

澄月：

這封信你會在四年後才看到嗎？還是在我離開之後就會被翻出來？

這些話，是我平時難以啟齒的內容，只敢放進信封裡，傳達給未來的你。

比起盈盈他們，你大概更能明白我的想法。雖然我總是逃避你的關心，但有些話卻也是眞心的。

或許，我其實一直渴望有人能帶我逃離這樣的生活，只是，無論是你還是別人，都沒有辦法，就連我自己也失去了反抗的能力。

你們肯定很好奇「爲什麼」，不過這已經不重要了，知曉了一切，只會有更多的遺憾而已。

原來，若非那天他跑上頂樓，找到裴靜聖，她大概不打算向他們坦白原因。

我希望你能明白，與你們四個人相處的歲月，是我最快樂的時光。

即使最後依然無法動搖這個決定，可是這些日子以來，陪伴我的不是只有絕望，那些燦爛的回憶，也眞實存在過。

或許提到高三，你們會想起那些痛苦的備考時間，但我很喜歡在司令台曬過的溫暖陽光，還有在操場上跑步的你們。

雖然由我提出這樣的要求很自私，但請你不要感到自責，好嗎？

我知道你眞的很想幫助我，你也已經努力過了，所以不要覺得是自己的錯。

請你一定要幸福快樂地活下去，完成那些曾經跟我分享過的未來。

靜聖

「你也已經努力過了，所以不要覺得是自己的錯。」

「請你一定要幸福快樂地活下去，完成那些曾經跟我分享過的未來。」

也是這樣的話語，就此解開了他長久以來的心魔。

高中畢業後的何泉映，消沉了好一段時間才振作。她會好好上課、會參加系上活動、會在遇到快樂的事時露出笑容，在旁人眼裡，就像什麼也沒發生過一樣。

可她明白，那並不是真的釋懷，而是她選擇了逃避、選擇不去面對，把高中的歲月藏在心底。

只是，偶爾在安靜的的夜裡，她依然會常常緬懷過去的日子，記憶中的畫面，總是籠罩著暖色光暈，她會想起那些有說有笑的時光、想起兩年中一同經歷的一切。

然而，那些帶著光的回憶，也包含了那抹不願回想起的身影。

裴靜聖離開後，澄月也從他們身旁逃走，剩下的三人，明明曾是每天都會以訊息聯繫的關係，卻也因那場意外漸行漸遠。

在畢業幾天後，鄭盈盈率先退出了群組，何泉映是第三個離開的人，當她點下確認退出的按鈕時，群組裡只剩下兩位成員——澄月和再也無法進行操作的裴靜聖。

她明白，裴靜聖會自我了結的根本原因與澄月無關，他並沒有錯。可是，見到裴靜聖最後一面的是他，不願意解釋清楚的人也是他。

既然如此，被蒙在鼓裡、一無所知的她又該怪罪誰？該把悲傷宣洩在誰身上，才不會那麼痛苦？

唯有找到一個能夠承擔責任的對象，何泉映才有辦法讓自己好受些。

所以，她只能將這份恨意，加諸在澄月身上了啊……

☾

旭日升起，春日的晨光靜靜流淌進房內。

床邊男人的側顏蒙上了一層淡金色光暈，眼角依稀掛著淚，何泉映身子微動，緩緩倚到他身旁。

「對不起……」

從他口中聽見當年的眞相，縱然心中千思萬緒翻湧，她最先說出口的，卻只有三個字。

幾經躊躇後，她主動伸出手，輕輕從背後環著他的身軀。

如果她當初能再堅強一點，不那麼幼稚地將責任推到他身上，是不是就能更堅定地陪在澄月身旁，陪他度過那些晦暗無光的日子？

「爲什麼那時都不說？」

她問道，可她心裡也明白，論自責程度，徐靖澤絕對不亞於任何一人。看見好友在面前尋死卻無法拯救的他，當下受到的衝擊，或許讓他只能選擇逃避。

然而，她與康宥臣、鄭盈盈若知道了事實，絕對不會怪罪於他的。

「就算我知道所有的眞相，還是沒辦法不怪罪於自己，何況是你們？」徐靖澤斂下眼，嗓音乾澀而低啞，眉頭微微蹙起，「如果當時我再努力一點，或是來得及請輔導老師幫忙，是不是就有機會把靜聖勸下來？是不是就——」

「別說了。」何泉映咬唇，眼淚無聲滑落。她捂住徐靖澤的嘴，不希望他再繼續責怪自己。

「泉映，你會原諒我嗎？」徐靖澤覆上她的掌，稍稍側過頭，與身後的她四目相接，神色帶著幾分試探與不安，「不管是靜聖的事，還是我騙妳的事……我都沒能在當下解釋，對不起。」

「我怎麼可能還會怪你？」

何泉映將他擁得更緊，微微抬眸，不經意地瞥見床頭櫃上的藥袋——順穗身心診所。

她的呼吸微微一滯。

直到這一刻，她才真正意識到，他這麼多年是怎麼走來的。

她抽了抽鼻子，眼淚浸溼了他的衣袖，「我應該要陪在你身邊的……」出口的聲線異常堅定。

落在室內的日光更亮了些。

聽到何泉映這樣說，徐靖澤也終於露出笑容。他將額頭抵上她的，「妳還有什麼想問的嗎？我全都會告訴妳。」

何泉映原先也很希望能藉由這個機會，將腦中的疑惑一次問完。只是，在額頭相貼的剎那，她的腦子瞬間一片空白，什麼也無法思考。

他是澄月啊，是她曾經小心翼翼喜歡著，始終不敢表白的男孩子。

「我……」她慌亂地往後縮，臉上的淚水未乾，耳尖卻已紅透，只能倉促別開眼。

她匆匆抓起棉被蓋住下半臉，悶聲地問出最好奇的問題：「那、那你爲什麼要改名？」

「這個嗎……」徐靖澤抽抽嘴角，笑得有些尷尬，「我好像告訴過妳，我家很傳統，大一下我阿嬤得了癌症，他們去算命，說我這個長孫的名字剋到阿嬤，所以得改名。」

他沒說出口的是，他也想藉此逃避「澄月」所背負的一切，才順勢拋下過去的名字。

此刻，何泉映忍不住憶起這陣子以來跟徐靖澤相處的種種——

騎機車載她去看夕陽、陪她一起遛狗、送她項鍊、抱緊她……而她也曾在他生病時，前往他租屋處探病，還在跨年夜向他表白。

將高中時期的他們，代入到相同的情景，光是想像，何泉映便羞得想立刻鑽到洞裡。

澄月與徐靖澤二者重合，她心裡分別給予兩人的感情也合而爲一，曾經只在徐靖澤面前展現的從容與餘裕，此刻蕩然無存。

她連忙抹掉淚水，抱著膝縮成一團，小聲地問：「那……我還能叫你澄月嗎？」

徐靖澤頓了下，隨後點點頭，莞爾道：「妳想怎麼叫我都可以。」

「澄月。」何泉映輕聲喚，嘴角帶著羞澀的笑意。

「怎麼啦？」

「你想再見到康宥臣跟盈盈嗎？」她問。

當年的事，她現在都明白了，然而另外兩人還不知曉實情。

鄭盈盈與她多年未聯繫，現在以當紅YouTuber「拉娜」的身分活躍於網路平台，過得還頗順遂，何泉映不確定她是否還在意這些往事。

徐靖澤的臉色垮了下來，垂頭喪氣，「我想，但、但……我怕他們……」

即使後半句話沒能講出口，何泉映也知道他想說的是什麼。

她曾經認爲澄月什麼都不怕，也因此錯估了裴靜聖的事對他留下的陰影，誤會他許多年。

徐靖澤一臉苦惱，起身到書桌前將鐵盒掀開，取出裡頭的其中三個信封，「這是靜聖給你們的信，也必須讓他們兩個看到才行……」

何泉映接過他遞來的信，上頭寫著「給泉映」，遲遲沒有拆開查看。

她看著鐵盒，想起五人當年在鳳凰木下的約定。心裡雖然已經有了答案，她還是開口詢問：「你是怎麼想的？」

「要是可以，我想跟你們一起打開它……」徐靖澤捧著鐵盒苦笑。

「如果這是你的願望，一定沒問題的。」她眨眨眼，笑顏綻放，「我會陪你一起。」

從前的日子，她沒能義無反顧地伴著他度過那些風雨，如今兜兜轉轉再度遇見，無論如何，她都不會再讓徐靖澤獨自面對一切。

「一切都會慢慢變好。」

何泉映望著遠方自大樓頂部探出頭的晨光，拉開了窗簾，迎接嶄新的一天。

她回首，背著光嫣然一笑，「因爲我們都還活著呀。」

☾

「請問一下，現在是什麼狀況？」

車窗緩緩降下，銀色跑車內，駕駛座上的男人摘下墨鏡，目光不動聲色地在並肩而立的兩人身上掃過。

方才康宥臣駛進巷子後，映入眼簾的人影不是預期的一人，還多了個不請自來的傢伙。

對上昔日好友的眼，徐靖澤倏地像個做錯事的小孩般僵在原地，迅速別開視線，雙手不安地攥住衣襬，喉結跟著動了動。

「澄月，不要緊張。」何泉映連忙出言緩頰氣氛，以眼神示意康宥臣解鎖車門，拉開車門將徐靖澤推進去坐好，自己也跟著鑽進後座。

「有我在，康宥臣不會對你怎麼樣……除非你在他車上偷吃餅乾，他就會把你轟出去。」

「那確實，就算是妳，我也不會放過。」康宥臣語氣懶洋洋地回了一句。他看著車內後視鏡，不著痕跡地觀察著後方男人的表情——徐靖澤依舊緊張得像根綳緊的弦。

「欸，我可沒說要載他。」

此話一出，何泉映神情微妙，挑起眉，嘴角噙著一絲笑意。

爲了將當年的誤會解開，挽回破碎的關係，她特意約了康宥臣與徐靖澤，想要讓他們當面談談，別再對彼此抱有怨懟與歉意。只是，她沒提到她會先與徐靖澤會合就是了。

「那、那還是我下車，自己過去餐廳好了……」徐靖澤將他的話當眞，手心冒出冷汗，指尖微微顫抖。他垂著頭低聲道歉，「抱歉……」

「沒事，你不要緊張！康宥臣只是傲嬌，不知道該怎麼面對你。」爲了安撫他，何泉映直接出賣好友，把他的心聲全盤托出。

她將身子前傾，輕輕巴了下駕駛座那顆頭，「你不要嚇他！」

聽身旁女孩這樣講，徐靖澤才稍稍放寬心。他抬頭偷偷瞄了一眼前座的男人，對方沒有反駁，於是他鬆了口氣。

爲了轉移注意力，他觀察著這台車的內裝，視線最後落在後視鏡掛著的那個御守上。他微瞠雙眸，啟唇問道：「那是──」

「和泉映在墓園擦肩而過的人，是你吧？」康宥臣率先發話，打斷了他的問句。

徐靖澤一頓，怔怔地望向他毫無波瀾的側臉，聲音有些遲疑，「什麼？」

「去年靜聖生日，泉映去看她了。」康宥臣握著方向盤，眼神平靜地注視前方，語氣不疾不徐，「她說她遇到一個身上帶著檀香味的人。」

指尖在方向盤上輕輕敲了敲，像是在思索，又像是在確認自己的猜測，「那個人就是你吧？」

車內的空氣忽然安靜下來。

後座的女孩眨了眨眼，隨即湊近徐靖澤，用力吸了吸鼻子，「眞的耶……」

原來，轉瞬間浮現的念頭並不是錯覺，徐靖澤眞的也在同一日去探望裴靜聖。

她有些感慨，想著若兩人在那時對上了眼，會是怎麼樣的情景？她會選擇逃避，抑或追上去問清楚當年的眞相？

何泉映旋即捏了捏耳垂，告訴自己這些都不重要了，如今她與徐靖澤已經能鼓起勇氣，直面這份曾讓他們止步不前的傷痛。

「對不起，我沒看到妳……」徐靖澤扶額。

她輕輕一笑，目光溫柔，「或許這樣才好呢。」

這可能是命運的安排。如果當時他們認出了彼此，能毫無芥蒂地談清一切嗎？說不定，那場重逢只會讓彼此陷入更難堪的局面，至今仍無法和解。

將車開到餐廳門口後，康宥臣讓他們先進門，「我去停個車，我有訂位，報我資料就行。」

「沒問題。」何泉映對他比了個「OK」手勢，戳了戳徐靖澤的手臂，「我們先下車吧。」

然而，徐靖澤卻沒有立刻動作，而是望著前方，指了指紅色御守，問出方才未竟的疑問：「那是靜聖給你的嗎？」

那繡著「幸福」二字的御守，他們都以爲裴靜聖會選擇自己留著。

看著這個御守，康宥臣偶爾會憶起她認眞縫製的模樣。對比到她與「幸福」這個詞一點也不相稱的結局，他總感到痛苦不已。

「喔，對啊。」康宥臣微微一頓，目光掃過那枚御守，眼底閃過一絲極淺的波動。

「她什麼時候給你的？」

「祕密。」康宥臣勾起一抹不甚明顯的笑，輕描淡寫地帶過。

關於兩人之間的祕密與約定，他只想獨自占有，如同在晴空下約好的承諾，以及這個象徵幸福的御守。

縱然已過去了許多年，那些記憶依然鮮明如初，不曾有一絲一毫的褪色。

下車後，何泉映推開了餐廳大門，櫃檯人員立刻微笑問道：「請問有訂位嗎？」

「有，電話是……」何泉映報上康宥臣的姓氏與聯絡方式。

對方在系統裡查找了會，隨即點頭，禮貌地微微鞠躬，「康先生四位，這邊請喔。」

「好的，謝……」

話還沒說完，她忽然頓住，猛然抬頭，與身後的徐靖澤面面相覷。

四位？

「可能是訂位時聽錯了吧，別介意。」餐桌上，面對好友對訂位人數提出的疑惑，康宥臣一邊翻閱著菜單，語氣自然，「快點看要吃什麼吧。」

徐靖澤坐在他的正對面，手指緊緊扣著杯緣，顯得不自在。

他明白這次的聚會便是二人親自解開心結的好機會，可心底眞正想說的話，他躊躇許久，仍不敢啟唇說出。

「我——」他終於開口，卻被一道平靜且帶著寒意的聲音打斷。

「爲什麼當初選擇逃避？」康宥臣的視線停留在菜單上，語氣冷了幾分，「爲什麼不把話講清楚？」

氣氛驟然凝滯，就連空氣都沉了一瞬。

「對不起……」他寒毛直豎，知道無論道歉幾千次，都換不回已逝的故人，更無法弭平眾人心中的傷痕。他甚至曾想過，若康宥臣揍他一拳，他可能會更好過。

就算所有人都說不是他的錯，他理智上也明白裴靜聖會走向那樣的路，是因爲她的家人，可他仍是忍不住埋怨輕易轉身離開的自己。

桌面下的雙拳無意識地收緊，掌心滲出了些許冷汗。此刻，餐廳內播放的悠揚弦樂曲，顯得格外不合時宜，過於安詳的旋律，襯得這場對峙更加壓抑。

「你對不起什麼？」康宥臣正眼看他，深沉的眼瞳裡，翻湧著難以言喻的情緒。

「因爲我明知道靜聖的不對勁，卻沒告訴你們，在頂樓的時候也——」

「該道歉的是我！」康宥臣拔高聲量，低沉的吼聲在空氣中震盪，吸引了周遭人群的視線。

「嘴裡說著喜歡靜聖，卻笨到什麼也沒發現，最後找到她的人，也不是我……」他緊咬著唇，眼底的不甘與懊悔，混雜成一種幾近自嘲的情緒，「我才是最該死的。」

語畢，他猛地拍了一下桌面，刀叉隨著震動碰撞出清脆的聲響。

然而，還沒等這場愧疚角力進一步升級，一道略帶怒意的聲音率先壓過了兩人。

「你們夠了沒？不要再把錯攬到自己身上了！」何泉映伸出雙手，毫不留情地敲了敲兩人的頭頂，「都給我冷靜一點。」

徐靖澤微微側過頭，視線不經意地往窗外掃去，下一秒，窗外多了道人影。

一個短髮女人，站在不遠處鬼鬼祟祟地盯著他們，模樣有些忐忑不安。兩人對上了視線，女人趕緊別過頭，倉皇往門口的方向走去。

那人頭戴黑色帽子、戴著口罩，五官被遮蓋住，看不見面容。不過，她一頭顯眼的粉紫色頭髮，辨識度極高。

「第四個人是鄭盈盈？」徐靖澤瞪大雙眼問。

三天前，拉娜才向粉絲們分享新髮色，說是爲了幾天後要去迪士尼樂園而做準備。

康宥臣是眞的訂了四個人的位。

主謀者則輕輕點頭，「你看到了？」

「什麼？」何泉映一臉困惑，沒跟上話題。過了幾秒，她才反應過來，「等等等一下，盈盈？你也約她了？」

「不能給你們驚喜？」康宥臣意味深長地看向徐靖澤，輕輕轉了轉手中的玻璃杯，斑駁的光影隨著水波晃動。

「所以接下來該勇敢一點的人……」他停頓了幾秒，微微勾唇，低聲道：「就是你了啊，徐澄月。」

意有所指的話語，讓徐靖澤意識到，鄭盈盈壓根就不曉得他會在這，也不曉得當年的眞相。

康宥臣想讓他親自坦白，不只是說出裴靜聖的事，也讓他們明白，這些年他都經歷了什麼。

「你還是一樣缺德，都不擔心我逃走？」徐靖澤苦澀地彎起嘴角。

「你不會的。」康宥臣啜了口杯內的檸檬水，與他相視而笑。

徐靖澤明白這是他必須面對的最後一道關卡，在做好了心理準備後，他站起身，朝餐廳門口邁開腳步。

他走的每一步，都牽動著心跳不可遏止地加快。

門外，熟悉的身影站在一旁，背對著他，低頭滑手機裝忙，但那微微蜷縮的指尖出賣了她的忐忑。

在對方面前站定後，徐靖澤深呼吸了一口氣，「拉娜。或者該叫妳……鄭盈盈？」

對方聞言震驚地望向他，兩人四目相對的瞬間，徐靖澤感覺心裡的某個缺角被補上了。

他勾起深深的笑容，展露出高中時那燦爛的笑顏，讓一切都不那麼陌生，「好久不見。」

在事情發生後，鄭盈盈的YouTube頻道停更了整整一年。

她花了一年的時間，不去接觸那承載了許多高中回憶的頻道，將生活重心放在大學生活與新的交友圈，並讓自己變得忙碌，無暇思考過去的事。

她害怕想起高中時的回憶，於是，她強迫自己將一切拋諸腦後。拋開回憶、拋開舊友、拋開過去的自己，重新振作起來，像是沒事一樣。

只是她明白，她並不是眞的不在乎。

她是最先退出群組的人，她不後悔。若不是決絕地斷開了與他們的聯繫，她想，她還是會被困在那段歲月。

所以，她不敢去埋葬裴靜聖的墓園，至今一次也沒有去見曾經那麼要好的朋友。

五人之中，鄭盈盈和裴靜聖是最早成爲朋友的，她們高一就同班了，那時裴靜聖的笑容比升上高二後還要更多。

只是，明明她們認識最久，她卻沒能幫上忙。

鄭盈盈想，若當時她再敏銳一些，能察覺到裴靜聖表面上那些無所謂，實則承載著瀕臨燒盡的死灰，一切或許都會有所不同。

如果在她還沒完全絕望之前就發覺……

只是，任誰都明白，時間不能重來，已死之人無法復活。

裝滿青春回憶的幾千張相片、寫滿祝福字句的畢業紀念冊，與年少時期有關的一切，全都被她藏了起來。

既然無從挽回、既然決定揮別過往，那就完完全全不要觸碰。

鄭盈盈這麼多年一直是這樣想的，直到信箱裡出現了康宥臣寄來的郵件，她才驀然意識到，對於那些再也回不去的日子，比起遺憾，心中更多的是想念。

要不是依然念著昔日好友，怎麼會這麼多年過去，她還用著何泉映替她設計的頻道封面圖？怎麼會在隱藏了帶有裴靜聖身影的影片後，仍舊捨不得永久刪除？

其實她一直都想跟他們再見上一面呀。

☾

將話全說開後，四人彷彿從未生疏過。他們談論過去的一切，回憶年少時的片段，聊著曾經一同經歷的事，也分享著彼此未曾參與的往事。

「我一定要跟你們爆料！我上個月不是有一部跟伊莉合作、幫她宣傳新專輯的影片嗎？你們有看嗎？」

副駕駛座上的鄭盈盈興奮地轉過身，眼神閃閃發亮，滿臉戲謔地分享著生活趣事。

不到半天的時間，他們彷彿回到了高中時期，好像他們這麼多年來，其實一直都有在聯絡，不曾疏遠。

何泉映原本還擔心氣氛會有些沉重，但現在看來，她的顧慮全是多餘的。

「有！我超羨慕……因為是末春的師妹，我從她出道就一直關注了！」何泉映用力點點頭回應。

鄭盈盈賊笑，「結果那天拍完片跟她聊天，伊莉居然說，她也是杏文畢業的，還跟我們同屆……我嚇死！」

「哈？」其餘三人同時驚呼出聲，討論著對方究竟是幾班。

沒多久，鄭盈盈又換了個話題，分享起大學時期交的唯一一任男友。

「說眞的，我當時腦子可能進水了。」她聳聳肩，一臉無奈地回憶，「明明很多開銷都是我出的，對方還不知足。吵架不說，最後還劈腿別系學妹。」

「這妳也要？」徐靖澤皺起眉，語氣嫌惡。

「誰知道，反正現在想想，我好像也不是眞的喜歡他。」她撐著下巴，若有所思，「應該只是看他帥，加上想體驗看看交往的感覺吧。」

看著好友侃侃而談的模樣，何泉映忽然有些感慨，若裴靜聖還在的話，他們又會是什麼樣子。

「又在胡思亂想什麼了？」發現她臉上的笑容不見了，徐靖澤柔聲問道。

「在想……如果靜聖也在這，跟我們一起聊天就好了。」她垂眸。

康宥臣在此時開口：「所以我們不是要去找她了嗎？」

「說的也是。」聽到這話，何泉映再度勾起了唇角。

窗外的陽光透過車窗灑落進來，照耀在車內每個人的臉上。

一行人開車前往裴靜聖的長眠之地，想當面向她分享這些遲來的對話，讓她知道，他們不曾遺忘她，沒有遵守她留在畢業紀念冊上的願望。

抵達位於北海岸的墓園，何泉映與徐靖澤並肩走在十字交錯的小徑上，腳步輕緩，而另外兩位則走在前方。

鄭盈盈閒不下來的性格完全沒變，連走路都在與康宥臣打鬧，甚至故意踩上他的影子。不過，後者並沒有如從前般幼稚回擊。他捧著白色玫瑰，踏出的步伐在春光下顯得有些沉重。

「靜聖寫給我們的內容，你都沒偷看過嗎？」何泉映看著徐靖澤手中的鐵盒，好奇地問道。

「如果是妳先拿到，會偷看嗎？」徐靖澤反問。

「好像不會，但……」她朝前方輕輕揚了揚下巴，語氣帶著一絲玩味，「我猜盈盈會。」

「你們在說我壞話嗎？」鄭盈盈猛地回頭，投來一記銳利的眼神。

何泉映噗哧一笑，徐靖澤也忍不住勾起唇角。

春日的陽光和煦，背山面海的墓園風有些大，才走了一小段路，何泉映的髮絲便被吹亂。遠方平靜的海面映著粼粼波光，她看著看著，心中思緒萬千。

離裴靜聖的墓碑越近，內心的傷感就湧上了更多，即使四人學著釋懷，他們的心上始終都會有一道傷痕存在。

事到如今，他們都必須學習與它共存，帶著這份悲傷的回憶，繼續好好地活著。

四人在裴靜聖的墓碑前圍了個圈坐下，他們拿起方才到超商買的啤酒碰了碰罐，清脆的聲響與春日的風，一同迴盪在墓園中。

徐靖澤掀開鐵盒，將裴靜聖留下的信件，分別拿給他們三人，也拿出了屬於自己的信封。

做足了心理準備，眾人一起打開信封，安靜地讀著信。無人言語，只有墓園裡偶爾傳來的鳥語圍繞著他們。

何泉映拉出了裡頭的信紙，上頭的黑色文字娟秀工整，她輕輕撫過那些筆跡，喉間微微發緊——這是裴靜聖最後想對她說的話。

「妳一定沒有任何心理準備吧？如果嚇到妳了，對不起。妳別自責，這並不是誰的錯，跟你們都沒有關係。」

裴靜聖說，她的決定並不是一時興起，而是深思熟慮後的結果。然而，她卻也沒打算事先告訴他們。

「泉映，妳還記得嗎？妳曾說過羨慕我，其實我也一直羨慕著妳。我有時候會想，如果我生活在妳那樣的家庭，是不是就能變得跟妳一樣呢？知道自己喜歡什麼、想要什麼，能自由地做出選擇。」

何泉映想像著裴靜聖寫下這些話時的心情，強忍已久的淚，終究還是忍不住落下。她用衣袖擦擦眼角，讀著裴靜聖的訴說和祝福。

「這是我沒辦法達成的願望，但希望四年後的妳，也像現在一樣幸福，對自己更有自信，做著喜歡的事情。或許，我人生中僅有的幸福，就是遇見了你們，一起度過了這段時光。」

閱讀完畢，信紙上多了幾滴眼淚，何泉映噙著淚將它塞回信封中，望向墓碑上的相片，努力撐起了一抹笑。

「康宥臣！你還好嗎？」

鄭盈盈慌張的聲音傳來，何泉映回頭一看，康宥臣正蓋著臉微微顫抖。

不同於另外三人的信紙，康宥臣手裡緊握的，是裴靜聖以前用過的單字卡，這大小能書寫的內容並不多，卻足以讓他痛哭失聲。

立可帶蓋住了原本的字跡，只剩短短的一句話——希望你幸福。
然而，他想知道被抹去的內容，舉起紙張對著陽光，看見了透出來的字句。
那是裴靜聖眞正想說，卻掩蓋起來的眞心。也曾是他朝思暮想，一直想求得的願望。

「我大概有點喜歡你。」

☾

夕暉緩緩向西沉下，替天色帶來一抹絢麗，橙色霞光自天邊蔓延開來，燒紅了地平線的雲朵，更高處的天空，則被染上了柔和的粉紫色，層層堆疊的色彩，彷彿一幅精心繪製的油彩畫。

何泉映與徐靖澤漫步在杏文高中後門的小巷內，這條巷弄是許多學生每日必經之路，也承載了他們過去無數個放學後的時光。

街道旁的電線桿被夕日拉長了影子，街角小店上掛著有些斑駁破舊的布條，經過了這麼多年，附近的店家已與記憶中的有些不同，曾經的老舊小吃攤，如今已換成連鎖飲料店，招牌煥然一新。

「福記居然搬家了！」曾經是杏文學生的愛店，如今已被日式餐飲所取代，何泉映忍不住感嘆道。

Google地圖上的評論裡，不少老顧客都提到，它在搬了家後，味道也跟著變了，不再是杏文校友熟悉的平價美食。

「幸好麵麵香去還在，晚餐要不要去吃？」徐靖澤指著不遠處的紅底白字招牌。

「紅油拌麵不要蔥、加一匙辣椒，外加一盤涼拌豆干海帶絲。」何泉映看著地面上兩人的影子，失笑道：「還是這樣的搭配嗎？」

這麼多年過去，即使她沒有刻意複習，對方的飲食喜好，依然深植在她的記憶中。

「妳都記那麼久了，我怎麼敢改？」徐靖澤挑眉，似笑非笑地望著她，「泉映，妳還記得我去買星巴克給妳，妳幫我點餐的那次嗎？」

他接著說：「聽妳準確講出我想點的菜時，我就在想……是我的要求太簡單了，還是妳特別記住了我的喜好？」

徐靖澤抬頭望著天空，目光柔和而悠遠，「後來，我問了靜聖，她只知道我要紅油拌麵加辣，其他要求不確定。我又開始思考，爲什麼只有妳記得那麼清楚？是因爲妳特別細心，還是……我在妳心中比較特別？」

聽見身旁男人分享複雜的腦內活動，何泉映這才發現，原來那個意氣風發的少年，也是會因爲她的一舉一動而胡思亂想。

這一切的原因，追根究柢都是因爲兩人懷著相同的心思，是她曾經不敢奢求的夢，是澄月當初放在音樂盒抽屜裡，藏在那張紙條中的祕密。

「那、那你現在知道答案了嗎？」提起青澀的往事，何泉映從容不再，耳根悄然發燙。

「妳覺得呢？」徐靖澤卻用問句來回答她的疑惑。

叭——

突如其來的喇叭聲打斷了他們的對話，卻來得恰到好處，正巧讓他們能順勢換個話題。

即使是假日，校園內仍有不少學生正進行課外活動，體育場有排球隊的訓練，川堂有熱舞社在排練舞蹈，滿懷青春朝氣。

多年過去，學校大門煥然一新，書包款式改成了後背包，教室的窗台也變得不同。看著熟悉卻又跟記憶不完全重疊的校園風景，高中三年間的回憶，也於此刻湧上心頭。

時間不為任何人停留，但那些與好友們共度的年華，卻會永遠刻在這個校園內，不會變得模糊。

何泉映緩慢踏著步伐，五人走在一起的畫面歷歷在目，每每憶起那些藏在校園角落裡的時刻，都感到有些鼻酸。

從前，她總覺得青春年少可以拿來肆意揮霍，回頭看才發覺，曾以為沉悶單調的每一日，都是人生最珍貴的時光，即使是準備大考的時期，也承載了他們一同度過的所有美好。

穿過長廊，謙學樓映入眼簾，何泉映不斷確認徐靖澤的狀態，深怕這場景會勾起過往傷痛。

「泉映，不用擔心我。」他似是察覺了她的擔憂，柔聲道：「既然決定踏進來，我早就做好準備了。」

「不管怎樣，我都會在你身邊的。」何泉映下意識地回，後知後覺地發現這句話似乎太直接了些，便別過頭去裝沒事。

高聳的謙學樓依然如故，背負無數課業壓力與回憶，靜默地矗立在原地。

今日是週末，一樓的福利社沒有營業，樓梯間也鎖上了大門，以防有心人士進入。

「大一準備期中考時，我發現自己已經回不去高三那種，生活只充滿讀書的狀態了。」何泉映仰望曾是三年五班的那間教室，感慨地道：「現在想起來，雖然壓力大又很累，生活也有點單調……但大家一起努力、互相陪伴的感覺真不錯。」

「啊，我能理解。」徐靖澤點點頭，「每次考期末前，看到同學還跑去夜唱、出國，就會想說『我們眞的是同一間大學的嗎？』」

他話鋒一轉，「話說回來，準備指考眞的蠻煩的。看到一堆人已經有學校念，整天在教室後面打UNO，我就很不爽……」他忍俊不禁，「可是妳明明有學校了，還陪我讀書，妳肯定不知道，我那時候心裡多感動。」

「是、是喔……」何泉映一頓，想著若能見到那時的自己，肯定要晃著她的肩膀喊：「妳表現得太明顯了」。如今被徐靖澤提起，她實在是無地自容。

晃著晃著，兩人緩步走到了操場，磚紅色跑道上，有不少人正慢跑或散步著。

何泉映想起有幾次晚自習時，趁著天氣正好，他們一行人會到中央的草地，躺著仰望星空。景色雖不比郊外無光害的環境，也是難得一見的美。

餘暉在校園內灑上一層金黃，斜陽映在司令台上，明明此刻沒有半個人影，在她眼裡，彷彿能看見五個穿著制服的男女坐在那裡，手上捧著課本講義互相抽考，言談間穿插著鬧聊與打鬧。

「怎麼了？」視線逐漸變得模糊，這時，耳邊傳來徐靖澤的嗓音，她回過神，揉揉眼，止住稍稍湧出的淚水。

「對靜聖、對我來說都是啊……」她破涕爲笑，「高中的那兩年，是我人生中最快樂的一段時光。」

聞言，徐靖澤率先停下了腳步，拉住前行的何泉映。

「以後不會了嗎？」他握著她手腕的力道加重了些，「未來的人生沒辦法更快樂了嗎？」

「也不是這樣講……」何泉映微怔，不太明白他想表達什麼。

徐靖澤雙手抓著她的肩，眼神異常認眞，積蓄已久的話語，終於找到了傾瀉的時機，「我送妳的音樂盒還在嗎？」

聽到關鍵字，何泉映顫了下。她緊咬著唇，猶豫良久後，才道出禮物摔壞的事實。

「對不起……我、我那時候也很難過。」她愧疚地閉上眼。

「那妳有看到紙條嗎？」

「咦？」何泉映倒抽了口氣，心跳不由自主亂了節奏。

她當然知曉他指的是什麼，卻不敢坦然以對，「什、什麼紙條？」

「當我沒說。」徐靖澤搖搖頭，神色柔和不少，可雙手依舊沒放開。

靜默瀰漫在兩人之間，他認眞注視著面前的女孩。何泉映不習慣這樣的眼神交流，不時避開視線的交會，略帶慌張地左顧右盼。

自從知道徐靖澤就是澄月後，她偶爾會覺得自己像回到了高中時期，面對喜歡的人會羞澀害臊。

此刻，她開始感到呼吸困難，若是徐靖澤再不開口，她怕是眞的會暈厥。

「泉映。」

何泉映還記得澄月說過喜歡她的名字，她也好喜歡他這樣叫自己。

這是他一直以來的習慣，會在說話前喚出對方的名。即便多年過去，也沒有任何改變。

「看著我。」明明是無比溫柔的語氣，卻像不容拒絕的命令。

何泉映深呼吸了口氣，抿起嘴，注視著他的雙眸。在看見對方眼底的光芒，那瞬間，她猜到了接下來徐靖澤會說的話。

「泉映，我喜歡妳。」徐靖澤的手捧起了她半邊臉頰，「不管是以前還是現在，我都只喜歡妳。」

這是何泉映經年累月、無數次渴求過的夢。

「我們不是說好，未來要一直待在一起嗎？」他伸出拇指，緩緩擦過她被淚浸溼的眼角，「過去四年沒能實現的願望，妳可以跟我一起完成嗎？」

不再退縮、不再逃避、不再猶豫。

高三那年聖誕節的約定，即使因爲意外而錯過，在多年後，兩人兜兜轉轉卻也再次相遇。

明明沒有想哭的，情緒卻不受控制地翻湧。淚水滑落的軌跡閃爍著，她吸吸鼻子，用力點了點頭。

徐靖澤勾起笑容，張開手將她擁入懷中。何泉映悶在他的胸口啜泣，擔心這太不真實的一切，都只是一場虛幻的夢，於是也伸手緊緊環住他的腰。

「我也想聽妳親口告訴我。」徐靖澤輕撫她的後腦勺，手指順著她的髮絲滑過，「好不好？」

何泉映抬眸，含著淚用極近的距離，仔細注視著他的眼眸、他的鼻子、他的嘴唇。

即使以不同身分重新認識，她依然喜歡上了同樣的人。

穿著制服、披著運動外套，並笑得張揚的溫柔少年澄月，又或者是面前身著深灰色襯衫的徐靖澤，都是她深深喜歡的人呀。

「澄月。」她漾開笑顏，「我喜歡你。」

此後，他再也不是遙不可及的月光，而是她伸出手便能緊擁的未來。

全文完

番外一
成爲自由的風

說來，我一開始對靜聖心動的原因，其實也跟大多數人一樣膚淺。

精緻無瑕的臉蛋、知性優雅的氣質，在眾人的心目中，她彷彿是夢裡走出來的存在，不似凡人可觸及。

很多人都喜歡她，卻深知自己無法與之相配，而不敢輕舉妄動，我也曾是其中一員。

直到高二，我有幸跟靜聖同班，還成了關係更好的朋友，這時我才發現，她和大家想像中的「完美」，有著不小的距離。

由於家人的限制，靜聖能用電子產品的時間不多，許多手機功能她都不熟悉，總讓我想起換了iPhone後，總打來向我求救的外公。

她跟不太上流行，聽到時下爆紅的洗腦歌曲或流行語時，往往一臉困惑，不明白爲何大家笑得那麼開心。

我還發現，靜聖的體育表現，遠遠遜於她的課業成績，無法順利將球投入籃框、桌球打出界、排球連續低手擊球的次數，從未突破個位數……

奇怪的是，這些有點反差的特質，反而讓我更喜歡她了。

「我有你這張帥臉的話，女朋友一天換一個都不是問題。」

某天體育課，澄月和我一同坐在操場外喝水，我忍不住開他玩笑。

「講什麼幹話。」澄月毫不留情地拿起空水瓶往我頭上敲。

我知道他的視線總是追著某個方向。

他喜歡泉映，泉映似乎也對他抱有同樣的好感。我不明白，這兩個人爲什麼還拖拖拉拉，說什麼就是不願告白。

明明澄月的優秀配得起自信，只要他勇敢說出心意，絕對能不費吹灰之力地收穫甜美的果實。

而我不一樣，靜聖的想法很難讀懂，她除了那淡淡的笑容，很少有其他表情，我猜不透她都在想什麼。

雖然因爲家庭的約束，她只能專注於課業，現階段似乎也沒有談戀愛的心思，不過我經常想，若我是她，會喜歡什麼樣的對象。無論想了多少次，得出的答案總是「像澄月那樣的人」。

「欸，如果靜聖哪天忽然追求你，你會怎樣？」目光飄向亮得刺眼的大片晴空，我掏出手機，對著藍天按下快門。

「你不要再耍白痴了好不好？」

後腦勺遭受一記重擊，我摸摸被澄月巴過的地方，埋怨地瞪他一眼，「我是認眞的。如果眞的發生這種事，你會變心嗎？」

靜聖是那麼多人求而不得的存在，若她喜歡上誰，甚至主動追求，有誰不會淪陷？

「我對她就沒有那種感覺啊，你知道我喜歡的是誰。」澄月搭上我的肩，「不然我問你，假如有天泉映開始追你，你……算了，光想到那個情況，我就想扁你。」

每每看到澄月這模樣，我就想立刻拿起大聲公昭告天下，讓所有人知道，原來澄月這樣完美的人，也會因爲喜歡的女孩子而心煩意亂，甚至爲了不可能成眞的假設而吃醋。

「靜聖有可能會喜歡我嗎？」我重重嘆了口氣，「除了錢，我有什麼能贏過其他人的地方？」

雖然平時總臭屁又自以爲，但我有自知之明，曉得自己跟其他男生比起來並不突出，也不出眾耀眼。任誰來看，我肯定都「配不上」條件那麼好的靜聖。

「如果只有聰明又好看，集齊各項優點的人，才值得被喜歡，那世界上還會有這麼多情侶嗎？」澄月反問我，實則是拋出一個我們都心知肚明的答案。

但澄月其實也是，總擔心在泉映面前不夠厲害。

然而，喜歡這種事，本來就說不準。道理我都懂，依然忍不住會想著，要成爲更好的人，才值得被愛。

「那我要順其自然？還是主動一點？」我又問。

只要談到靜聖，樂觀又隨性的我，就像換了副面孔，變得猶疑不決，不曉得怎麼做才好。

「想衝就衝，跟著感覺走，不要讓靜聖困擾就好。」澄月笑道：「但如果你追求的方式跟痴漢一樣，我會幫她揍你。」

「要不要做個專屬我們兩個的祕密約定？每天都要跟對方分享『今天的天空長怎樣』。」

「我答應你。」

於是，在運動會當天，我向靜聖伸出了手，與她做了約定。

連我都不曉得，原來自己可以那麼浪漫。

我們的距離似乎拉近了一些，可我依然不懂靜聖。不過，我只希望她能開心一些，多抬頭看看這世界的美好，對生活懷抱更多熱忱，別總是埋首於書堆。

當這念頭在腦中浮現時，我忽然意識到：啊，完了！我喜歡她喜歡得不得了，就算她不喜歡我也沒關係，只要她能幸福就好。

我一定深深淪陷其中了吧……

我們約好每天都要向對方分享天空，這個約定讓我不必絞盡腦汁想話題，聊天室的對話，常常以一張照片與一句「那妳的天空呢」開啟。

雖然說好每天分享，可靜聖常常沒有傳照片給我，不曉得是忘了，還是根本不在乎。不過，我不會催促，總是默默等待，如果她有回傳就是賺到，沒有也沒關係，能跟她聊個幾句就很開心了。

靜聖並不會主動開話題，卻會用心回覆每則訊息，這貼心眞誠的舉動，讓我對她的喜歡日復一日地加深。

我意識到，我跟她的距離，似乎比旁人來得近。我們擁有他人不知曉的共同祕密，像是前陣子我送她的綿羊娃娃，被她擺在書桌最顯眼的地方。

她對我可能還沒有心動的感覺，那也沒關係，至少我知道，自己在她心裡，已經是某個特別的存在。

一定比澄月還特別。

☾

「老師，字也太難縫了吧！」

家政課上，我像個跟屁蟲似的，老師走到哪我就黏到哪。

近三個禮拜的課程都在縫御守，我從小到大都沒碰過針線活，進度跟不上，老是得求助老師。

「遜！」澄月不幫忙，還只會在一旁無情嘲笑。

我抽抽嘴角，別以為我不知道，他的成品可是帶回家請曾是裁縫師的奶奶協助完成的。這人怎麼有資格罵我？

「再笑啊，等等我去找泉映幫忙，看你還笑不笑的出來。」我勾起唇角，直擊他的軟肋。

「你敢？」他瞇起眼，眸中似有殺氣。

此時，家政老師一把搶過我手上的半成品，看了一眼便搖頭嘆氣，「朽木不可雕也……」

「是是是，我太笨了，什麼都要老師教。」我諂媚地直點頭。

老師三兩下就將我縫歪的線補救回來，我興高采烈接過御守，正要回座位，經過靜聖身旁時，偶然瞄到了她大剌剌放在桌面的作品。她似乎並不介意被人看見。

紅色布料上的「幸福」二字，目前已完成了一半，眞是中規中矩的願望。

「靜聖，妳看！」我亮出我縫得亂七八糟的紫色御守，上頭只勉強看得出一個「帥」字，字體歪歪斜斜，像撞過牆。

原先面無表情專注刺繡的她停下動作，朝我看了一眼，嘴角的笑意不甚明顯。

「不錯呀。」

她給出了這樣的評價，換做旁人，或許覺得她在敷衍，可我知道，她是眞的覺得不錯，沒有任何嘲笑的意味在。

就算是我隨意提起的事，甚至是多麼無厘頭的一句話，靜聖也依然會認眞回應，不會沒禮貌地無視。

我手插口袋，故作漫不經心地問：「妳的御守有要送誰嗎？」

只是單純想開啟話題的我，沒料到接下來靜聖完全出乎意料的回覆。

「你想要嗎？」

咦？我有聽錯嗎？她是問我想不想要嗎？

要要要！就算只是送我一塊破布我也要！

「妳想送我嗎？」

該死，在這種時刻，我居然選擇退縮，還很孬地把問題拋回給她。

此刻她會不會也覺得我很白痴？畢竟連我自己都覺得，這回答眞是蠢到無藥可醫。

「嗯……我考慮一下。」

她的回應讓我意想不到，卻比我剛剛想的任何可能性都要更好。

在靜聖眼中，我究竟是什麼樣的存在呢？是普通朋友，還是……還是比那多一點點？

無論如何，只有一件事怎麼都不會變——我是眞的很喜歡她呀。

或許就是如此深沉的喜歡，蒙蔽了我的雙眼，我一心只想著要與靜聖再更靠近，從而忽略她眼底逐漸黯淡的光。

現在想來，我眞的是個十足的混蛋。

那天，我們將時光寶盒交給誠哥後，回教室的途中，靜聖忽然放慢了腳步，伸手拉我的制服袖子。

「康宥臣。」

她鮮少喚我的名字，感到意外的同時，我非常欣喜。

我們兩人在樓梯間停下，澄月他們沒有注意到我們的落後，繼續向前走。

直到三人的身影消失在視線範圍，靜聖從裙子口袋變出一樣小東西，「這個送你。」

是她高二時縫的幸福御守。

當初，她說要考慮一下後便沒了下文，直到完成也沒有要交給我的意思，我便理所當然地認爲自己與它無緣。

沒想到時隔數月，這個御守又重新出現在我的面前，她還說要送我。

我掐了下手背的皮膚，確認這不是在做夢。

「是因爲我想要才送我，還是……」還是妳本來就打算要給我了？

「答案很重要嗎？」她反問，抬眸盯著我，眼神裡參雜許多我讀不懂的情緒。

「很重要。」我語氣堅定。

若是看我可憐才施捨我，心中雖感到不情願，但我肯定還是會沒骨氣地收下，誰叫我是被愛沖昏頭的傻子。

她默了幾秒，視線飄移，握住御守的掌心緊了些。

「我覺得，自己可能不需要這個御守了。」她說得很輕。

那瞬間，我滿腦子只想著一句話：那以後，妳的幸福就由我來給吧。

本該是這樣的。

我爲了她，選了離和大更近的學校，想著上大學後依然能常常見面，陪伴在她身旁。

我想給靜聖幸福，想要讓她露出更燦爛的笑容，想讓她知道，這世界上還有很多值得期待的事。

可爲什麼？爲什麼妳選擇在畢業前夕結束生命，什麼也沒留下？

不是總說「沒事」嗎？不是說早已習慣那樣的家庭嗎？

還是澄月在頂樓對妳說了什麼，妳才會選擇一躍而下？

究竟爲什麼？

靜聖，妳告訴我啊……

我曾以爲自己這輩子都會無憂無慮地過下去，沒什麼太大的煩惱。

跟老爸老媽的關係良好，也在做著自己感興趣的室內設計，甚至自家公司有優渥的營收。這不應該是無比悠哉的人生嗎？

看著再也沒有回覆的聊天室，我其實沒有實感，想著或許妳只是一如往常地被關掉了網路，明日一早，妳便會敲下鍵盤，回應我那一長串的訊息。

然而，一天、兩天、三天……妳依然沒有出現。

靜聖，妳知道嗎？

就算警方調查結果早就出爐，妳的家人仍堅信妳是意外失足，他們將一切責任推給學校，絲毫不曾反思自己哪裡做錯了。

他們找了遺體修復師，讓妳看起來像靜靜地睡著了，好似科幻電影，將最美好的一刻冷凍起來，等待百年後再度甦醒。

還記得，在妳告別式那天，我蹲在擺滿花圈的禮廳外哭得好慘，還得緊緊摀著嘴，才不會讓別人聽見我的撕心裂肺。

妳在的話，想必會覺得我很窩囊吧。

如果說，這是妳所選擇的自由……現在的妳，是否會比從前還要快樂呢？

沒有人知道，大學前兩年，我幾乎每每有空就會到妳的墓前，獨自一人坐在那，跟妳說說話。

我會告訴妳，原來世界上的強者那麼多，明明有同學上大學才接觸設計，作業成績卻能將近滿分。

我會告訴妳，我認識了不少新朋友，還有一些女生對我表現出好感，不過我都刻意忽略了。

我也會告訴妳，大學的生活眞的好繽紛、好多彩，夜唱到天亮、衝到海邊看日出、酒精路跑……

可是少了妳，一切的精彩都顯得索然無味。我總覺得心裡空蕩蕩的，那是妳離開時也一併帶走的空缺。

靜聖，我眞的、眞的很想妳。

雖然幾天前才跟澄月他們一起來過，可是我果然還是想跟妳單獨說說話，就像從前我們共享著其他人都不知道的小約定一樣。

時至今日，我依然會每天抬頭仰望天空，無論陰晴，都會拍下一張照片，傳到和妳的聊天室中。

「今天的天空也很漂亮喔。」

雖然用立可帶塗掉了，但我還是有看到妳寫下的那句話。

原來不是我的自作多情，原來妳眞的也有那麼點喜歡我。

即使已經過去好幾年，我仍會後悔，想著自己當初能再敏銳一些就好了。

我會不顧一切帶著妳逃跑，逃離那個奪走妳羽翼的牢籠。我會陪妳一起找到生命的意義和樂趣，帶妳走遍天涯海角，看遍世間所有的美景。

「希望你們把我都忘了」，別開玩笑了，無論這是否爲妳的眞心話，我都不會理會。

可是，妳後來寫上的那句「希望你幸福」，是眞心的沒錯吧？

但妳知道嗎？沒有妳在我身邊，我哪能心安理得、幸福地生活下去？

不過我也明白，若繼續耽溺於失去妳的悲傷之中，怎麼對得起妳留下的這個願望？

妳還記得嗎？我曾經問過妳想去看怎樣的風景，妳說，想要去一個天空一望無際、沒有盡頭的地方。

看到我的護照了嗎？我明天就要搭上飛機了，雖然不是爲了高中說過的環遊世界。這個夢想，就留待以後慢慢完成吧。

靜聖，我相信妳現在已經成了自由的風，無拘無束，能去往任何地方。

所以，未來妳一定會陪我走遍世界的每個角落，對嗎？

番外二

良辰美景不乏你

人滿為患的百貨門口，排著長長的人龍。

店員核對著螢幕上的整理券後，何泉映獲准進入店內，她隨手拿起一個購物籃，跟在擁擠人潮後方前進。

來到娃娃區，她對照著徐靖澤傳來的圖片，不時低頭確認有沒有拿錯。確定放入籃中的，正是今日上市的限量商品後，她才安心地走向櫃檯結帳。

「ありがとうございます（謝謝您）。」接過塑膠提袋，她向店員點頭道謝。

她邊走下樓梯，邊打開與男友的聊天室，向他回報任務已完成。

「我買好詠妮要的娃娃囉！」

「太好了，她一定會很開心。」

距離她來到國外生活，已經過了一個多月。

大學時修過日文課的她，練起了程度不錯的日文，可畢業後沒有接觸的機會，語言能力稍有退化。去年末，她起心動念，計畫到京都短期生活，一邊就讀語言學校，也利用閒暇時間四處旅行，不僅增進語言能力，也能深入體會當地的人文風情。

生活看似充實多彩，然而當她回到租屋處，打開門鎖，看著黑漆漆的客廳與空無一人的房間，心裡偶爾還是會泛起些許孤寂。

已經好些日子沒有看到薩里耶利與柴可夫斯基的可愛模樣，沒能見到從前天天相處的家人，以及自交往後經常處在一起的徐靖澤。

隻身前往日本，固然是跨出舒適圈的挑戰，可對男友的思念，只能透過每夜的視訊傳遞，無法透過觸碰感受對方的溫度。深夜入睡時，偌大的雙人床鋪上只有她一人，她怎麼也無法撫平想見面的渴望。

何泉映出國前還曾考慮將遊學計畫拉長至半年，如今想來，幸好當時沒有做出這樣的決定，否則她肯定會忍不住提早回台灣。

她知道徐靖澤也一樣掛念她，只是他工作繁忙，難以請假，只能望眼欲穿地倒數兩人再見的日子。

上週，他特地提起一個在日本爆紅的ＩＰ，說今日會推出限量新品，拜託她在特定時間抽取整理券，幫喜歡那些角色的詠妮，購買娃娃與吊飾。

傍晚時分，走在春日的四條河原町，何泉映腳步輕快，準備前往住處附近的咖啡廳，配著飲品再讀幾頁前幾日買的日文小說。

她想著晚餐要自己下廚，還是去附近拉麵店解決，這時，肩膀被人輕輕點了一下。

大多數人在詢問時都會先出聲，鮮少直接上手，雖只是肩膀被點了一下，她還是覺得有些唐突。

對方動作後遲遲不出聲，何泉映決定無視，不料那人卻伸手抓住她的雙肩。她嚇得猛然扭頭，腦中盤算著前往附近派出所的最短路線。

「泉映。」

男人穿著駝色外套，內裡搭著襯衫與領帶，眼神中盛滿笑意，目光溫柔地望向她。

「你、你為什麼……」她摀嘴，驚訝地倒退幾步，手中提袋險些滑落。

「我想妳了。」徐靖澤張開手臂，將她緊緊擁入懷中，在耳邊輕聲道：「泉映，我很想妳。」

因為想念，所以他這幾日幾乎是沒日沒夜地趕完專案，訂了最快的機票來見她。為了給她驚喜，還以妹妹為藉口，引導她在特定的時間地點現身，好讓他能順利找到她。

兩人在人來人往的大街上相擁，何泉映擔心觀感不好，想推開他，卻發現自己根本做不到，因為她也懷著相同的思念啊。

此時感性早就遠遠勝過理性，她也不顧路人的側目，倚在他的胸膛。熟悉的洗衣精香味撲鼻而來，她閉上眼，好好享受眼前的一切。

這不是夢，徐靖澤真的來找她了。

再度睜眼時，淚水已經盈滿眼眶。她抬眸望向只能透過螢幕看到的那張臉，沒想到如今竟毫無預警地出現在她面前。

「我也好想你。」她哽咽，淚水沿著下巴滴落，「為什麼不先告訴我你要來呀……」

「驚喜就是要偷偷進行啊。」徐靖澤莞爾，執起她的手，將藏在身後的花束遞給她，那是他昨日特別向附近花店訂製的，說是要送給許久未見的愛人。

看著手中粉白相間的玫瑰花束，何泉映的笑意猶如春花嫣然盛放。

這一刻，周遭的喧囂瞬間安靜無聲，行人與車流都成了模糊背景，唯有彼此眼中的身影清晰無比。

夜色輕垂，將空氣染上微涼的氣息，鴨川兩側店面的橘黃燈光映在水面，如碎金般閃爍流動。

兩人十指緊扣，漫步在河岸邊，欣賞夜櫻的浪漫景致。

「我前幾天有來寫生，但經過的行人太多了，也有不少人跟我搭話，有點不自在。」何泉映望向對岸，與男友分享前幾日作畫時遇到的趣事，「其中有個阿伯坐到我旁邊，一開始他跟我用日文對話，聊了幾句才發現我不是日本人。三十年前，他全家從台南搬過來，上個月孫子剛出生，還給我看照片。」

徐靖澤摩挲著她柔軟的掌心，「代表妳的日文眞的進步很多，他才沒有發現妳不是日本人，泉映眞棒。」

他寵溺地摸摸她的髮，內心浮現她獨自坐在河邊作畫的畫面。

他想，何泉映無論獨自身在何處，都能將生活過得精彩閃耀，就像她每次提筆作畫時，眼神總是閃著璀璨的光。而他喜歡的，就是這樣的何泉映。

「但我昨天去藥局買東西，店員一看到我拿出護照要退稅，可能以爲我是不會日語的觀光客，就跟旁邊的同事抱怨『這些人爲了省錢，都在增加我們的工作量』。」何泉映失笑，「雖然不太禮貌，但我也能理解服務業的厭世。」

她還想說點什麼，徐靖澤肚子的咕嚕聲打斷了她，一問之下她才得知，他只吃了個三明治當早餐後便沒再進食。

「這幾天睡太少了，所以在飛機上整個昏過去，沒有吃到餐點。」徐靖澤摸摸腹部。

「那我們先去吃飯吧！」何泉映拉著他往橋上走，「我知道一間超好吃的燒肉！是我上週發現的，店裡幾乎都是本地客人，但……沒有先訂位的話，可能就要碰碰運氣了。」

「我昨天晚上也有先訂一間，我看看……」徐靖澤掏出手機，點開餐廳網站的資訊。

她踮起腳尖，探頭瞄了一眼他的螢幕，眼神由好奇轉爲驚詫，興奮地拍拍他的手臂，「好巧，我說的就是這間！」

「眞的啊？」他也愣了一下，隨即笑了出來。

哪怕只是小小的心有靈犀，也足以讓他們接下來前往餐廳的腳步變得輕盈。

解決完晚餐後，兩人又在附近隨意繞了繞。

對徐靖澤來說，初來乍到的京都處處新奇，他眼神裡滿是探索的光芒。

見他充滿興趣的模樣，何泉映便暗自決定，要帶他玩遍這座城市。

她想帶他走過伏見稻荷大社那萬千道鮮紅鳥居、在嵐山的渡月橋上眺望山間粉櫻，也要牽著他的手，踏上滿是木造建築的二年坂，一路走到清水寺……

即使那些風景她早已踏足過，她依然想再與他一同重新經歷。只要是與徐靖澤在一起，做什麼也不會膩，就算只是坐在沙發上看著電影、互相依偎，也是無比幸福的時光。

到地鐵站的置物櫃取回行李，他們回到了何泉映在京都短租的公寓。

她才剛放下背包和花束，還來不及掛上頭頂的貝雷帽，就被身後突如其來的力道按住了肩膀，抵上潔白的牆面。

「泉映，我想妳想到要瘋了。」

徐靖澤的嗓音壓得很低，眼神熾熱得近乎灼人。他托住她的頰，傾身吻住她的唇。

感受到柔軟的唇貼上，何泉映一瞬間忘了該呼吸，她抬手環著他的腰，兩人的身軀於此刻緊緊相貼。

不同於她一向喜歡、如蜻蜓點水般的吻，徐靖澤的吻帶著堆疊多時的渴望與思念。他一手扶著她的後腦勺，動作溫柔卻不容退讓，舌尖輕觸她的唇瓣，隨後緩緩探入，攫住她所有的遲疑與反應。

即使兩人並非剛交往，然而何泉映至今仍無法習慣這般的深吻，只能伸出雙手攀上他的頸，笨拙地回應他的情意。

溫熱的氣息交融，彼此的心跳同步翻湧，徐靖澤彷彿要將她揉進自己的骨血中，掌心的力道是她掙脫不了的沉重。

良久，徐靖澤才稍微鬆開唇，眼前的女孩雙頰染上紅暈，喘息微亂，還帶著些許不知所措。

他拂開她額前凌亂的瀏海，輕啄她的眉心，又在她白皙的頸側留下痕跡。聽見何泉映因癢意而低聲吐出的細吟，他勾起唇角，手掌不安分地滑至她裙下的大腿，緩緩往上移動——

「等等……」何泉映縮緊雙腿，聲音微微顫抖著，帶著害臊開口：「你太急了……」

「急嗎？」他將額頭貼上她的，以氣音低語，「泉映，妳不曉得這段時間我是怎麼忍的。」

她沒有再出聲，像是一種默許，於是徐靖澤繼續動作，轉眼間，掌心已覆上她的胸口，膝抵在她雙腳間。

他一邊解開她襯衫的鈕釦，一邊聽著女孩微弱的喘息，而後將下巴伏在她的肩窩，於她耳畔開口：「泉映，可以嗎？」

感受到她的身子一顫，徐靖澤勾起唇角，「不說話，我就當妳允許了。」

「我、我……」何泉映慌張地搖頭，揪著裙襬，「我整天都在外面，你也是，至少……至少先洗個澡吧。」

徐靖澤失笑，心想原來她在意的是這個。

「那，說好了？」他終於肯鬆開她，眼底帶著一抹促狹，「還是我們一起洗？」

見女孩搖頭搖到脖子都快扭到，他笑得眼睛都彎成月牙，「不鬧妳了，我先整理行李。」

趁著何泉映鬆懈的空檔，他又將她拉住，從背後緊緊擁住她。

「泉映，我最愛妳了。」

語畢，他俯身，輕輕咬了口她已然紅得發燙的耳垂。

後記
握在手中的微光

大家好，我是語風！

還記得出版上一本《寫下結局以前》也是五月，看來我跟這個介於春末夏初的月分很有緣分！

這部作品能成功出版、被你們捧在手中閱讀，都像是一場甜美到不想醒來的夢，是我最大的幸運。

《抓不住的月光》是怎樣的故事呢？我想有點難以一句話來簡述。

這個故事描寫了青春純愛的悸動、在愛裡的自卑與成長，以及面對遺憾該如何繼續帶著傷向前走。雖然是個愛情故事，卻塞了一些與感情線無關的劇情，甚至還貫穿頭尾。希望你們會喜歡這樣的安排。

書寫的過程中，我會因爲高中時期，泉映與澄月的曖昧互動心動不已，會因五人組的燦爛青春而露出笑容，也會因靜聖一步步走向毀滅而痛苦，因最後靖澤的坦白與眾人的和解而感動。

我想，這會是一個留在我心裡很久的故事。

寫小說是一件很奇妙的事，我的人生平平無奇，卻因爲文字的力量，得以創造出一個又一個繽紛世界，在幻想中與角色們度過各式各樣的奇妙體驗，陪伴他們走過人生旅程。

來深入聊聊角色吧。

泉映的個性自卑，因爲國中的事，總是看低自己，也導致她面對耀眼優秀的澄月，並不抱有盼望。其實她身上有著不少閃光點：性格善良、擅長繪畫，但她沒有發現，甚至不認爲自己值得被喜歡。

我想，許多人肯定也是這樣的。每個人都有自己獨特的地方，就像澄月說的，不是一定得足夠優秀才能被喜歡，也像禹日說的，感情這種事，才沒有配不配得上。

如果讀完故事後的你們，也能跟泉映一樣重拾自信就好了。我知道這說起來很簡單，實際上很困難，我也還在努力中，我們一起加油吧！

再來談到澄月，或者說靖澤。

高中時期的澄月，生活過得很順遂，唯一的大煩惱大概就是「泉映到底喜不喜歡我」。即使優秀如他，也不過是一個面對喜歡的人時，會膽怯、會猶豫、會不停地猜測對方心思的普通人而已。我很喜歡澄月這種少年氣，在泉映眼中是溫柔的月光，卻也有著幼稚的一面（例如，我超愛的丟衛生紙劇情XD）。

這樣一個開朗正氣的男孩，卻在畢業前遭遇了人生的重大轉折，傷痛抹滅了昔日的光芒。好友的離去，帶給他崩潰的打擊，可是他依然選擇好好活下去，終於能夠迎來撫平傷痛的一天。

這不也很符合大多數人的心態嗎？覺得痛苦不已，卻因爲對世界還有所牽掛而努力掙扎，就這樣活到了現在。而我由衷地盼望，在泥濘中翻湧的我們，最後都能握住屬於自己的那抹光芒。

相信大多數人應該和作者本人一樣，比起成年後兩人的互動，更愛高中時期的泉映與澄月（搖旗），歡迎大家跟我分享自己最喜歡哪對ＣＰ！

至於配角們，就留給你們自行解讀，開朗樂觀的盈盈、看似沒心沒肺的宥臣，以及最讓人心疼，決絕地走向終結的靜聖。

特別想聊一下宥臣。

第一篇番外〈成爲自由的風〉，我特意用了第一人稱視角，來描寫宥臣的故事。

相信很多朋友看完正文後，也對宥臣跟靜聖的感情線感到好奇，想知道在靜聖離開後，他是如何面對這一切的。

希望番外有解答你們心中的疑惑！這是我個人很喜歡的故事，字數也誠意滿滿，有讀到的你們眞幸運（偷偷說，這可是編編主動跟我敲碗的番外唷）！

第二篇番外，我猶豫了許久，最終選擇寫下「在結局之後」，揭露泉映與靖澤的幸福日常。畢竟在正文中，成年後的粉紅泡泡少了一些，於是就在番外補足，也順道彌補在正文中連嘴都沒親、太過純愛的遺憾（刪除線）！

《抓不住的月光》是ＨＥ眞是太好了，各種番外可以盡情地寫（撒花）！不管是高中時期，還是未來的甜蜜小日常。如果你喜歡這個故事，歡迎持續關注、追蹤我，屆時說不定會有各種番外掉落唷（眨眼）！

在網路發達的時代，書本已不是大多數人會優先選擇的娛樂，正因如此，我才更感激願意閱讀此書的你，無論是購買實體書、電子書，或從圖書館、朋友那邊借閱的讀者，都請收下我深深的謝意。

講好聽話誰都會，因此我想做出實際的感謝回饋活動。只要你願意私訊我的Instagram，訊息中提到「劇情中美術老師向泉映分享的那句詩詞」或者「最喜歡的一段劇情」（當然可以兩者都傳，我會很開心♡），我就會回覆關於故事中重要橋段的精美插圖電子檔，以及額外的驚喜。希望你們願意收下這點心意，我很期待能將這份祕密禮物送給你們！

如果對於劇情或角色有任何疑問、想知道某些ＴＭＩ、想分享心得的讀者，都歡迎到POPO網站上留言，或者私訊我的社群帳號，我很樂意跟你一起討論這個故事！

這本書的誕生過程很奇妙，雖然有辛苦的時候，卻也覺得無比幸福，我還是會繼續寫下去的，期待未來依然能說故事給你聽。

真心感謝POPO，以及每一個支持著我、閱讀我筆下故事的你，你們都是我生命中彌足珍貴的光。

我是語風，我們下個故事再見！

語風

國家圖書館出版品預行編目資料

抓不住的月光／語風著. -- 初版. -- 臺北市：POPO原創出版，城邦原創股份有限公司出版：英屬蓋曼群島商家庭傳媒股份有限公司城邦分公司發行, 2025.05
面； 公分. --
ISBN 978-626-7710-17-3（平裝）

863.57　　114005961

抓不住的月光

作　　者／語風
責任編輯／黃韻璇　行銷業務／林政杰　版　　權／李婷雯

內容運營組長／李曉芳
副總經理／陳靜芬
總　經　理／黃淑貞
發　行　人／何飛鵬
法律顧問／元禾法律事務所　王子文律師
出　　版／POPO原創出版
城邦原創股份有限公司
台北市南港區昆陽街 16 號 4 樓
電話：(02) 2509-5506　傳眞：(02) 2500-1933
email：service@popo.tw
發　　行／英屬蓋曼群島商家庭傳媒股份有限公司城邦分公司
聯絡地址：台北市南港區昆陽街 16 號 8 樓
書虫客服服務專線：(02) 25007718・(02) 25007719
24小時傳眞服務：(02) 25001990・(02) 25001991
服務時間：週一至週五09:30-12:00・13:30-17:00
郵撥帳號：19863813　戶名：書虫股份有限公司
讀者服務信箱 email：service@readingclub.com.tw
城邦讀書花園網址：www.cite.com.tw
香港發行所／城邦（香港）出版集團有限公司
地址：香港九龍土瓜灣土瓜灣道86號順聯工業大廈6樓A室
email：hkcite@biznetvigator.com
電話：(852) 25086231　傳眞：(852) 25789337
馬新發行所／城邦（馬新）出版集團 Cité(M)Sdn. Bhd.
41, Jalan Radin Anum, Bandar Baru Sri Petaling,
57000 Kuala Lumpur, Malaysia.
電話：(603) 90563833　傳眞：(603) 90576622
email：services@cite.my

封面設計／也津
電腦排版／游淑萍
印　　刷／漾格科技股份有限公司
經　銷　商／聯合發行股份有限公司
電話：(02)2917-8022　傳眞：(02)2911-0053

■ 2025 年5月初版　Printed in Taiwan

定價／350元

ISBN 978-626-7710-17-3

POPO原創出版 www.popo.tw　城邦讀書花園 www.cite.com.tw

本書如有缺頁、倒裝，請來信至service@popo.tw，會有專人協助換書事宜，謝謝！